Philosophencafé

Philosophencafé

Karolina Benke

Impressum

1. Auflage, Taschenbuchausgabe, Alle Rechte vorbehalten.

Copyright © 2024 by Karolina Benke
E-Mail: kontakt@karolinabenke.de
Instagram: autorin.karolina.benke

Buchsatz: Roman Benke
Korrektorat und Lektorat: Ilka Sommer
Verlag: BoD • Books on Demand GmbH, In de Tarpen 42,
22848 Norderstedt
Druck: Libri Plureos GmbH, Friedensallee 273, 22763 Hamburg

ISBN: 978-3-7597-9453-6

Inhalt

Vorwort

Lieber Leser,

ich freue mich, dass du dich für dieses Buch entschieden hast. Bevor du auf die Reise von Alena und Kate gehst, möchte ich dich auf zwei Dinge hinweisen. Am Ende des Buches erwarten dich Geschenke. Zum anderen möchte ich an dieser Stelle betonen, dass sich das Buch mit einem Thema befasst, das in unserer heutigen Gesellschaft auch heute noch kontrovers diskutiert wird: die Corona-Impfung. Ich habe mich bewusst dafür entschieden, Charaktere und Situationen zu gestalten, die unterschiedliche Standpunkte vertreten und manchmal starr an ihren Meinungen festhalten.

Dieses Buch soll nicht dazu dienen, jemanden anzugreifen oder zu verletzen, sondern vielmehr dazu anregen, über eigene Ansichten nachzudenken und offen für neue Perspektiven zu sein.

Bitte bedenke, dass die Charaktere und Handlungen in diesem Roman fiktiv sind. Ich wünsche dir viel Spaß beim Lesen und Reflektieren.

Entzweit

Den ganzen Tag grinste ich vor mich hin, dass mir der Kiefer schmerzte. Endlich traf ich meine beste Freundin und Ex-WG-Mitbewohnerin Kate wieder. Und dennoch rumorte mein Magen, was meine Vorfreude etwas dämpfte. Bitte, lass es nicht wieder eskalieren, dachte ich und schüttelte den Gedanken ab. Nach unserem Grafikdesignstudium vor fünf Jahren sahen wir uns nur noch selten. Kate zog es an ein anderes Ende der Landkarte, nach Berlin, und ich blieb in der Münchner Gegend. Wir schrieben fast täglich miteinander und riefen uns oft über Video an, trotzdem war ein Real-life-Treffen etwas anderes. Mindestens einmal im Jahr besuchten wir uns. Letztes Jahr war ich nach Berlin geflogen, jetzt kam meine Freundin zu mir. Am Bahnhof fielen wir uns grinsend um den Hals. Dann drückte ich meiner Freundin einen Kaffeebecher in die Hand und wir machten einen Spaziergang.

Kate und ich liefen den See entlang, die Oberfläche des Wassers glitzerte und reflektierte die Sonnenstrahlen. Jogger überholten uns und eine alte Dame führte ihren Hund spazieren. Als wir uns an ihr vorbeischlängelten, tauchten wir in eine Wolke aus Parfum ein. Ich wedelte mir den beißenden Duft aus dem Gesicht, pfui. Für meinen Geschmack etwas viel des Guten.

Wir klammerten uns an die mitgebrachten Kaffeebecher, denn im Schatten spürte man den kühlen Windzug bis in die Knochen.

»Zimt?«, fragte ich. Kate nickte. Ich angelte das Döschen aus meiner Tasche und schüttete uns beiden ein paar Prisen Zimt in den Kaffee. Ohne das Gewürz ging ich nicht mehr aus dem Haus, es verlieh dem Kaffee das gewisse Etwas. Außerdem war es zu unserem Ritual geworden. »Hast du auch immer …?«, fragte ich, als mich Kate unterbrach und eine Zimtdose aus ihrer Jackentasche fischte.

Wir lachten und Kate steckte den Zimt wieder ein.

Mein Blick schweifte über den Park. Einige Blätter verloren bereits ihr sattes Grün, der Herbst stand vor der Tür.

»Alena, du wirst es nicht glauben, ich darf an einer riesen Kampagne mitwirken. Ich bin im Marketingteam von Müller-Luxe. Ich werde am Design des neuen Parfums beteiligt sein. Verrückt, oder?«

»Müller-Luxe? Wirklich? Das ist doch eine teure Marke, wie cool. Ich freue mich so für dich«, sagte ich und prostete Kate mit dem Becher zu.

»Ja, ich glaube, das ist sogar der größte Kunde, den wir je hatten. Ich bin so aufgeregt.« Kate quasselte ohne Punkt und Komma.

Wir genossen die Zweisamkeit und quatschten über alles, was uns beschäftigte, bis dieses eine Thema wieder aufkam.

»Kate, das ist nicht dein Ernst! Du glaubst doch nicht immer noch diese ganzen Lügen? Ich meine, wann ging es der Pharmaindustrie jemals um die Gesundheit und nicht um Profit? Und der Druck seitens der Medien und Politik, die einseitige Berichterstattung. Wie kann man für einen Impfstoff werben, von dem man weder etwas über die Wirksamkeit und Nebenwirkungen weiß noch über mögliche Langzeitschäden?« Unweigerlich sprudelten die Worte ungefiltert aus mir heraus. In mir brodelte die Wut, als säße ich in einem heißen Kochtopf.

»Du spinnst doch, Alena! Bist du jetzt etwa auch einer dieser Querdenker? Die Pharmaindustrie hängt mit den Medien und der Politik unter einer Decke - und das weltweit? Wirklich? Es geht um Solidarität. Mit der Impfung schützt du andere! Oder ist es dir egal, wenn deine Oma im Krankenhaus im Sterben liegt und das nur, weil sie jemand mit Corona angesteckt hat? Ich glaube nicht, dass du dir das verzeihen könntest, wenn du dafür verantwortlich wärst, weil du dich selbst vor der ach so schlimmen Impfung schützen wolltest.«

»Das Wort Querdenker wurde auch in den Dreck gezogen. Früher war das kein Unwort und jetzt ist jeder, der nicht die Mainstream-Meinung vertritt, gleich ein Querdenker oder Aluhutträger. Das nennt ihr dann Meinungsfreiheit? Was für einen Unsinn du von dir gibst. Unglaublich. Hörst du eigentlich, dass du die Medienlügen einfach nur nachplapperst? Die

11

Impfung schützt nicht vor Ansteckung. Geimpfte sind genauso ansteckend, man hofft nur, dass man dadurch selbst keinen schweren Verlauf bekommt. Das mit der Solidarität ist also völliger Schwachsinn.« Die Hitze brachte mein Blut zum Kochen. Ich verstand einfach nicht, wieso Kate so blauäugig war.

»Also ich bin froh, dass ich mich hab impfen lassen. Damit trage ich Verantwortung für mich und die Gesellschaft. Und mir zu unterstellen, ich würde die Meinung anderer bloß nachplappern, ist Quatsch! Du bist so leichtsinnig. Du würdest lieber Corona haben, mit all den Folgen, nur weil du dich dem Nadelstich entziehst? Das ist einfach nur dumm. Genau wegen solchen Leuten wie dir sind wir überhaupt noch in dieser Lage.«

Da lief das Fass über. Wie in glühend heiße Lava tränkte ich die Worte in Wut, bevor sie aus meinem Mund quollen. »Ich glaub's nicht! Ich bin doch nicht für die Gesundheit anderer verantwortlich. Jeder kann selbst für ein gutes Immunsystem sorgen. Wenn Raucher ihre Lungen schädigen und sich schlecht ernähren, liegt das nicht in meiner Verantwortung. Und keiner schützt mich vor deren Rauchwolken. Ich bin dem unweigerlich ausgesetzt, obwohl Passivrauchen ja auch krebserregend ist. Geht das nicht in dein Hirn? Du bist so eine Blindgängerin, unglaublich.«

»Und du total egoistisch und verantwortungslos. Denkst nur an dich selbst.« Kates glühend heißer

Blick hätte Wände zum Schmelzen bringen können.

»Ich? Dein Ernst? Du bist wie all die Geimpften, die uns Ungespritzten die Schuld an allem geben. Ihr seid die Retter der Welt und wir die Bösen. Tut mir leid, aber mit jemandem, der so denkt, kann ich nicht befreundet sein.«

»Ich auch nicht.«

Ein untypischer Donnerstag

Seit dem Streit sind einige Wochen vergangen und Kate schien vom Erdboden verschluckt, als hätte sie sich im Nichts aufgelöst. Mein Smartphone blieb stumm. Gab es noch Leben auf der anderen Seite der Leitung? Meine Finger verlangten danach, ihr zu schreiben. Immer wieder griffen sie nach den Tasten, doch ich blieb standhaft. In mir wütete ein Feuerball in einem leeren Kessel, denn genauso fühlte ich mich: leer und wütend. Zum ersten Mal wurde unsere Freundschaft auf Eis gelegt oder sollte es am Ende eine dauerhafte Funkstille sein? Ein kalter Schauer rieselte mir über den Rücken. Die alte Kate fehlte mir und gleichzeitig könnte ich sie an den Schultern packen und durchschütteln, sie wachrütteln.

Ich glotzte meinen Bildschirm an und feilte am Design der Verpackung für vegane Knetmasse. Auf dem türkisfarbenen Hintergrund fixierte ich rote Handschuhe, die an einer Schnur zusammengebunden waren, zeichnete einen Elch dazu, der sich hinter einer Weihnachtskugel versteckte und platzierte hier und dort einige Schneeflocken und weitere Abbildungen. Morgen musste ich das Verpackungsdesign abgeben, da der Kunde es vor der Weihnachtszeit bedrucken und bewerben wollte. Ein paar Klicks hier, ein paar Änderungen da, fertig. Ich drückte auf

Speichern, als das Telefon klingelte und mein Puls vor Schreck nach oben huschte. Beim Blick aufs Display fragte ich mich: Schon wieder Donnerstag? Wie bei einem Marathonläufer rannte mein Herz in einem viel zu schnellen Takt. Die Augen zu Schlitzen verengt stierte ich auf das Datum am Bildschirm. Heute war tatsächlich der vierte Tag der Woche. Ich sollte meinen Terminkalender besser im Blick behalten.

»Frau Engelmann ... Hallo? Hören Sie mich?«, riss mich die Stimme am anderen Ende der Leitung aus meinen Gedanken.

»Hallo, Herr Meier, wie geht es Ihnen?«

»Mir geht es gut, noch besser würde es mir allerdings gehen, wenn Sie mir heute wieder Proviant vorbeibringen könnten.«

Seine helle Stimme schmiegte sich um meinen Körper wie ein warmer Strickpulli in kalten Wintermonaten. Sofort zogen sich meine Mundwinkel nach oben. »Das mach ich doch gern. Was brauchen Sie?«

Er listete mir Lebensmittel auf, die ich auf einen Schmierzettel kritzelte, in der Hoffnung, diese wirren Linien später entziffern zu können. Vor zwei Jahren hatte ihn ein schwerer Schicksalsschlag ereilt und er verfiel in einen Schatten seiner selbst, der nur bruchstückhaft funktionierte wie ein kaputtes Smartphone. Allmählich fand er sich in seinem Alltag besser zurecht. Trotz des herben Rückschlags und der Flucht in die Einsamkeit schien Herr Meier noch fit im

Kopf zu sein. Aber die schweren Einkaufstüten schleppen, in seinem hohen Alter und das ohne Auto, wäre wohl etwas viel verlangt.

Eine Stunde später stand ich mit zwei Stofftaschen, die gefühlt so viel wogen wie ein ausgewachsener Schäferhund, vor der massiven Holztür. Ein schwarzer Messingring mit einem Löwenkopf brüllte mir entgegen. Ich griff nach dem Ring und klopfte dreimal. Herr Meier hatte auch eine Klingel, aber er hasste dieses schrille Geräusch, das ihn jedes Mal aufschreckte und sein Herz ungemütlich pumpen ließ. Als ich zum ersten Mal für ihn eingekauft hatte und die kreischende Harpyie betätigte, stand er mit feuerrotem Gesicht und schnaufend vor mir. Er musste sich abgehetzt haben, damit dieser Ton bloß kein zweites Mal ertönte. Daher zog ich auf seinen Wunsch hin den Löwen der Harpyie vor. Wieso er die Klingel nicht einfach abmontierte, blieb mir ein Rätsel. Vielleicht für den Fall, dass in ein paar Jahren sein Hörvermögen nachließ.

Ich hörte schleifende Schritte und ein Schnauben, dann trat ich zurück. Die Tür öffnete sich und ein ledriges Gesicht, das mich an die Haut eines Elefanten erinnerte, begrüßte mich.

»Hallo Frau Engelmann. Vielen Dank für den Einkauf. Kommen Sie doch bitte rein. Ich wollte eben frischen Kaffee aufbrühen.«

Verwundert über die Einladung riss ich die Augen auf. Seit einem Jahr brachte ich Herrn Meier Lebensmittel vorbei und hatte noch nie das Haus von innen gesehen. Woher kam der Sinneswandel? Und das jetzt zu Corona? O nein, schon wieder das leidige Thema. Ich wollte nicht riskieren, Herrn Meier auch noch zu vergraulen. Es half nichts. Ich musste ehrlich sein, das hatte der Mann verdient. »Ehm …«, stotterte ich, »sehr gerne, aber ich bin ungeimpft und nicht getestet.« Mein Herz pumpte, innerlich bereitete ich mich auf einen wütenden Herrn Meier vor, der mir boshafte Worte an den Kopf schmiss. Typisch Impffanatiker eben. Auf einmal war man als Ungeimpfter der Joker von Batman, abgestempelt als Verrückter, der andere gefährdete. Als Mensch für wertlos erachtet, ausgeschlossen von der Gesellschaft, weil eine andere Meinung nicht schmeckte. Vorbereitet auf all den Hass, der sich wie ein Wasserfall über mich ergießen würde, zog ich meine imaginäre Mauer hoch, an der alles abprallte. Herr Meier legte den Kopf schief und lächelte. Seine ganze Präsenz strahlte Ruhe und Gelassenheit aus, es gab keine Spur von Wut. Ich fühlte, wie sich mein Herz beruhigte, der Rhythmus sich verlangsamte und meine Gedankenpanik pausierte. Eingefroren wie in einer Momentaufnahme stand ich ihm gegenüber.

»Frau Engelmann, mir ist es gleich, ob jemand einen Stempel im gelben Pass hat oder nicht. Bei mir ist jeder willkommen, egal welcher Abstammung, Religion, Hautfarbe oder medizinischer Eintragung.

Schließlich steht es jedem frei, zu entscheiden, was das Richtige für einen ist, nicht wahr?«

Er musste doch eine Meinung dazu haben. Entweder man ist für die Impfung oder dagegen. Das konnte ihm doch nicht egal sein? Herr Meier winkte mir zu, als Zeichen, ihm zu folgen. Immer noch verwundert über die Einladung einzutreten und seine parteilose Sichtweise, lief ich den kleinen schleifenden Bewegungen hinterher. Ich nahm mir vor, ihn später darauf anzusprechen. Der lange Flur führte ins Wohnzimmer, das zur Küche hin offen stand. In der Küche angekommen wuchtete ich die Stofftaschen auf die Arbeitsfläche und fragte, ob ich beim Auspacken helfen könne.

Herr Meier verneinte, ich sei heute schließlich sein Gast, also schaute ich mich um.

Bücherregale umzingelten den Wohnbereich, ein alter Sessel, der seine besten Zeiten hinter sich hatte, genau wie dessen Besitzer, stand vor einem der Regale. Auf ihm lag eine braune Decke. Es roch angenehm nach alten Büchern und Lavendel. Überall standen Pflanzen und verwandelten die Wohnung in einen Dschungel. Herr Meier musste offensichtlich einen grünen Daumen haben. Ich hatte es mir nie so idyllisch bei ihm vorgestellt. Fehlte nur noch, dass sich eine Wand im Regal öffnete und man in eine Welt eintauchte, in der es Feen, Elfen und Einhörner gab. Neugierig durchforstete ich die Bücher. Klassiker wie Goethe, Puschkin, Dostojewski und Platon füllten die Regale, aber auch psychologische und philosophische Sachbücher erstreckten sich über mehrere Reihen. Während meine Augen an den Schriftzügen der Druckwerke klebten, stieg mir der Geruch von frisch gebrühtem Kaffee in die Nase. Ich fühlte mich wie im Paradies. Als ich mich umdrehte, räumte Herr Meier die letzten Lebensmittel ein. Ich huschte in die Küche, um die beiden Kaffeetassen zu füllen, bevor er auf die Idee kam, mir das auch noch zu verbieten. Natürlich schüttete ich mir ein wenig Zimt in den Kaffee. »Sie haben es wirklich schön hier.«

Er lächelte. In seinen Augen las ich Geschichten seiner Vergangenheit. Ein großer Erfahrungsschatz, Schmerz und Freude verbargen sich hinter den leuchtenden Pupillen und den tiefen Furchen auf seiner Stirn.

»Schön, dass es Ihnen gefällt. Machen Sie sich's doch bitte bequem.« Mit einer offenen Handbewegung deutete er auf den blauen Sessel.

Ich stellte die Tassen auf den kleinen Wohnzimmertisch und setzte mich.

Er nahm auf dem Sessel gegenüber Platz und wickelte die Decke um seine Beine. »Ich frier so schnell, wissen Sie.«

Die Mundwinkel nach oben ziehend griff ich nach dem heißen Getränk und nahm einen Schluck. Mir brannte eine Frage auf der Zunge. Nachdenklich haftete mein Blick auf der schwarzen Flüssigkeit und ich wägte ab, es lieber sein zu lassen, da rutschten mir die Worte aus dem Mund. »Herr Meier, wie kommt es eigentlich, dass Sie mich so spontan zu sich eingeladen haben? Ich freue mich natürlich. Aber für gewöhnlich bringe ich Ihnen nur den Einkauf vorbei und verschwinde wieder. Woher also der Sinneswandel?« Mein Herz klopfte, ich hoffte, ihn damit nicht gekränkt zu haben.

Er atmet tief durch. »Wissen Sie, nachdem meine Frau verstarb, wollte ich eine ganze Weile keinen Menschen sehen. Diese ständigen Beileidsbekundungen gingen mir ziemlich auf die Nerven. Jetzt ist es schon so lange her und Sie bringen mir jeden Donnerstag frische Ware, da ist es wohl an der Zeit, meinen guten Engel besser kennenzulernen.«

Wie warme Sonnenstrahlen auf der Haut, grub sich sein Lächeln in mein Herz ein. Eine beruhigende Schwingung ging von ihm aus und ich fühlte mich in eine Wolke voller Liebe gehüllt. Seine kakaobraunen Augen glichen geschliffenen Diamanten und erinnerten mich an seine Frau Angelika. Sie war ein Goldschatz gewesen, hatte immer ein offenes Ohr für die Probleme anderer. Mit ihrer herzlichen, fröhlichen Art sorgte sie für gute Laune. In ihrer Gegenwart hatten Pessimisten keine Chance. Sie erstickte diese im Keim mit ihrer Liebe, noch bevor sie sich zeigten. Jeder hatte sie gern um sich gehabt, auch ich.

Herr Meiers Stimme brachte mich aus meinen Gedanken. »Wie schmeckt der Kaffee?«

»Gut, danke.« Ich trank einen weiteren Schluck.

»Sie sind sehr belesen.« Ich deutete auf das gefüllte Bücherregal.

»In meinen jungen Jahren war ich Professor für Philosophie.« Er strahlte über beide Ohren. Seine Augenfalten gruben sich tiefer in die Haut ein und zogen sich in die Länge. »Ich lehrte meine Studenten, mit offenen Augen durch die Welt zu gehen, alles zu hinterfragen und nichts für in Stein gemeißelt anzunehmen. Neue Antworten können nur gefunden werden, wenn man alles, was man zu wissen glaubt, über Bord wirft. Wie Sokrates bereits sagte: Ich weiß, dass ich nichts weiß.«.

Eine Weile dachte ich über seine Worte nach, sie ergaben keinen Sinn. Schließlich gab es Fakten. Gewisse Dinge sind einfach, wie sie sind. Entweder man liegt richtig oder eben falsch, dazwischen gibt es keine Schnittmenge. Ich zermarterte mir den Kopf darüber und kam nicht dahinter. Bevor mein Hirn durchbrannte, lenkte ich das Gespräch in eine andere Richtung. »Herr Meier, vorhin meinten Sie, jeder wäre bei Ihnen willkommen, unabhängig vom Impfstatus. Das verstehe ich nicht …, ich meine, Sie müssen eine Meinung dazu haben. Es kann Ihnen doch nicht egal sein?« Gespannt fixierte ich den alten Mann mir gegenüber. Ich versuchte, in sein Mysterium einzutauchen, ihn zu lesen wie ein offenes Buch, keine Mimik würde mir entgehen. Aber alles, was ich sah, war ein breites Lächeln und diese strahlend tiefen Augen, die mich an Angelika erinnerten. Wir kannten uns vom Dorftheater, sie nähte die Kostüme und quoll über vor Kreativität. Ich gestaltete das Bühnenbild und ließ mich von ihr inspirieren. Ihr plötzlicher Tod, Herzinfarkt, legte einen düsteren Schatten über alle, die sie kannten. Die Freiwilligenarbeit verlor ihren Reiz für mich, und dann kam auch noch Corona. Also zog ich mich aus dem Theater zurück. Herr Meiers Stimmte holte mich aus der Erinnerung zurück.

»Natürlich. Wie jeder Mensch habe ich meine eigene Wahrheit und trotzdem respektiere ich die Wahrheit anderer.« Er nahm einen Schluck Kaffee und fuhr fort. »Sehen Sie, jeder glaubt im Recht zu sein, im Wissen um die eine Wahrheit. Doch Wahrheiten unterscheiden sich. Die Frage lautet also, wieso beanspruchen Menschen, die einzig richtige Wahrheit zu kennen? Wer gibt ihnen das Recht, mit dem Finger auf Andersdenkende zu zeigen und ihnen vorzuwerfen, sie lägen falsch?«

Er machte eine Pause, als wollte er mir Zeit geben, die gesagten Worte zu verdauen. Ich schluckte und verstand Bahnhof.

»Mir fällt da eine passende Sufi Geschichte ein«, sagte er. »Fünf blinde Gelehrte wurden von ihrem König auf die Reise nach Indien geschickt, um herauszufinden, was ein Elefant ist. Als sie ankamen, wurden sie von Helfern an das Tier herangeführt. So standen sie um den Elefanten herum und ertasteten ihn. Jeder an einer anderen Stelle.

Als sie zurückkamen, berichteten sie dem König, der gespannt den Erkenntnissen lauschte. Einer der Gelehrten hatte am Kopf gestanden und den Rüssel berührt. Er sagte: ›Ein Elefant ist wie ein langer Arm.‹

Ein anderer hatte das Ohr berührt und widersprach dem Ersten: ›Nein, ein Elefant ist wie ein großer Fächer.‹

›Er ist wie eine große Säule‹, meinte der Dritte, der den Fuß betastet hatte.

Der Vierte, der den Schwanz ertastet hatte, protestierte: ›Nein, er ist wie eine Schnur!‹

Der fünfte Gelehrte hatte den Rumpf berührt. Er sagte: ›Ein Elefant ist wie eine riesige Masse mit Rundungen und Borsten darauf.‹

Die fünf wurden sich nicht einig und stritten miteinander, sie fürchteten den Zorn des Königs. Dieser aber lächelte und sagte: ›Ich danke euch. Jetzt weiß ich, was ein Elefant ist. Es ist ein Tier mit einem Rüssel, der lang ist wie ein Arm, mit Ohren wie ein Fächer, mit kräftigen Beinen wie eine Säule, einem Schwanz, der wie eine Schnur ist, und einem Rumpf, der wie eine riesige Masse mit Borsten ist.‹

Beschämt senkten die Gelehrten ihre Köpfe. Ihnen wurde klar, dass jeder von ihnen nur einen Teil erfühlt hatte und sie zu voreilig Schlüsse über das Gesamtbild des Tieres zogen.« Die Hände um die Tasse gefasst, mit einem Lächeln auf den Lippen schaute mich Herr Meier an.

Ich nahm mir einen Moment Zeit, Ordnung in meinem Kopf herzustellen. »Ich verstehe, dass jeder nur einen Teil des großen Ganzen erkannte. Dennoch gab es die eine Wahrheit, die die Ansichten der fünf Gelehrten mit einschloss. Aber ist das immer der Fall? Kann es nicht sein, dass es auch mal nur die eine Wahrheit gibt? Ich meine, entweder müssen die Geimpften oder die Ungeimpften im Recht sein. Beide Seiten sind so widersprüchlich. Es können doch nicht beide recht haben, oder?«

Herr Meier strich sich eine weiße Strähne von der Stirn, die sich immer wieder löste und ihm beinahe ins Auge piekste. Trotz seines Alters hatte er volles Haar, das schlaff herunterhing, ähnlich den Falten auf seiner Haut.

Gespannt klebte ich an seinen Lippen, während ein wohliges Gefühl mich durchzog, als wäre Angelika hier. Herrn Meier lernte ich erst nach ihrem Tod auf der Beerdigung kennen. Ich wollte ihn unterstützen und ihr damit etwas zurückgeben von der Liebe, die sie uns allen im Theater entgegenbrachte. So wurden aus gelegentlichen Besorgungen wöchentliche Einkäufe. Ein Donnerstag ohne die kurze Begegnung mit Herrn Meier war für mich nicht mehr wegzudenken, auch, weil ich das seltsame Gefühl hatte, damit Angelika nahe zu sein.

»Die Frage lautet, was ist die Wahrheit und gibt es die eine Wahrheit, die über allem anderen steht? Ist es nicht so, dass ein jeder von uns in seiner ganz

eigenen Blase lebt? In seiner verzerrten Wahrnehmung?«

Verwirrt rieb ich mir über die Stirn. Wenn Gedanken Kopfschmerzen verursachen würden, hätte
ich jetzt welche. »Es gibt doch nur eine Realität in
der wir alle leben. Was meinen Sie damit?«

Herr Meier keuchte. »Ist das so? Gibt es bloß eine Realität und was ist überhaupt real? Ich möchte
Ihnen eine weitere Geschichte erzählen. Ein junger
Mönch fragte einst einen weisen Zen-Meister, ob es
die eine absolute Wahrheit gibt. Dieser führte ihn an
einen kleinen Teich, der sich spiegelklar zeigte. Er
sagte: ›Schau in den Teich und sag mir, was du
siehst?‹ Der Mönch blickte hinein und antwortete:
›Ich sehe mich selbst.‹ Der Zen-Meister nickte und
entgegnete: ›Das, was du siehst, ist deine Wahrheit in
diesem Moment. Dein eigenes Spiegelbild, deine Gedanken und Gefühle sind Teil deiner Realität.‹ Der
Mönch dachte darüber nach und fragte dann: ›Aber
was ist mit der einen absoluten Wahrheit, gibt es sie?‹
Da erklärte der Zen-Meister: ›Die absolute Wahrheit
ist wie das Wasser im Teich. Es ist klar und rein, aber
es zeigt sich auf unterschiedliche Weisen in den Augen jedes Einzelnen. Wir alle sehen die Welt durch
unsere eigenen Filter und Erfahrungen. Das bedeutet
nicht, dass es keine Wahrheit gibt, sondern, dass sie
vielfältig und facettenreich ist.‹«

»Heißt das, jeder lebt in seiner eigenen verzerrten
Realität?«

Herr Meier nickte.

Ich fasste mir an die Schläfen, in meinem Kopf herrschte ein Durcheinander. »Woran liegt das? Warum ist unsere Sicht auf die Wirklichkeit so unterschiedlich?«

»Sehen Sie, unsere Wahrnehmung wird geprägt durch das, was wir in unserer Kindheit gelernt haben, und durch die Erfahrungen, die wir im Leben gemacht haben.« Herr Meier nahm einen Schluck Kaffee und fuhr fort. »Kindern wird häufig erzählt, was wahr ist und was ihrer Fantasie entspringt, damit verzerrt man ihre Wahrnehmung. Einige Kinder meinen, Geister oder Engel zu sehen, und Erwachsene reden es ihnen aus, weil sie sie nicht sehen können.«

Da fiel mir ein, dass ich einmal eine Doku darüber gesehen hatte. Vor allem Erzengel Gabriel schienen einige Kids wahrzunehmen. Ein Schauer lief mir über den Rücken, ich schüttelte mich. Gruselig, wenn es wirklich mehr gibt, als wir sehen.

»Können Sie mir folgen?«

Ich nickte.

»Gut. Sehen Sie, jeder Mensch macht individuelle Erfahrungen im Leben. Das alles verzerrt die eigene Wahrnehmung.«

»Jeder nimmt die Welt aus anderen Augen wahr«, dachte ich laut.

»Richtig. Deshalb können mehrere Wahrheiten nebeneinander existieren und jeder hat aus seiner Wahrnehmung heraus recht. Auf die Perspektive kommt es an«, ergänzte Herr Meier.

Mir kochte der Schädel. Das alles musste ich erstmal verdauen, so hatte ich das Leben bisher noch nie betrachtet. In meinem Kopf ratterte es, ich konnte fast hören, wie verschiedene Schubladen sich in meinem Hirn aufgeschoben und deren Inhalte in andere verlegt wurden. Nichts blieb beim Alten, alles änderte sich. Herr Meier stieß in mir etwas an, dem ich mich nicht entziehen konnte. Sein Gesichtsausdruck verriet mir, dass er wusste, was für ein Chaos er in mir entfacht hatte. Erneut riss mich seine Stimme aus dem Gedankenwirbel.

»Um noch einmal zurück auf Ihre Frage zu kommen. Ja, ich denke, dass sowohl Geimpfte als auch Ungeimpfte aus ihrer Wahrheit heraus agieren. Wir wissen nicht, was die Wahrheit ist und ob es die eine Wahrheit gibt, da wir immer nur aus unserer verzerrten Wahrnehmung heraus die Welt sehen, wie durch ein Fernglas. Wir sehen immer nur ein Teil des Ganzen.«

Ich schluckte. Als ich mit den Einkaufstüten vor der Tür stand, hatte ich nicht geahnt, dass dieser Donnerstag ganz untypisch werden würde. Herr Meier, dessen Furchen sich beim Lächeln noch tiefer einstanzten, sprengte wie eine Bombe meine Wahrnehmung in tausend Stücke. Ich würde sie nie wieder zusammensetzen können. Während mir die Worte im Halse stecken blieben, kam es mir vor, als käme Herr Meier gerade in Schwung.

»Um auf das Corona Thema zurückzukommen. Das scheint Sie ja zu interessieren. Meinen Sie, die Wahrheit zu kennen? Oder vertrauen Sie anderen Quellen, als Andersdenkende?« Er machte eine Pause und fuhr dann fort, als wüsste er, dass mein Hirn nicht in der Lage war, Wörter zu einem Satz zusammenzusetzen. »Vielleicht liegen Sie richtig, vielleicht auch nicht und vielleicht liegt die Wahrheit zwischen den beiden Ansichten, die der Ungeimpften und der Geimpften.«

Ich klammerte mich an die Kaffeetasse. Sie schien mir im Moment die einzige Konstante zu sein, auf die ich zählen konnte.

»Sich nur auf die Logik zu verlassen wäre töricht, denn der Verstand ist trügerisch und manipulierbar. Sie können aber auf Ihre Wahrheit vertrauen, aus Ihrer aktuellen Wahrnehmung heraus. Das Wichtigste im Leben ist, die eigene Wahrheit zu leben, sie aber nicht anderen aufzudrängen.«

Sprengte er eben meine Hirnzellen in tausend Puzzlestücke? Und setzten sie sich Stück für Stück neu zusammen? Die Worte, die aus diesem alten Mann mit leuchtenden Augen heraussprudelten, brachten mein ganzes System zu Fall, und doch hatte ich das Gefühl, mich auf eine neue Ordnung einzulassen. Hatte er recht? Wollte ich Kate meine Meinung aufzwingen? Bei dem Gedanken zog sich mein Herz schmerzhaft zusammen. »Wie soll ich mit anderen Wahrheiten umgehen, wenn sie stark von meiner eigenen abweichen?«

»Die Kunst ist, zu akzeptieren, dass es auch andere Wahrheiten gibt, selbst wenn sie von Ihrer noch so weit entfernt liegen wie der Mars von der Erde.« Er lachte über seinen planetarischen Vergleich.

Ich schmunzelte. »Aber wir Menschen umgeben uns viel lieber mit Gleichgesinnten. Ich meine, alles andere führt nur zu Konflikten.«

»Natürlich ist es einfacher, mit Menschen zusammen zu sein, die dieselbe Meinung vertreten. Diese Personen wirken sympathisch auf uns, aber können wir so etwas Neues erfahren und wachsen? Menschen mit einer anderen Sichtweise bereichern uns, wenn wir uns darauf einlassen. Sie ermöglichen uns, den eigenen Horizont zu erweitern. Sie lehren uns Akzeptanz, Toleranz, Annahme und Liebe im Anderssein. Und wissen Sie, vielleicht ist es nicht wichtig, wer recht hat, vielleicht reicht es, auf sein Herz zu hören und dem Gefühl zu vertrauen.«

Ein warmes Kribbeln erweckte mein Herz. Ich verstand nicht, wieso, aber plötzlich durchzog mich eine Leichtigkeit, die ich schon lange vermisste.

»Ich weiß, dass das alles etwas viel für Sie ist. Was halten Sie davon, wenn wir uns nächsten Donnerstag wieder treffen? Sie bringen mir frische Ware, ich koche Kaffee auf und wir unterhalten uns über das Leben.«

Ich stockte. Der Gedankenstrudel ebbte langsam ab, verzögert nahm ich die Sätze von Herrn Meier auf. »Ja, sehr gern. Vielen Dank, Sie haben an einem Tag meine Welt völlig durcheinandergebracht. Es wäre schön, wenn Sie mir helfen, sie wieder zusammenzuflicken.«

Er lachte. »Ich helfe Ihnen gern dabei, eine neue Welt zu kreieren.«

Portugiesischer Flair
und angeknabberter Stängel

Ich saß in meinem Lieblingscafé Amizade und trank einen Zimtkaffee, der hier tatsächlich auf der Karte stand. Gitarren verzierten die knallrote Wand. Die runden Holztische und der aromatische Kaffeeduft entführten mich ins Ausland. Über der Theke hing die portugiesische Flagge. Amizade, was das wohl bedeutet? Der Gedanke verpuffte und ich konzentrierte mich wieder auf das alte Notizbuch vor mir. Das hatte mir Kate vor langer Zeit geschenkt. ›Damit du nicht mehr an Aufschieberitis leidest‹, hatte sie gesagt, bevor sie mir das Teil in die Hand drückte. Ich grinste. Kate. Ein stechender Schmerz durchzuckte mein Herz und brachte im nächsten Augenblick mein Blut zum Kochen. Ich und Egoistin? Du bist doch diejenige, die von anderen verlangt, sich einer Spritze zu unterziehen. Ich atmete tief durch und nahm einen Schluck Kaffee, um meine Wut zu dämpfen. Auch wenn ich sie vermisste, brachte der Gedanke an sie mich immer noch auf die Palme. Bevor ich mich weiter über sie aufregte, notierte ich einige To-dos für nächste Woche und blätterte dann gelangweilt durch die Seiten. Plötzlich meinte ich, irgendetwas Schwarzes im Buch gesehen zu haben. Was zum …? Ich ging die Seiten nochmal durch. Da, da war es. Ein angenehmes Prickeln durchströmte mich und Wärme breitete sich in mir aus. Gerührt wischte ich mir eine Träne weg. Wie lieb ist das denn? Kate hatte mich skizziert, wie ich am Schreibtisch saß und eine To-do-Liste abhakte. Ich lächelte. In diesem Moment schien die Wut zu verblassen und Bilder aus unserer gemeinsamen Vergangenheit tauchten auf. Im Studium hatten wir aneinandergeklebt wie Fliegen im Spinnennetz. Während der Vorlesung zeichnete Kate witzige Hörsaalszenen und ich versuchte, krampfhaft meine Lippen aneinanderzupressen, um nicht lauthals loszubrüllen. Einmal starrte der Professor nachdenklich ins Leere, Kate skizzierte ihn und malte Sternchen und fliegende Einhörner dazu, die um seinen Kopf kreisten. Zum Schießen. Auch außerhalb der Uni verbrachten wir fast jede Minute miteinander. In unserer Zweier-WG trennten uns nur der Gang zur Toilette und der Gang ins Bett. Wir waren ein Herz und eine Seele. Nach dem Abschluss sahen wir uns nur noch selten. Mein Herz brannte wie tausend Bienenstiche. Ich verstaute die Erinnerung in der Kate-Schublade und trank den Zimtkaffee. Verdammt, selbst der schmeckte nach unserer Vergangenheit. Der Kellner kam auf mich zu.

»Bei Ihnen passt alles?«

»Ja, danke.« Mein Blick schweifte zur Wand, auf der Amizade stand.

Die Bedienung ging weiter.

Ich hob die Hand. »Oh, warten Sie. Ich hab doch

noch eine Frage.«

Mit einem Lächeln trat der Mann wieder zu mir. »Ja?«

Ich deutete auf den Lokalnamen. »Was bedeutet das?«

»Das ist portugiesisch und bedeutet Freundschaft.«

»Ah, verstehe. Danke. Ich würde auch gern zahlen.«

Nachdem der Kellner mich abkassiert hatte, trank ich den Kaffee aus und kramte mein Handy aus der Tasche. Ich öffnete den Messengerdienst und tippte ›Hey Kate‹ ein. Noch einmal schaute ich auf den Namen des Cafés. Sind wir überhaupt noch Freunde? Ich löschte meine Worte und steckte das Handy wieder ein.

Draußen schlenderte ich die Straße entlang. An einer Bushaltestelle warteten ein paar Leute. Hauptsächlich ältere. Einige trugen immer noch Maske. Ich schüttelte den Kopf. An dieses Bild werde ich mich nie gewöhnen. Es sieht befremdlich aus. Verschleierte Gesichter, nicht einmal die Mimik ist zu erkennen. Der Verkehrslärm dröhnte in meinen Ohren. Ich ging weiter, hatte noch keine Lust, nach Hause zu gehen, obwohl meine To-do-Liste dafürspräche. Auf der anderen Straßenseite brannte in einem kleinen Blumenladen Licht. Die Heidekraut-Pflanzen und die Christrosen am Eingang sahen einladend aus. Ich zuckte mit den Achseln. Wieso nicht? Ein bisschen

Heidekraut würde meinem Balkon sicher guttun. Ich ging über die Straße, nahm zwei der lila Sträucher und trat in den kleinen Laden ein. Eine nette Dame mit strohblonden Locken begrüßte mich.

»Wenn Sie sich noch umschauen wollen, können Sie das Heidekraut gern an die Theke stellen«, sagte die Verkäuferin und widmete sich wieder der Weihnachtsdeko. Außer uns beiden war niemand hier.

»Danke, das mache ich.« Ich stellte die Pflanzen ab und schaute mich um.

Neben Tannenzweigen, den ganzen Sternen und geschmückten Adventskränzen entdeckte ich ein paar der knallroten Weihnachtssterne in weißen Töpfen. Ich schnappte mir einen. »Der hier bekommt auch ein neues Zuhause«, sagte ich und fuhr über die Blätter.

Die Frau lächelte.

»Schön. Die roten Sterne sind besonders beliebt in dieser Jahreszeit. Möchten Sie sonst noch etwas? Wir haben auch hübsche Lichterketten und Weihnachtsdeko, wie diesen Baum hier.« Sie hielt eine kleine glitzernde Holztanne hoch.

»Sieht nett aus. Aber danke, ich bin eher der schlichte Typ.« Mein Blick schweifte über die Tische und Regale, in denen neben Weihnachtsartikeln auch Vasen und Töpfe standen. Mir wurde warm ums Herz. Jedes Detail stimmte, die mit Blumen überladenen Tische und das Durcheinander im Regal verpassten dem Geschäft seinen eigenen Charme und

Persönlichkeit. »Gehört der Laden Ihnen?«

»Ja, es ist meine kleine Wohlfühloase.«

»Ist wirklich schön hier.«

»Freut mich.«

Ich ging mit dem Weihnachtsstern zur Kasse, als mir ein Topf mit Erde ins Auge fiel, aus dem ein angeknabberter Stängel hervorragte. Neugierig beugte ich mich näher. »Die Pflanze hat die Kälte wohl nicht überlebt«, meinte ich und zeigte auf das Stöckchen Elend.

Die Besitzerin schaute zu mir hinüber und lächelte. »Nein, der ist nicht tot. Das ist ein Überlebenskünstler. Den habe ich von meiner Nachbarin gerettet. Ihr Hund hat ihn so zugerichtet. Sie wollte ihn wegwerfen, meinte, der überlebt es sowieso nicht. Aber ich sehe in ihm den Kämpfer. Und wenn Sie genauer hinsehen, erkennen Sie, dass er bald sein erstes Blatt hervorbringt.«

Ich schaute ihn mir näher an. »Tatsächlich, da blitzte schon was Grünes hervor.«

»Es ist alles eine Sache der Perspektive. Als ich den armen Kerl abgeholt habe, sah ich bereits seine prachtvollen Blätter vor mir, die er mit guter Pflege und Liebe entfalten wird.«

»Sie glauben an den kleinen Kerl.«

»Ja, im Inneren ist er wunderschön und das wird er bald allen zeigen. Das ist meine Wahrheit.«

»Verstehe.« Mir schwirrte ihre Aussage im Kopf herum. Sie sah in ihm etwas Besonderes, ich sah bloß ein totes Stück Holz, eingebuddelt in Erde.

»Sie glauben nicht, was ich mir alles wegen diesem Wunder anhören musste.«

»Wie meinen Sie das?« Ich legte den Kopf zur Seite und verengte die Augen.

»Nun ja, ein Mann fragte mich mal entsetzt, wie ich einen Blumenladen führen kann, wenn ich keinen grünen Daumen habe und Pflanzen umbringe. Sie können sich vorstellen, dass er hier nichts gekauft hat. Jemand anderes meinte, ich soll die Topfpflanze wegschmeißen oder wegstellen, es macht keinen guten Eindruck. Oder, es sei ein schlechtes Omen und brächte Unglück, den Tod im Haus zu halten. Die Leute können wirklich kreativ sein.«

Wir lachten.

»Verkaufen Sie ihn?«, fragte ich, nachdem ich mich beruhigt hatte.

Sie starrte auf den Topf. »Der ist mir ganz schön ans Herz gewachsen. Nein, er ist mein Glücksbringer. Bewahrt mich vor undankbaren Kunden und schickt mir Herzensmenschen, die mit meinen Pflanzen genauso liebevoll umgehen wie ich.«

Ich warf einen letzten Blick auf das Wunder der Natur. Jeder sieht, was er sehen will, eine andere Wahrheit, dachte ich.

Schubladendenken und Amors Pfeil

Ich brach mit der Gabel ein Stück Apfelkuchen ab und schob mir die Köstlichkeit in den Mund, mit einem Schluck Kaffee hinterher. Herr Meier tat es mir gleich. Um ihm eine Freude zu bereiten, hatte ich die süße Speise vom Bäcker mitgebracht. Selbstgemachtes schmeckte immer besser, aber dazu hatte ich keine Zeit und Lust. Vielleicht mache ich das mal für diesen weißhaarigen Mann mit Löwenherz.

Die ganze Woche über konnte ich es kaum erwarten, wieder in dieser Idylle, umgeben von Mutter Erdes Grün und der Büchermauer, gegenüber des alten Mannes zu sitzen. Den weisen Worten zu lauschen, die in meinem Kopf eine angenehme Unordnung auslösten. Anders als beim ersten Mal, wusste ich, was mich erwartete. Ich war bereit, mich auf eine neue Wahrnehmung einzulassen, die unausweichlich schien, sobald man sich auf ein Gespräch mit Herrn Meier einließ.

»Worüber wollen wir heute philosophieren?«, fragte Herr Meier mit einem breiten Lächeln. Auch wenn sein Körper einem schlaffen Ballon glich, der mit zu wenig Luft am Boden kauerte, nahm seine Ausstrahlung den ganzen Raum ein. Wahrscheinlich hatte die Zeit seinem Körper zugesetzt, aber sein inneres Licht stärker zum Leuchten gebracht.

Ich dachte an unser letztes Gespräch, heute vor

einer Woche. »Sie sprachen beim letzten Mal von unterschiedlichen Betrachtungen und, dass jeder aus seiner verzerrten Wahrnehmung heraus handelt. Wenn es so viele verschiedene Blickwinkel und Meinungen gibt, wie Menschen auf der Erde leben, wie konnten wir bisher überhaupt zusammenleben?«

Ein krächzender Bass entsprang aus Herrn Meiers Lungen, seine Brust hob und senkte sich vor Lachen, die weiße Haarsträhne auf der Stirn wippte auf und ab.

Ich schmunzelte. Ein Bild der Götter, wie er strahlte, trotz Kuchenkrümel zwischen den Zähnen. Zum Glück hatte er sich nicht verschluckt.

Er hustete und spülte den Rachen mit einem Schluck Kaffee nach, als würde er seine Speiseröhre ölen. »Das ist eine sehr gute Frage. Ich glaube, die Menschen haben die Bedeutung von gemeinsam und miteinander verloren. Wir haben angefangen, uns voneinander zu separieren. Mauern wurden aufgestellt und viele vergaßen, dass wir eins sind mit allem, was ist. Mutter Erde und viele andere Dinge gliederte man in Meins und Deins. Mein Land, dein Land. Meine Nationalität, deine. Meine Meinung und deine. Wie wäre die Welt, wenn wir aufhören würden zu kategorisieren? Wenn wir unsere erbauten Mauern einreißen? Wir, als eine Menschenfamilie, wir als ein Bewusstsein auf diesem Planeten und doch als Individuen. Vielleicht ist es an der Zeit zu lernen, was es heißt, zu teilen, anstatt uns immer mehr voneinander zu trennen.«

Ich ließ das Gesagte auf mich wirken. »Sie haben recht. Während der Kommunismus die Individualität der Menschen unterdrückte, hat der Kapitalismus zur Spaltung beigetragen und wir haben verlernt zu teilen. Weder das eine Extrem noch das andere scheinen gut für uns zu sein. Vielleicht liegt das Optimum zwischen diesen beiden Systemansichten.« Mich überraschten meine Gedankengänge. Wahrscheinlich färbte der vor mir sitzende Philosoph auf mich ab.

Bestätigend nickte er mir zu. »Oder wir brauchen etwas ganz Neues.« Herr Meier stand auf und trottete an einen antik aussehenden Sekretär aus massivem Holz. Die Sohle von Herrn Meiers Pantoffeln klackerten beim Gehen auf dem Laminatboden. Er angelte eine Brille und ein Smartphone vom Tisch, das gläserne Gestell rutschte ihm beinahe ans Ende der Nasenspitze. Wild tippte er auf dem Bildschirm herum und brummte verärgert unverständliche Worte, bevor er auf mich zukam. »Hier.« Er streckte mir das Handy entgegen. »Ich möchte Ihnen etwas zeigen, aber mit diesen neumodischen Dingern komme ich nicht so gut zurecht. Können Sie nach einem Video suchen, das mir geschickt wurde?«

Er sah mich mit einem verzweifelten Hundeblick an. Ich wunderte mich, dass er überhaupt ein Smartphone besaß. Lächelnd nahm ich das Gerät entgegen. Herr Meier machte es sich wieder auf seinem Sessel bequem. Den Messengerdienst und den Gesprächsverlauf mit einem gewissen David hatte er bereits geöffnet. Wer ist dieser David? Soweit ich wusste, hatte er mit Angelika keine Kinder gehabt. Mit wenigen Klicks durchforstete ich die gesendeten Dateien und fand ein YouTube-Video. »Meinen Sie das?« Ich streckte ihm meinen Arm entgegen.

»Ja genau, das wurde von einer dänischen Werbekampagne aufgenommen. Es sind nur ein paar Minuten. Ich möchte Sie bitten, sich das anzusehen.«

Die Falten gruben sich tiefer in die Haut, sein strahlendes Lächeln kehrte zurück. Ich schaute das Video an.

Auf dem Boden waren Rechtecke mit weißem Klebestreifen angebracht. Menschen traten in den Raum. Anzugträger stellten sich in eines der aufgemalten Rechtecke. Jene, die gerade so über die Runden kamen, positionierten sich in ein anderes mit weißem Tape abgetrenntes Feld. Stadtmenschen, Landleute, Tätowierte und weitere stellten sich in ein anderes Feld. Jede Gruppe platzierte sich in einem der Bereiche. Vermutlich veranschaulichte das Gesamtbild unser Schubladendenken.

Ein Knoten zog sich in meinem Bauch zusammen, ich erkannte mich selbst und die Gesellschaft wieder. Zu schnell be- und verurteilen wir andere. Vor den Tätowierten mit breiten Armen sollte man sich fernhalten, die sind gefährlich. Über diejenigen, die noch nie eine Kuh auf der Weide gesehen haben, macht man sich lustig. Und die Anzugträger denken nur an sich und ans Geld. Schockierend.

In dem Video stellte man den Anwesenden einige Fragen, wie, wer war früher Klassenclown oder wer hat Stiefkinder? Wer tanzt gern? Wer wurde schon einmal gemobbt? Dann traten einzelne Personen aus ihren markierten Feldern heraus und kamen mit jenen aus den anderen Gruppen zusammen. Die ursprüngliche Kategorisierung löste sich auf, denn letztlich gab es immer etwas, das die Menschen verschiedenster Gruppen miteinander verband.

Der Knoten in meinem Bauch löste sich und eine Weite erfüllte mich. In meinen Augen sammelte sich Flüssigkeit, doch ich schluckte die Tränen herunter. Dankend legte ich das Smartphone auf dem Couchtisch ab. Herr Meier gab mir einen Moment, um wieder bei mir anzukommen. »Ich tue das auch. Ich stelle mich zu den Ungeimpften in eine Box und zeige mit dem Finger auf die Geimpften. Und Geimpfte tun dasselbe mit uns Ungeimpften, nicht wahr?«

Er nickte, dabei fiel ihm eine Strähne fast ins Auge. Mit der Hand fuhr er sich durchs Haar, sodass alles wieder an der richtigen Stelle saß. »Wissen Sie, radikale Denkweisen und Handlungen schüren die Spaltung der Gesellschaft. Es ist wie Öl, das man ins Feuer gießt. Und das führt zu Diskriminierung. Sehen Sie, die Menschen begegnen einander nicht urteilsfrei. Geimpfte schubsen Andersdenkende in die eine Schublade und Ungeimpfte tun dasselbe mit den Geimpften. Man hört einander nicht zu, weil jeder seinen Standpunkt verteidigt und den anderen umstimmen möchte. Und das geht über das Corona Thema hinaus.« Er machte eine Pause. »Die Macht der Worte ist dabei nicht zu unterschätzen. Ungeimpfte werden beschimpft, als Impfgegner oder Impfverweigerer, und Geimpfte als Impffanatiker. In diesen Worten steckt bereits eine Abwertung, eine Kategorisierung. Das ist Zündstoff für die Spaltung. Wir sollten weiser mit den Buchstaben, die uns zur Verfügung stehen, umgehen.«

»Das kam mir bisher noch gar nicht in den Sinn.« Ich schaute ins Nichts, mein Hirn arbeitete auf Hochtouren. Den Gedanken ›Wähle deine Worte weise‹, speicherte ich mir als geistige Notiz ab. »Was können wir tun, damit diese Spaltung ein Ende nimmt?«

Er lächelte. »Das ist ganz einfach. Alles ist in uns, Sie brauchen es bloß vorzuleben. Lernen Sie, bewertungsfrei durchs Leben zu gehen und die Menschen mit ihren Ansichten anzunehmen, wie sie sind.«

»Aber, ein Mensch bewirkt nichts. Selbst wenn ich das tun würde, alle anderen würden weitermachen wie bisher.«

»Die Tat eines Menschen hat immer Auswirkungen auf andere. Vergessen Sie nicht, wir sind alle miteinander verbunden. Ich möchte Ihnen dazu von einem wissenschaftlichen Experiment erzählen, das stark kritisiert und letztlich als Mythos abgetan wurde. Es wird auch als Prinzip des hundertsten Affen bezeichnet, wenngleich es wohl weniger Affen waren. Wie dem auch sei.

Um 1958 herum beobachteten Wissenschaftler das Verhalten von Japanmakaken. Die Forscher gaben den Affen Süßkartoffeln, und nach einer Zeit begannen die Tiere, diese vorher im Fluss zu waschen. Als die kritische Masse derer, die das Gemüse vorher mit Wasser reinigten, erreicht wurde – der angeblich hundertste Affe – folgten auch andere Artgenossen weltweit diesem Beispiel. Und das, obwohl sie zu den Japanmakaken keinen Kontakt hatten. Dies veranschaulicht, dass wir kollektiv alle miteinander verbunden sind und dass sich das Verhalten eines Einzelnen auf alle auswirkt.«

Während Herr Meier gemütlich in seiner Decke eingekuschelt den Kaffee trank, brach für mich gerade eine Welt zusammen oder zumindest brannte eine Sicherung in meinem Schädel durch. Natürlich kritisierten andere Wissenschaftler dieses Experiment, wie Herr Meier angedeutet hatte, das gehörte zum wissenschaftlichen Arbeiten dazu, aber was, wenn es stimmte? Was, wenn wir wirklich alle miteinander in Verbindung stehen und uns unbewusst durch unsere Handlung gegenseitig beeinflussen? Ich musste das alles erstmal verdauen. Nach Ablenkung suchend wandte ich meine Augen vom alten Mann ab und blieb an den grünen Blättern einer Schlingpflanze kleben, die sich an einem Bambusstock hochschlängelte. Im Topf daneben wucherte Lavendel. Das ganze Zimmer blühte in der naturgegebenen Farbenpracht. Irgendwie erinnerte es mich an Angelika, aber wieso? Herr Meiers Gekrächze riss mich aus meinen Gedanken. »Ich glaube, das war genug Philosophie für heute. Mein Kopf braucht eine Pause«, sagte ich und rieb mir über die Stirn.

Herr Meier schmunzelte. »Ja, das denke ich auch.« Er sah auf seine Armbanduhr und stand auf. »Oh, schon so spät? Ich bekomme gleich schon wieder Besuch. Lassen Sie uns nächste Woche weitermachen.«

Ich bedankte mich für den Kaffee und das Gespräch und wandte mich zum Gehen um. Herr Meier bestand darauf, mich zur Tür zu begleiten. An der Schwelle zwischen der kreischenden Harpyie und dem brüllenden Löwen verabschiedeten wir uns.

Als ich die zwei Treppenstufen hinunterhopste, kam mir ein Mann mit schokobrauner Mähne und schwarzen Augen entgegen, die mich in einen Bann zogen, dem ich nicht entfliehen wollte. Seine Lippen umspielte das charmanteste Lächeln, das ich je gesehen hatte. Unsere Blicke trafen sich, in dem Moment gab es weder Raum noch Zeit, Amors Pfeil streifte zumindest mein Herz. Wie zu Stein verwandelt blieb ich stehen und ließ mich aus der Realität reißen. Mein Herz schlug wild um sich, als feierte es eine Party. Ich hielt die Luft an, der Fremde berührte beim Vorbeigehen meinen Arm. Feine Härchen stellten sich am ganzen Körper wie Soldaten auf, ich fröstelte von oben bis unten. Er drehte sich zu mir um und warf mir ein selbstbewusstes Lächeln zu. Ich nickte und grinste zurück. Wieso mache ich das? Was soll das? Wie peinlich, ich kam mir wie ein Teenager vor, der zum ersten Mal einem Jungen näherkam. Verlegen steckte ich eine Haarsträhne hinters Ohr. Obwohl ein kalter Windzug wehte, stieg mir Hitze in den Kopf. Hoffentlich sind meine Wangen nicht knallrot, wünschte ich. Herr Meiers Stimme katapultierte mich zurück in die Gegenwart.

»Hallo David. Du kommst gerade recht. Bis nächste Woche, Frau Engelmann«, rief mir der alte Mann winkend zu.

David? Ist das etwa der Smartphone-David, der den dänischen Werbespot an den Alten geschickt hat? Um mich spannte sich ein elektrisches Spannungsfeld, die Stromblitze knisterten. Ist er geimpft? Die beiden verschwanden hinter der Tür.

Automatisch kramte ich mein Handy aus der Tasche, ich wollte Kate anrufen und ihr von der Begegnung mit David erzählen. Das würde ihr gefallen, da war ich mir sicher. Doch noch bevor ich ihre Nummer wählte, quoll die Erinnerung an unser letztes Treffen an die Oberfläche. Schmerzhaft zog sich mein Bauch zusammen, als hätte jemand dagegengetreten. Unser Streit. Ich konnte sie nicht anrufen, noch nicht. Geknickt stopfte ich das Smartphone zurück in die Tasche.

Im Herzen Angelika

Paul Meier stand an der Tür und beobachtete ihre Blicke, die wie Klebstoff aneinanderhafteten. Das Leuchten in Davids Augen erinnerte ihn an die erste Begegnung mit Angelika.

Damals war sie zarte sechzehn Jahre und er neunzehn, gerade aus dem Wehrdienst entlassen. Er stieg mit geschulterter Sporttasche aus dem Zug, da stand sie, nur wenige Meter vor ihm, mit einem Strauß Lavendel in der Hand und winkte. Ihr grünes glockenförmiges Kleid und die wilden erdigen Locken wiegten taktvoll mit jeder Bewegung. Der Gürtel um die Taille betonte die schlanke Figur. Die saphirgrünen Augen mit gelben Sprenkeln stahlen sich sofort in sein Herz. Verlegen lächelte er, als sein Freund Martin neben ihn trat, eifrig der Dame in Grün zuwedelte und nach Angelika rief. Der Name klang in Herrn Meiers Ohren nach einem melodischen Blues, der jede Körperzelle vibrieren ließ. Wie passend. Das Wort ›angel‹ steckt in Angelika. Doch dieser Engel ist bereits mit meinem besten Freund leiert, schoss es ihm durch den Kopf. Sein Herz verkrampfte. Enttäuscht schluckte er den Schmerz herunter und sperrte jegliche Emotionen ein, die beim Anblick dieser Göttin an die Oberfläche traten.

»Komm, Paul«, forderte Martin Herrn Meier auf. »Ich will dir meine Schwester vorstellen.«

Schwester? Hat er wirklich Schwester gesagt? »Ist das nicht deine …« Paul Meier kratze sich an der Stirn. Er überlegte, wie Martins Freundin hieß, von der er ständig geschwärmt hatte.

»Annemarie, meinst du? Nein, die überrasche ich später. Sie weiß nicht, dass ich komme.«

Herr Meier atmete durch. Ein Hoffnungsschimmer keimte auf und befreite die inhaftierten Gefühlswallungen. Mit jedem Schritt, mit dem er Angelika näherkam, schlug sein Herz kräftiger gegen die Brust. Innerlich brannte sein Körper wie nie zuvor. Angelika hatte das Feuer entfacht, das all die Jahre in ihm schlummerte. Und mit der Zeit, die sie seit ihrer ersten Begegnung miteinander verbrachten, hatte sie seine matte Seele durch ihre Liebe zum Leuchten gebracht.

Genau dieses Strahlen erkannte Herr Meier in Davids und Alenas Augen. So ungern er diesen magischen Moment zerstören wollte, seine Beine taten vom Stehen weh. Also begrüßte er David und verabschiedete sich von Frau Engelmann. Das sollte nicht ihre letzte Begegnung sein, dafür würde er sorgen, schwor er sich und lächelte spitzbübisch in sich hinein.

David brüte sich einen Kaffee auf und setzte sich dem Gastgeber gegenüber.

Herr Meier vergrub sich im Sessel und schaute seinem ehemaligen Lieblingsstudenten tief in die Augen. Er erkannte einen leuchtenden Schimmer in seinem Blick. »Schön, dass du meiner Einladung gefolgt bist. Es ist lange her. Ich denke, ich bin jetzt bereit für Besucher. Meine Pforten stehen wieder offen.« Ein dumpfes Lachen wandelte sich in keuchendes Husten, das nach einem Schluck Wasser und kräftigen Schlägen gegen die Brust langsam erlosch.

»Geht's dir gut?« Besorgt beugte sich David nach vorne.

»Ja, ja. Alles gut.« Paul Meier winkte ab. »Ich hätte in meiner Jugend weniger rauchen sollen.«

Davids Blick und Körperhaltung entspannten sich. Die Finger um die Tasse geschwungen lehnte er sich zurück. »Was macht deine Gesundheit? Wenn das Universum dir nicht gerade die Quittung für deine Jugendsünde schickt.«

»Meinst du körperlich oder physisch?« Herr Meier schaute an David vorbei und fuhr dann fort. »Körperlich geht's mir meinem Alter entsprechend. Hin und wieder schmerzt etwas, ist aber keine große Sache. Physisch. Ja …, ich vermisse sie immer noch. Wenn ich allein bin, rede ich mit ihr, weißt du. Es kommt mir vor, als würde ich Angelikas liebliche Stimme in meinem Ohr vernehmen. Sie ist eine gute Zuhörerin. Das war sie schon immer.« Gedanklich reiste Herr Meier zurück in seine Jugend, lauschte dem Lachen seiner Liebsten und sog ihren erdigsüßen Duft ein. »Mach dir keine Sorgen. Solange sie mit mir spricht, geht es mir gut. Aber genug von mir. Was brennt dir auf der Seele, mein Junge?« Paul bemerkte, wie das Funkeln in Davids Augen zunahm. Beim letzten Mal schienen sie glanzlos und matt, sie wirkten eingestaubt, dachte Herr Meier. Eine wohltuende Wärme zog durch seinen Körper. Er freute sich für seinen Schützling.

»Bei mir ist einiges passiert. Ich habe mich von Sophie getrennt. Nach acht Jahren. So lange habe ich gebraucht, um zu begreifen, dass wir andere Ziele verfolgen und dass unsere Beziehung in einer Sackgasse endet. Sie ist nicht offen für Neues. Sie wollte, dass alles beim Alten bleibt, aber ich brauchte eine Veränderung. Ich habe eine verrückte Idee und weiß nicht, ob es klappt, aber ich muss es versuchen. Willst du's hören?« Aufgeregt starrte er den Alten an, die Hände zu Fäusten geballt.

Eine Gänsehaut streifte Paul Meier. Er spürte die brodelnde Energie, die von David ausging. »Nur zu, mach es nicht so spannend«, forderte er den Ex-Studenten auf.

»Ich will eine philosophische Buchhandlung mit Café eröffnen. Es soll ein Ort für den Austausch sein. Alle Bücher regen zum Nachdenken an, natürlich dürfen die großen Philosophen nicht fehlen. Vielleicht findet einmal im Monat ein philosophischer Abend statt, an dem über ein bestimmtes Thema gesprochen wird. Ich weiß, es ist gewagt. Aber wer nicht wagt, der nicht gewinnt, oder? Was meinst du?«

Paul sah den Ehrgeiz und die Leidenschaft, die er

Jahre zuvor bei seinem Studenten vermisst hatte. »Wieso fragst du mich? Ich sehe, wie du strahlst, heller als die Sonne selbst. Wenn es dich glücklich macht, bist du auf dem richtigen Weg. Das habe ich dir schon oft gesagt. Höre auf dein Herz, mein Junge, es führt dich.« Er nickte ihm zu.

»Danke.« Davids Blick schwirrte im Raum umher, als suchte er nach den Worten, die zusammengesetzt logische Sätze ergaben. »Ich weiß, dass ich deine Zustimmung nicht brauche, das hast du mich gelehrt, trotzdem war es mir wichtig, deine Meinung zu hören. Du hast mich auf die Idee gebracht. Bei unserem letzten Telefonat sagtest du, wie schön es doch wäre, wenn mehr Menschen sich Fragen stellten und sich auf die Suche nach eigenen Antworten begäben. Da fiel der Groschen und ich wusste zum ersten Mal in meinem Leben, was ich wirklich wollte.«

Herr Meier lachte keuchend. »Behalte dir diesen Elan und die Leidenschaft bei und du wirst Großes vollbringen.«

Eine Weile unterhielten sie sich über dies und das. David half Herrn Meier beim Spülen und nahm den Müll beim Gehen mit.

Als der Alte allein war, nahm er eine Pille aus einer Schublade heraus und spülte sie mit Wasser hinunter. Dann fasste er sich an die Brust und atmete tief durch, bis sein Herz gleichmäßig schlug. Schleifend watschelte er zu seinen Pflanzen und streichelte die Blätter und Blüten. »Meine Liebste. Ich sehe dich in deinen geliebten Pflanzen. Mit wie viel Hingabe du in der Erde wühltest, Unkraut zupftest, Samen vergrubst und mit den Pflanzen sprachst, als wären es deine Kinder. Manchmal frage ich mich, ob sie dir die Kinder ersetzten, die uns verwehrt blieben. Ich gebe zu, zuweilen machte es mich eifersüchtig. Du schenktest ihnen deine kostbare Zeit, die ich gerne mit dir verbracht hätte. Aber nein, du warst nie ungerecht. Dein Hobby bescherte mir eine glückliche Frau, die sich Zeit für ihren Gatten nahm und ihm all die Liebe zukommen ließ, die sie selbst durch die erdige Arbeit erfahren hat. Heute bin ich diesen grünen Wesen dankbar.« Er schleppte sich zum üppig blühenden Lavendel und sog den Geruch ein. »Das waren deine Lieblingsblumen. ›Ich könnte im Lavendel baden‹, sagtest du zu deinem vierzigsten Geburtstag, als ich den lilafarbenen Strauß auf den Tisch stellte, neben die Torte, die mit lila Blüten geschmückt war.

Es war so schön, neben deinem Gesicht aufzuwachen, dich tagsüber lachen und summen zu hören und am Abend dicht angekuschelt einzuschlafen. Dein Haar roch nach Erde und Frühling. So oft ich konnte, schnupperte ich daran wie an einem Neugeborenen. Sei unbesorgt, mein Engel, ich kümmere mich um dein Pflanzenreich.« Er goss Wasser in den Topf und glitt mit den Fingern über die feinen Blüten. »Ach, Angelika, ich wünschte, du hättest ihre Blicke gesehen. Frau Engelmann und Davids, sie sahen sich genauso an, wie wir damals am Bahnhof.«

Sein Herz flatterte vor Schmerz. Er griff sich an die Brust, eine Träne entwich seinem zuckenden Auge. »Wieso mein Engel? Wieso hast du mich allein gelassen? Die Welt hätte mehr davon, wenn ich anstatt deiner gegangen wäre. Nun sitze ich hier und warte auf meinen Abschied. Tagein, tagaus frage ich mich, was ich noch hier mache? Welchen Sinn hat mein Leben?«

Herr Meier verstummte, ein zarter Windhauch zog an ihm vorbei. Fenster und Türen waren geschlossen.

Ich bin hier, mein Liebster. Nichts geschieht grundlos. Eines Tages wirst du den Sinn erkennen. Du bist auf dem richtigen Weg. Denke nicht zurück und lebe jeden Atemzug, der dir bleibt. Eines Tages wirst du es verstehen.

Ein Luftzug liebkoste Herrn Meiers Arm. Er dankte seiner Frau für das Kommen und die Worte, die in seinem Kopf die schönste Melodie erzeugten, von der er nicht genug bekommen konnte.

Leerer Magen und Handpuppe der Angst

Mein Bauch knurrte. Ich öffnete den Kühlschrank, warf einen Blick hinein und schloss ihn wieder. Es gab nichts, worauf ich Lust hatte. Da fiel mein Blick auf die jämmerliche Obstschale, in der ein letzter Apfel hockte. Die faltige Schale sah aus, als würde er um Erlösung betteln: ›Iss mich oder schmeiß mich weg. Aber schau mich nicht so an.‹ Ich wusch den armen Kerl und biss hinein. In der nächsten Sekunde spukte ich ihn wieder aus. »Bäh, widerlich.« Um den muffligen Geschmack loszuwerden, trank ich einen Schluck Wasser. Das half nicht wirklich. Erneut rumorte mein Bauch. Warmer Porridge mit Äpfeln, Bananen und Datteln, bei der Vorstellung lief mir das Wasser im Mund zusammen. Ich sah auf die Uhr. Kurz nach sechs. Das sollte ich schaffen. In Bayern schlossen die Läden um acht Uhr, mal eben noch etwas besorgen, konnte hier auch schiefgehen. Also schnappte ich mir meine Jacke, Autoschlüssel, Geldbeutel und düste los.

In meinem Einkaufskorb landeten neben dem Obst für das Porridge noch eine Tafel Schokolade, Müsli, Mandelmilch und ein Döschen Zimt. Ich stand an der Kasse, vor mir zwei weitere Personen. Die Mitarbeiterin kassierte im Schneckentempo ab. Genervt verdrehte ich die Augen.

»Hallo, könnten Sie mir bitte die anderen Flaschen auch aufs Band legen«, bat die Verkäuferin freundlich den Herrn ganz vorne in der Schlange.

»Das ist alles dasselbe Bier.«

»Trotzdem, ich brauche die Flaschen einzeln.«

Er seufzte. »Sie können es doch in der Kasse eingeben oder es mehrmals abscannen.«

»Nein, das geht nicht.«

»Jetzt stellen Sie sich aber an. Ihre Kollegen bekommen es sonst auch hin.« Gereizt legte er die restlichen Flaschen aufs Band. »Unglaublich, mit was für einer Dummheit ich mich abgeben muss. Hier wird scheinbar auch jeder eingestellt.«

Wortlos scannte die Frau die Ware ab. Sie schien die Beleidigung einfach herunterzuschlucken. Völlig starr machte sie ihren Job und vermied Augenkontakt mit dem Herrn. Ihr Blick wirkte leer. Scheiße. Ich bemerkte, dass ich die Kassiererin auch für ihre langsame Art verurteilt hatte. Dabei könnte sie einfach nur müde sein, weil sie einen langen Tag hatte, oder sie hat familiäre Probleme oder ein Handicap. Wer weiß, womöglich konnte sie die Flaschen wirklich nicht mehrfach ins System eingeben oder sie wurde erst eingelernt und kannte das noch nicht? Plötzlich ploppte meine abgespeicherte geistige Notiz auf: ›Wähle deine Worte weise‹, ich fügte ›deine Gedanken auch‹ hinzu. Der Mann ging und die Kassiererin atmete tief durch. Die Kundin vor mir bekam kein ›Hallo‹. Stumm piepte die Verkäuferin die Ware ab.

»Vielen Dank, dass Sie die Sachen nicht so rumschleudern wie einige Ihrer Kollegen«, sagte die Person vor mir und lächelte.

Kaum merklich zog die Frau hinter der Kasse die Mundwinkel nach oben.

»Ich wünsche Ihnen einen schönen Tag und hoffe, dass Sie bald einen entspannten Feierabend genießen können«, sagte die Kundin, nachdem sie bezahlt hatte, und lief weiter.

Die Verkäuferin erwiderte den herzlichen Gruß. Die Blässe in ihren Augen verschwand und ein kleiner Funken Licht kehrte zurück. Wir sind alle miteinander verbunden und beeinflussen uns gegenseitig, allein schon durch unser Handeln, erinnerte ich mich an Herrn Meiers Lektion. Ich bezahlte meinen Einkauf und ging zum Auto. Da schwirrten der alte Philosoph und seine Weisheiten mir im Kopf herum. Wenn wir alle eins sind, ist die Kassiererin auch ein Teil von mir. Wie kann ich mich in ihr wiedererkennen? Geht das überhaupt? Und werde ich es je schaffen, bewertungsfrei durchs Leben zu gehen? Es schüttelte mich. Zu viel Denkarbeit für einen leeren Magen.

***

Ich saß dem Alten gegenüber, auf dem Beistelltisch vor mir eine Kaffeetasse und die mitgebrachte Zimtschnecke. Herrn Meiers Stück hatte ich in mundgerechte Teile geschnitten. Er tauchte die süße Kost in den Kaffee, bevor er abbiss. Beim Kauen schmatzte er und Krümel blieben am Lippenrad wie kleine Sandkörner hängen. Wenn er lächelte, klebten Essensreste zwischen den Zähnen – nicht gerade appetitlich –, aber das war mir egal. Ich musterte den Philosophen. Sein ledriges Gesicht schien eingefallen, die tiefen Furchen auf der Haut tiefer, er wirkte müde und matt. Nur der Glanz in seinen Augen blieb unverändert. Vermutlich hatte er bloß schlecht geschlafen, redete ich mir ein.

Ich fächerte die Sorgen weg und saugte den Duft von Büchern, Lavendel, Zimtkaffee und Gebäck ein. Die perfekte Mischung, wie ich fand. Sofort fühlte ich mich pudelwohl. Wir sprachen über das Wetter, wechselten ein paar Floskeln, genossen das Schlemmen und schwiegen eine Weile.

Dann schob Herr Meier den Teller mit den Schneckenstücken beiseite und spülte die Teilchenreste mit Kaffee runter. »Lassen Sie uns heute über Ängste reden. Ich pflege zu sagen, wer in Angst lebt, ist der Lösung fern.«

Er machte eine Pause, vermutlich, damit ich über die Worte nachdachte. Lächelnd schaute er mich an, als wartete er auf eine Gegenfrage. Also strengte ich meine Gehirnzellen an, die Synapsen arbeiteten auf Hochtouren, es rauchte in meinem Kopf. Was könnte er damit gemeint haben? »Ein Mensch, der in der Angst gefangen ist, bleibt blind für die Lösung, weil seine Gedanken auf die Angst gerichtet sind? Haben Sie das damit sagen wollen?« Zufrieden über meine Interpretation nickte er mir zu. Stolz klopfte ich mir im Geiste auf die Schulter.

»Der Fokus eines Menschen und damit sein Bewusstsein ist im Tunnelblick der Angst gefangen. Und die Lösung liegt außerhalb davon.« Er machte eine Pause. »Wissen Sie, die Angst ist ein guter Ratgeber, wenn eine reale Gefahr droht. In dem Fall ist die Emotion eine Art Warnsignal und macht uns leistungsfähiger. Doch über diesen Zustand möchte ich heute nicht sprechen. Mir geht es um die sinnlose Angst, die uns ausbremst, uns von unseren Wünschen trennt und wenn sie übermächtig wird, unser Handeln bestimmt, als wären wir deren Handpuppe. Wenn man in diesem Angstgefühl gefesselt ist, wird jegliche Logik ausgeblendet und die Angst wird zur eigenen Realität.«

»Eine Art Panikzustand«, fügte ich hinzu.

»Ganz genau. Wenn Menschen sich in dem Zustand befinden, handeln sie nicht aus dem Verstand oder dem Herzen, sondern aus der Angst heraus. Einige Geimpfte wie auch Ungeimpfte sind in dieser Angstblase gefangen. Geimpfte fühlen sich mit der Angst vor dem Tod, einem schweren Verlauf der Krankheit oder dem Verlust von geliebten Personen konfrontiert. Bis heute begleitet die Todesangst viele Menschen, dabei gehört der Tod zum Leben. Die Seele geht, wenn der Zeitpunkt gekommen ist. Das kann durch einen Autounfall, einen Virus oder einen Herzinfarkt geschehen, der Grund ist letztlich unwichtig. Alles hat einen Sinn. Unser Erdenkörper ist nur geliehen und das wissen wir und dennoch verpassen viele Menschen das Leben, aus Angst vor dem Tod. Nur wenige nutzen ihre Chance und leben mit jeder Zelle ihres Seins, sie genießen jeden Moment und machen das Beste aus jedem Tag.«

Der Tod, ein ständiger Begleiter, der uns nicht vom Leben abhalten sollte. Die Schubladen in meinem Kopf öffneten sich und Akten wurden in andere Gehirn-Areale verschoben. Lebe jeden Tag, als wäre es dein letzter, notierte ich und legte den Gedanken ins Schubfach. »Aber was ist mit den Ungeimpften? Wieso handeln sie auch aus der Angst heraus?«

Herr Meier räusperte sich. »Nicht alle, aber einige Ungeimpfte haben Angst vor Nebenwirkungen, Freiheitsverlust oder davor, dass andere Macht über sie haben. Wer seine Entscheidung für oder gegen die Impfung aus der Angst heraus trifft, ist lediglich deren Handpuppe.«

Die Worte hallten in meinem Kopf nach. Ich überlegte, wieso ich mich gegen die Impfung entschieden hatte. Es war ein Mix aus mehreren Gründen gewesen. »Ist es nicht so, dass die Politik durch ihre Maßnahmen versucht, einem die Spritze aufzudrücken? Damit haben sie doch Macht über uns?«

»Da fällt mir eine passende Geschichte ein. Einst lebte ein Fischer in einem Dorf. Jeden Tag fuhr er hinaus aufs Meer, um seinen Lebensunterhalt zu verdienen und seine Familie zu versorgen. Eines Tages begegnete ihm ein reicher Kaufmann, der ihm ein großzügiges Angebot machte. Er versprach dem Fischer Reichtum und Wohlstand, wenn er sich bereit erklärte, hart zu arbeiten und Fische in großen Mengen zu fangen. Der Fischer war versucht, das Angebot anzunehmen, doch dann fragte er sich, wieso er das tun sollte. Schließlich führte er ein einfaches, aber glückliches Leben. Es mangelte ihm an nichts. Also bat er den Kaufmann um ein wenig Bedenkzeit. Er ging zum Strand und dachte darüber nach. Da wurde ihm klar, dass er die Kontrolle über sein Leben hatte. Niemand konnte ihm sagen, wie er leben sollte, es sei denn, er gestattete es. Und so kehrte er zum Kaufmann zurück und lehnte das Angebot ab. Der Fischer entschied sich dafür, sein einfaches Leben zu bewahren und in Frieden zu leben.« Herr Meier trank einen Schluck. »Sehen Sie, keiner hat die Macht über Sie, außer Sie gestatten es, anderen Macht über Sie zu haben. Andere mögen Druck ausüben, Ratschläge geben oder Erwartungen haben, aber am Ende bleibt es jedem selbst überlassen, welche Entscheidungen man trifft. Man kann den Druck von außen nicht nur als Bürde sehen, sondern auch als Chance, um sich selbst zu ermächtigen. Jeder sollte für sich eine klare Entscheidung fällen: Ja, zur Impfung, oder Nein. Konsequenzen hat man dabei immer zu tragen. Doch derjenige, der klar bleibt und auf sein Herz hört, wird immer belohnt werden, dem werden sich neue Türen öffnen.« Er atmete tief durch. »Jeder Mensch ist frei. Das ist unser Geburtsrecht. Jeder hat das Recht, sich zu entscheiden, ob er sich versklaven und andere über sich entscheiden lässt oder nicht.«

Könnte mein Hirn schwitzen, würde es aus jedem Areal tropfen und zu einer Schweißpfütze werden. Mir fiel es schwer, seinen Worten zu folgen. Es erschien mir logisch und unlogisch zugleich. Vielleicht war ich noch nicht bereit, zu verstehen. Ich ließ es auf mich wirken. »Was ist mit jenen, die sich impfen lassen haben, weil ihnen der Druck zu hoch wurde und ihnen das gesellschaftliche Miteinander fehlte?«

»Wenn man es nicht möchte, es aber aus gesellschaftlichem Druck heraus tut, handelt man entgegen seines Herzens, seiner Seele. Und das kann ein Schamgefühl hervorrufen, was einer niedrigeren Schwingung als der Angst entspricht. Aber das mit den Schwingungen erzähle ich Ihnen vielleicht ein andermal. Das wäre jetzt zu viel.« Er strich sich die weiße Haarsträhne aus dem Gesicht und beugte sich nach vorne.

Ich hatte Matsch im Hirn, die Schweißpfütze vermischte sich mit Schlamm. Ich verstand gar nichts mehr.

»Man sollte niemals Entscheidungen aus der Angst heraus treffen. Die Angst ist kein guter Berater, mit Ausnahme der realen Gefahr. Sich für die Impfung zu entscheiden, weil es sich richtig anfühlt und nicht etwa aus der Angst heraus – welche auch immer es sein möge –, wäre ein guter Grund. Ebenso wäre es aus meiner Sicht richtig, sich gegen eine Impfung zu entscheiden, wenn das innere Gefühl, der innere Kompass dazu rät, jedoch nicht, wenn es aus der …«

»… Angst heraus geschieht«, beendete ich den Satz.

Er lächelte stolz, wie ich vermutete. »Das, was für mich richtig ist, muss nicht das Richtige für Sie und alle anderen sein. Denn jede Seele hat ihren eigenen Plan. Sie will ihre eigenen Erfahrungen sammeln und diese können individuell sein.«

Ich schaute auf das Bücherregal und erkannte erst jetzt das eingerahmte Foto, auf dem Herr Meier mit Angelika Arm in Arm im Lavendelgarten stand. Sie sahen nicht nur wie ein glückliches Liebespaar aus, sondern auch wie beste Freunde. Da versetzte mein Herz mir einen Stich. Kate, ich vermisse dich. Ich vermisse es, mit dir zu schreiben und deine Stimme zu hören. Jeden Tag fehlst du mir. Wie geht es dir? Ich fasste mich an die Brust und atmete tief durch, um den Schmerz wegzudrücken.

Da überfiel Herrn Meier ein keuchender Hustenreiz. Er schlug sich auf die Brust, ich schenkte ihm ein Glas Wasser ein und hielt es ihm besorgt hin. Mit einem Wimpernaufschlag bedankte er sich und trank.

Mein Herz setzte beinahe vor Panik aus. Der Husten ebbte ab. Ich musste also keinen Notarzt rufen, zum Glück. Mein Puls normalisierte sich, ich atmete auf.

»Ist alles ok?«

»Ja, Ja. Das Alter. Ich muss nur gleich meine Herztabletten nehmen.«

Herztabletten? Hat er was mit dem Herzen? Muss ich mir Sorgen machen?

»Ich bin müde. Ich denke, es ist genug für heute. Sie brauchen sicherlich auch Zeit, um das Ganze zu verdauen.« Er grinste und brachte mich zur Tür.

Ich schluckte die Sorgen um den Philosophen herunter, trotzdem hatte ich ein unwohles Bauchgefühl.

Je näher wir der Eingangstür kamen, desto mehr schwirrte David in meinem Kopf herum. Der heiße Typ, der mir beim letzten Besuch vor die Füße lief. Beim Gedanken an ihn wurde mir glühend heiß. Ich hoffte, ihm heute wieder zu begegnen. Seit Tagen ging er mir nicht mehr aus dem Kopf. Er brannte sich wie ein Siegel in mein Herz. Ein nervöses Kitzeln durchflutete mich. Ich berührte die Türklinke. Drei, zwei, eins …

Kaffeepause

Kate stürmte hektisch durch das offene Büro zu ihrer Kollegin Marta. Eben hatte sie am Laptop gesessen und am neuen Parfumdesign gefeilt, das sie ihrem Chef morgen präsentieren musste. Perfektionistisch, wie Kate war, fand sie immer noch etwas, das man verbessern konnte. Normalerweise ließ sie sich beim Arbeiten von nichts und niemandem ablenken. Ihr Geist fokussierte sich vollständig auf den kreativen Prozess. Jeder Mausklick saß und die einzigen Gedanken, die in ihrem Kopf herumschwirrten, drehten sich um penible Produktdetails.

Doch nicht an diesem Morgen. Der Streit mit Alena saß ihr noch in den Knochen. Ungewollt schlich sich ihre Freundin ins Gedächtnis. Wut kochte in Kate hoch und ein Knoten zog sich in ihrer Brust zusammen. Sie war immer noch sauer und entsetzt über Alenas Meinung. Nie hätte ich für möglich gehalten, dass meine beste Freundin so verstrahlt ist wie all die anderen Aluhutträger, als hätte man sie einer Gehirnwäsche unterzogen. Mit dieser Geistesabwesenheit und der kochenden Hitze in ihrer Brust konnte Kate nicht weiterarbeiten. Sie brauchte eine Pause, jemanden zum Reden, um sich den Frust von der Seele abzuklopfen und wieder im Hier und Jetzt anzukommen. Marta, die Slogan-Expertin, schien die perfekte Ablenkung zu sein. Kate trat an Martas

Schreibtisch. »Kaffeepause?«

»Kaffeepause«, gab Marta genauso kurzangebunden zurück und schenkte Kate ein Lächeln.

In der Kreativecke ließen sie sich einen Kaffee ein. Kate kippte noch ein wenig Zimt in ihre Tasse. Ein paar bunte Designer-Cubes standen rings herum, ein langer Stehtisch mit bunten Blumen darauf und der Kaffeeautomat, der nach Milchnachschub schrie. Kate erinnerte sich, als ihr Chef ihr am ersten Arbeitstag erklärte, dass der Raum konzipiert wurde, um die Mitarbeiter vor Hirngulasch zu bewahren, da man sich in der Werbeagentur oft das Hirn zermarterte. Kate liebte das Ambiente, hier hatte sie das Gefühl, abschalten zu können, und hier bekam sie meist die besten Ideen.

Sie wechselte die Milch aus, der Kaffeeautomat gab ein mechanisches Schnurren von sich. Wenigstens einen habe ich heute glücklich gemacht, dachte Kate und stellte sich mit ihrer Tasse neben Marta an den Tisch.

»Na, was gibt's, Mrs. Perfect? Du kamst wie eine aggressive Bulldogge auf mich zumarschiert, ich hätte mir beinahe ins Höschen gemacht. Brauchst du Hilfe bei deinem Projekt?«, zog Marta sie auf.

Kate grinste. Den Spitznamen hatte sie bekommen, weil sie an jedem Projekt bis kurz vor der Präsentation herumbastelte. »Ich wusste gar nicht, dass du dich so leicht einschüchtern lässt«, scherzte Kate. Sie rieb sich den Hals. »Aber nein, das ist es nicht. Es ist nur …« Kate spürte, wie sich ihr Magen verkrampfte und die Wut sich meldete. »Ich hatte mich vor ein paar Wochen mit meiner besten Freundin getroffen.« Oder ehemalig beste Freundin? Bei dem Gedanken ziepte es unangenehm in Kates Herzgegend. »Ich bin den weiten Weg zu ihr gefahren und hatte mich so darauf gefreut, sie wiederzusehen. Aber du wirst es nicht glauben. Sie ist nicht geimpft. Ausgerechnet sie, die immer von Zusammenhalt sprach und auf andere Rücksicht nahm. Sie, die einer der nettesten Menschen ist, die ich kenne oder kannte. Ich meine … wie kann sie so egoistisch sein? Wann ist sie das geworden? Als hätte sich etwas in ihrem Kopf verschoben. Ich verstehe das nicht. Weder sie noch all die anderen Impfgegner. Verstehst du das? Wie soll ich damit bloß umgehen?« Kate hatte einen Kloß im Hals. Nach Verständnis suchend schaute sie Marta an, die seelenruhig ihren Kaffee schlürfte. Hallo? Hat sie mir nicht zugehört? Auf welchem Einhorn fliegt sie denn gerade? Nichts. Keine Reaktion, Martas Mimik war so aufschlussreich wie ein Stein.

Dann erbarmte sie sich. »Ich weiß, das ist nicht leicht. Auch in meiner Familie sind nicht alle geimpft. Aber deshalb kann ich ihnen nicht einfach den Rücken zukehren.« Marta machte eine Pause und starrte Löcher in die Luft, als würde sie dort Antworten finden. »Weißt du, wir müssen einander nicht zu hundert Prozent verstehen und vielleicht können wir das auch nicht. Aber wir können versuchen, uns in andere hineinzuversetzen. Es ist doch so, dass viele Menschen lieber ihrem eigenen Gequassel lauschen, als dem Gegenüber wahrhaftig zuzuhören. Wir haben es verlernt und wissen gar nicht mehr, was unsere Mitmenschen beschäftigt und was in ihnen vorgeht. Stattdessen warten wir auf den Moment, bis wir selbst wieder den Mund aufmachen können, um dem Gegenüber die eigene Ansicht an den Kopf zu werfen. Ein Austausch auf gleicher Ebene findet nicht statt. Die Gesellschaft hat verlernt, sich gegenseitig das Ohr zu schenken. Allen voran zeigen es die Politiker in ihren Debatten, indem sie mit dem Finger auf andere zeigen und versuchen zu rechtfertigen, dass ihre Vorschläge die besten sind. In einer demokratischen Gesellschaft sollten wir in der Lage sein, uns zu respektieren, auch wenn wir anderer Meinung sind.«

Kate schaute Marta an. Wirklich Marta? Ich soll einfach so akzeptieren, dass andere einen Scheiß auf die Gesellschaft geben? »Du bist doch auch geimpft. Wie kannst du das so einfach hinnehmen?«

Marta streckte ihren Arm aus und legte ihre Hand auf Kates Unterarm. »Genau wie du, habe ich mich aus Überzeugung impfen lassen. Aber jeder handelt aus einem anderen Motiv heraus. Das ist bei Geimpften und bei Ungeimpften so.«

Kate parkte den Ellbogen auf dem Tisch und vergrub das Kinn in der Handfläche. Ihr Hirn ratterte, sie fragte sich, ob Marta die Rauchschwaden, die gefühlt über ihrem Kopf hingen, sehen konnte. Die Worte ihrer Kollegin bahnten sich einen Weg in Kates Denkzentrum, sie schienen sich dort einzunisten und das gespannte Hirnnetz in Chaos zu versetzen. Zumindest nahm Kate es so wahr.

»Kate!«

»Was? Was ist denn?« Erschrocken machte Kate einen Satz nach hinten.

»Deine Haare. Die wären beinahe im Kaffee gelandet. Wenn du dein blondes Haar färben willst, gibt es weitaus bessere Möglichkeiten«, scherzte Marta.

Kate lachte, die Enge in ihrer Brust verflog.

»Vielleicht solltest du dich mit Geimpften und Ungeimpften über ihre Beweggründe austauschen. Schieb deine eigene Ansicht beiseite, hör ihnen zu und versuch, sie zu verstehen. Mir hat es geholfen, auch Andersdenkende zu akzeptieren.«

Vielleicht gibt es doch noch Hoffnung für mich und Alena.

»Du könntest mal mit meiner Schwester Emma reden. Sie ist ungeimpft.«

»Emma ist ungeimpft? Aber sie wohnt doch in Frankfurt?«

»Wie gut, dass man sich auch virtuell treffen kann.«

Kate legte den Kopf schräg und lächelte.

Unerwartetes Date

Ich verabschiedete mich von Herrn Meier und berührte die Türklinke. Es kribbelte in meinem Bauch, insgeheim hoffte ich David zu begegnen. Mein Herz pochte, wie es nie zuvor gepocht hatte. Drei, zwei, eins …, doch anstatt David kam mir eine Windböe entgegen. Enttäuscht seufzte ich. Am liebsten hätte ich Herrn Meier über David ausgequetscht, aber das wäre unpassend gewesen. Stattdessen schluckte ich die Enttäuschung herunter und versuchte, diesen Typen aus meinem Kopf zu wischen, was mir augenscheinlich nicht gelang. Er stahl sich immer wieder hinein, fand irgendeine Lücke in meinem Hirn, durch die er kroch und Bilder von sich aufflackern ließ. Sobald ich diese wieder in der Hirnschublade unter der Bezeichnung ›David‹ verfrachtet hatte, schob sie sich wieder auf. Die Arbeit war die einzige Ablenkung, meine Rettung.

Ich ging einen Stapel Aufträge durch. Hier ein Logo, dort ein Design, Flyer und Werbetexte, die erstellt werden mussten. In den letzten Tagen waren Bestellungen bei mir hereingeflattert und hatten mein E-Mail-Postfach geflutet – ein Wunder, dass es nicht platzte. Bis zum Abend klebten mein Hintern am Bürostuhl und meine Pupillen am Bildschirm, bis mir der Rücken schmerzte und die Augen brannten, als hätte ich Chili draufgekippt. Aber ich wollte mich nicht beschweren, denn viele Aufträge bedeuteten Cash, ein Segen für Selbstständige.

Trotz des hohen Arbeitspensums hatten meine Gedanken genug Zeit, über David zu schwärmen. Diese dunklen Augen, die sich tief in meine Seele bohrten und irgendeinen Hebel betätigten, der meine Gefühlswelt durcheinanderbrachte, meinen Körper verhexte und gefühlt die Temperatur auf Fiebergrade erhöhte. Auch jetzt wurde mir glühend heiß, als ich mir den Moment der Begegnung und die wechselnden Blicke in Erinnerung rief. Und dazu das geheimnisvolle Lächeln und seine braungebrannte Haut, als käme er gerade vom Strand. Ich strich mir über den Hals und biss mir auf die Unterlippe. Draußen zwitscherten die Vögel, das satte Grün und die Knospen erzählten vom Beginn des Frühlings, während ich nur Sommerhitze fühlte.

Ein Blick auf die Uhr, ich sollte Schluss machen und zu Herrn Meier fahren. Vielleicht hatte ich heute mehr Glück, David wiederzusehen. Ich drückte mir die Daumen, auch, um meinen Kopf mit neuen Bildern zu versorgen.

Ich umfasste den Löwenkopfring und klopfte dreimal. Auf der anderen Seite der Tür horchte ich den schleifenden Bewegungen und dem hechelnden Geräusch. Die Tür öffnete sich. Herr Meier sah entkräftet aus. Er mühte sich ein Lächeln ab, den Arm schwang er zur Begrüßung kaum merklich nach oben. Ich fragte mich, ob ich mir das einbildete oder er in den letzten Wochen körperlich abbaute? Meine Alarmglocken läuteten.

»Hallo, Frau Engelmann.«

Ich begrüßte ihn und wollte die Einkaufstüten reinschleppen, da winkte er mit zittrigen Händen ab.

»Lassen Sie das. Das macht …«

Mein Herz hämmerte gegen die Brust, meine Hände wurden feucht, nicht etwa aus Sorge, ich hatte eine Vorahnung. Langsam drehte ich mich um. Da war sie, die Bestätigung. Das braune Haar flatterte, das kaum erkenntliche Lächeln verschlug mir die Sprache. Meine Gedanken fotografierten den Moment und legten die Erinnerungsbilder in der David-Schublade ab.

»Hallo, darf ich?« Grinsend entriss er mir die Einkaufstüten und verschwand im Haus.

Ich brachte nur ein stottriges »H… Hi« heraus. Herr Meiers Silhouette verschwamm mit der weißen Wand. Mein Hirn nahm seine Anwesenheit nicht mehr wahr. Nach wenigen Sekunden kam David zurück.

»Ruh dich aus«, sagte David Herrn Meier zugewandt und drückte sanft seine Schulter. »Wir zwei Hübschen haben heute ein Date. Anweisung des Philosophen.« Breit lächelnd zeigte er mit dem Kopf in Herrn Meiers Richtung und verabschiedete sich.

Ich wusste nicht, wie mir geschah, konnte mich noch nicht einmal verabschieden. Mit offener Kinnlade folgte mein Blick David.

»Komm schon. Oder bist du etwa festgewachsen?«

Ich schloss meine Luke, schluckte und hastete David hinterher.

Unsere Körper trennten nur wenige Zentimeter voneinander. Die Luft zwischen uns schien statisch aufgeladen zu sein. Meine Armhaare ragten in die Höhe, als wollten sie nach David greifen, sich an seine warme Haut schmiegen und mit ihm verschmelzen. »Was haben wir denn vor?«

»Wie wäre es mit Eis, das wir am Fluss essen? Ich bin übrigens David und du bist …?« Er sah mir tief in die Augen, streckte seine Hand aus und zog sie ruckartig zurück. »Pardon, wie konnte ich das vergessen.«

Mein Herz setzte aus, ich schluckte. Dann bot mir David den Ellbogen zur Begrüßung an. O nein, er ist doch nicht geimpft, oder? Manche Ungeimpften machten dieselbe Geste, das hatte nichts zu bedeuten. Ich legte die Hand aufs Herz. »Alena, freut mich. Tut mir leid, aber das mit dem Ellbogen finde ich irgendwie komisch. Aber Eis klingt gut.« Ich sah ihm in die Augen, während mich ein Kitzeln durchfuhr, als würde eine Horde Ameisen über meine Haut spazieren.

David nickte mir zu.

Wir saßen auf einer Parkbank und schleckten an

unserem Eis, ich mit Haselnuss und Pistazie, er mit Banane und Walnuss. Vor uns erstreckte sich die Isar, mit ihrem Geplätscher schwappte sie flussaufwärts, umrahmt von grünen Wiesen und Laubbäumen. Fußgänger joggten und schlenderten gesprächig an uns vorbei, in der Ferne echoten quietschende Bremsen und Motorgeräusche, es herrschte Leben. Ich saß so nah an David, dass ich seine Wärme durch meinen Mantel fühlte. Mein Körper spielte verrückt. Das Herz trommelte fast schmerzhaft gegen meine Brust und im nächsten Moment setzte es aus. Die Schweißfinger der linken Hand vergrub ich im Mantel und die anderen umklammerten das Waffeleis. Ich tauchte in die Duftwolke von Davids Parfum ein, das nach einer holzig kraftvollen Note roch, und wollte mich am liebsten an ihn schmiegen, um den Geruch zu inhalieren, hielt mich aber zurück.

»Ging es Herrn Meier eben nicht gut, oder wie kommt es zu unserem ›Date‹?«

»Er fühlte sich nicht besonders. Er meinte, er wolle sich heute ausruhen und bat mich zu kommen. Mehr weiß ich auch nicht. Übrigens, die Einkäufe übernehme ich ab jetzt, dann musst du nicht immer die schweren Tüten schleppen. Was war da drin? Gewichte?« Er schaute mich lächelnd an.

Ich strich mir verlegen eine Haarsträhne aus dem Gesicht. Diese tiefschwarzen Augen ließen mich alles um uns herum vergessen. »Ist dir der Plan vom Retter der schwachen Maid eben gekommen oder ist das mit Herrn Meier abgeklärt? Mir macht es nichts aus, den Einkauf zu übernehmen.«

»Bei den schweren Tüten halte ich dich sicher nicht für schwach. Versteh das bitte nicht falsch. Aber wenn es okay für dich ist, würde ich das zukünftig übernehmen. Schließlich versorgt mich der alte Herr seit Jahren mit Lebensweisheiten und steht mir mit Rat zur Seite. Ich bin es ihm schuldig. Außerdem war er einverstanden, solange du ihn weiterhin besuchen würdest. Was meinst du?«

Diese strahlenden Augen, das blitzende Lächeln. Wärme stieg mir in den Kopf, ich hoffte, nicht rot zu werden. Der Vorschlag kam mir recht, ich hatte ohnehin derzeit viel um die Ohren. Etwas mehr Zeit, um den Stapel auf meinem Schreibtisch abzuarbeiten, kam mir gelegen. Also willigte ich ein. »Herrn Meier geht es doch gut, oder? Ich meine, er war bloß müde oder gibt es einen Grund zur Sorge?«

»Ich hoffe es. Er erwähnte mir gegenüber nichts. Seinen Gesundheitszustand hütet er wie ein Geheimnis. Er würde sich nie beschweren.«

»Verstehe.« Gedanklich driftete ich ab und malte mir die schlimmsten Szenarien aus. Hat er nur noch wenige Wochen zu leben? Was ist, wenn sein Herz aufhört zu schlagen oder er jetzt in diesem Moment einschläft und nie wieder aufwacht? Ein kalter Schauer lief mir über den Rücken, die Feuchtigkeit in meinen Händen gefror. Ich verschanzte die Angstgedanken in einer Kiste und redete mir ein, dass es nicht so schlimm um den Philosophen stand.

»Paul meinte, ihr kennt euch von seiner Frau Angelika?«

»Paul?« Ich kniff die Augen zusammen.

»Ach ja, du kennst ihn bestimmt als Herr Meier.«

»Ach so. Ja, genau. Angelika und ich kannten uns vom Theater.«

»Oh, du spielst also auf der Bühne?«

»Nein. Ich hatte mich um die Deko und den ganzen Hintergrundkram gekümmert und Angelika hat die Kleider genäht.«

»Hatte? Heute etwa nicht mehr?«

»Ja, seit ihrem Tod … Irgendwie macht es ohne sie keinen Spaß mehr.« Die Erinnerung an Angelika schmerzte in meiner Brust. Ihr Lächeln, ihre gute Laune, ihre ganze Präsenz fehlte.

»Entschuldige, ich wollte nicht …«

»Schon gut. Hast du sie gekannt?«

»Pauls Frau? Nur flüchtig. Sie soll eine sehr liebevolle Person gewesen sein.«

»Das war sie. Und woher kennst du Herrn Meier?«

»Er war mein Professor. Wir hatten uns damals schon gut verstanden und uns auch außerhalb der Uni getroffen.«

»Ach so, dann musst du sein Lieblingsstudent gewesen sein.«

David fuhr sich durchs Haar.

»Schätze, das beruhte auf Gegenseitigkeit. Es gab

keinen Prof, der ihm das Wasser reichen konnte.«

Ich schmunzelte.

David wandte seinen Blick von mir ab.

Aus dem Augenwinkel beobachtete ich ihn, während ich am Pistazieneis leckte. Seine Schulter lehnte beinahe an meiner. Verdammt, selbst von der Seite sah er rattenscharf aus. Wie kann man nur so ein perfektes Profil haben? Er schaute Passanten hinterher. Bin ich ihm zu langweilig?

»So viele Menschen und jeder lebt in der eigenen Blase.«

Ich musste genau hinhören, um mich zu vergewissern, dass nicht Herr Meier mit mir sprach. Das wäre seine Wortwahl gewesen. Aber nein, es war eindeutig die tiefe heisere Bassstimme von David. Und bestimmt die Worte eines Ungeimpften. Bitte, hoffte ich insgeheim. »Die meisten wirken abwesend. Manchmal betrachte ich Leute und frage mich, worüber sie nachdenken, was in ihnen vorgeht. Sie scheinen beschäftigt zu sein und doch haben die meisten einen leeren Blick.« Er grinste, ich nahm es als Kompliment für meine Analyse.

»Noch interessanter ist es, die eigenen Gedanken zu beobachten. Alles ist Energie, alles ist Schwingung und sendet eine bestimmte Frequenz aus.«

Meine Gehirnzellen erwachten und wuselten hektisch herum, als stünden sie unter Drogen. Ich fragte mich, wie oft wohl Philosophiestudenten unter Hirngulasch litten? Sicher gab es dafür eine anerkannte

Krankheit. »Was meinst du damit?«

»Hm …, lass mal überlegen …« David rieb sich über das Kinn. »Vielleicht kann ich es dir mit einer Geschichte erklären. Hast du Lust?«

Das klang sowas von nach Herrn Meier. Ob er die Geschichte wohl von dem Alten hat? Bestimmt. Ich nickte.

»Na schön. Ein Zen-Meister meditierte auf einem Berggipfel, als ein Wanderer vorbeikam und ihn fragte, was er hier oben machte. Der Mönch lächelte und antwortete, dass er die Schwingung des Universums beobachtete. Neugierig fragte der Wanderer: ›Was hast du dabei gelernt?‹ Woraufhin der Mönch antwortete: ›Ich habe gelernt, dass alles im Universum in Bewegung ist, in Schwingung. Die Bäume, die Vögel, die Wolken, die Sterne – alles sendet seine eigene Schwingung aus. Und ich habe auch gelernt, dass meine Gedanken, Wörter und Emotionen Schwingungen sind, die ich in die Welt sende.‹ Verwirrt fragte der Wanderer: ›Aber warum tust du das?‹ Da lächelte der Mönch und sagte: ›Ich tue es, um in Harmonie mit dem Universum zu sein. Wenn ich meine eigenen Schwingungen in Einklang mit den Schwingungen um mich herum bringe, dann erlebe ich Frieden und Einheit. Ich ziehe in mein Leben, was zu meiner Schwingung passt, und ich strahle Liebe und Mitgefühl aus, um anderen zu helfen, ihre Schwingungen zu erhöhen.‹ Da erkannte der Wanderer, dass alles Energie, alles Schwingung ist und jeder Einzelne die Kraft besitzt, die eigene Schwingung zu gestalten und so seine Wirklichkeit zu formen.«

Wow, da mussten meine Hirnmitarbeiter wieder einiges verarbeiten. Innerlich hörte ich sie schimpfen, weil wieder Unterlagen und Ordner umgeräumt und neu angelegt werden mussten. »Das alles ist nicht greifbar für mich. Wenn alles Energie ist, selbst unsere Gedanken, Wörter und Emotionen, wie soll ich mir das vorstellen?«

»Der Mensch ist ein Schöpfer. Wir sind Sender und Empfänger von Energien. Wir senden Frequenzen, Schwingungen aus und können wie bei einem Radio nur jene Frequenzen anziehen, die auf unserer Schwingungsebene liegen. Um einen Radiosender zu hören, musst du ja auch genau dessen Frequenz einstellen. Das nennt man auch: in Resonanz sein. Wir kreieren jeden Tag unsere Wirklichkeit. Du kannst aber nur das in dein Leben ziehen, was sich auf deiner Schwingungsebene befindet. Die meisten ziehen Dinge in ihr Leben, die sie nicht möchten, weil sie niedrigere Schwingungen aussenden und ihre Träume höhere Frequenzen aufweisen.«

»Also so, als würde ich einen bestimmten Sender einstellen wollen und die ganze Zeit in die falsche Richtung drehen.«

»Genau.«

»Hm …, wenn dem so wäre, hätten ›niedrigschwingende‹ Personen die Arschkarte und würden ihre Ziele nie erreichen.«

Er lächelte, was seine perfekten Zähne freigab und mein Herz dahinschmelzen ließ, als wäre ich flüssiges Eis in seinen Händen.

»Jeder hat die Macht, die eigene Schwingung jederzeit zu erhöhen. Wer seine Träume leben will, sollte lernen, täglich überwiegend in höheren Frequenzen zu verweilen und auf seine Wortwahl und Gedanken zu achten. Gedankenhygiene zu betreiben ist wichtig, um alte destruktive Glaubenssätze aufzulösen – die meist auf die Kindheit zurückzuführen sind – und sie durch positiv, hoch schwingende Glaubenssätze zu ersetzen. Denn ein verletztes inneres Kind verfolgt uns bis ins Erwachsenenalter, wenn wir uns nicht Stück für Stück mit dessen Heilung beschäftigen. Die meisten Menschen reagieren aus ihrem verletzten inneren Kind heraus und nicht aus ihrem Jetzt-Bewusstsein. Sie lassen praktisch ein altes Programm ablaufen und hinterfragen sich nicht.« David knabberte an der Waffel.

Ich dachte darüber nach. »Was meinst du mit dem verletzten inneren Kind? Und was sind Glaubenssätze?«

»Stell dir vor, als Kind wurdest du von den Eltern kaum beachtet, man hat dir nicht zugehört und alles, was du sagtest, wurde als Lüge abgestempelt. Dieses Verhalten hat das innere Kind in dir verletzt, das gesehen, geliebt und akzeptiert werden will. Es kann sein, dass du im Laufe des Lebens dadurch negative Glaubenssätze entwickelst, die du als deine

Wahrheit empfindest. Zum Beispiel kann ein Glaubenssatz lauten …«

»Ich bin nicht gut genug und werde nicht verstanden«, unterbrach ich David. Mich fröstelte es. Ohne es zu wissen, beschrieb David gerade meine Kindheit. Mein Vater hörte mir selten zu und belächelte alles, was ich sagte. Seiner Ansicht nach hatte ich keine eigene Meinung und schnappte alles bloß irgendwo auf oder log, denn aus meinem Mund kam sowieso nur Unsinn. Ich rieb mir über die Oberarme.

»Genau. Diesen Glaubenssatz trägst du dann bis ins erwachsene Alter mit dir rum. Wenn es zu einer Meinungsverschiedenheit kommt, kann es sein, dass du überreagierst, weil du aus deinem verletzten inneren Kind heraus reagierst.«

»Eine Art Schutzmechanismus, um nicht wieder den Schmerz der Vergangenheit zu spüren.«

David nickte.

Ob ich beim Streit mit Kate auch aus meinem verletzten inneren Kind heraus reagiert habe? Ja, hörte ich eine Stimme in meinem Kopf. Ich hatte mich missverstanden gefühlt, nicht beachtet, meine Ansicht wurde kleingetrampelt, genau so wie in meiner Kindheit. Es leuchtete mir ein. Nicht das, was Kate sagte, machte mich wütend, sondern der Glaubenssatz: ›Ich werde nicht verstanden‹, löste den Ärger aus.

Kate. Tränen stiegen mir in die Augen, seit unserem Streit fühlte sich mein Herz wie hartgewordener

Beton an, schwer und eingemauert. Ich wandte mich von David ab und blinzelte hektisch mit den Wimpern, um den Ausbruch zu verhindern. Es funktionierte. Wie oft wir Menschen wohl aus unserem verletzten inneren Kind heraus reagieren und unnötig miteinander streiten? Nachdenklich schaute ich ins Nichts. Vielleicht sollte ich mich näher mit dem Thema beschäftigen.

Ein Mann mit zusammengepressten Lippen und gekräuselter Stirn lief an uns vorbei. Er fuchtelte wild mit der Hand umher, als würde er sich über etwas aufregen. Da dachte ich an Davids Worte. »Wie erhöht man die Schwingung? Und was meinst du mit niedrigen Schwingungen?«

»Eine sehr gute Frage. Dr. David Hawkins – ein mittlerweile verstorbener Psychiater – hatte sich jahrelang der Bewusstseinsforschung gewidmet. Er erstellte ein Modell, das die Bewusstseinsebenen eines Menschen beschreibt. Identifiziert man sich zum Beispiel überwiegend mit der Emotion Angst, nimmt man die Realität aus dieser Emotion heraus wahr. Das gilt für jede Bewusstseinsebene. Leute, die im emotionalen Drama gefangen sind, Angstzustände, Trauer, Wut und anderes empfinden, reagieren aus diesen Gefühlsregungen heraus, auch, weil in dem Moment ihre Realität eingeschränkt ist. Sie sehen keine Lösung, sie erkennen nicht, was hinter ihren Emotionen steckt, meist nämlich ein verletztes inneres Kind.«

»Hmm, ihr Radio ist also auf diese niedrige Frequenz eingestellt und deshalb ziehen sie unangenehme Dinge in ihr Leben, die sich auf der gleichen Frequenz befinden?«

»Genau. Diese Leute leben dann oft im Mangelbewusstsein.«

Das Beispiel mit dem Radio klang nachvollziehbar für mich. Ich hatte das Gefühl, dass eine Glühbirne in meinem Kopf aufleuchtete. Es machte Sinn. Alles, was er sagte, machte Sinn. »Und wie steht es um die höheren Schwingungen?«

»Da gibt es verschiedene Abstufungen. Am besten, du schaust selbst mal nach dem Modell. Wenn man seine Träume manifestieren möchte, sollte man überwiegend die Gefühle der Liebe, Dankbarkeit und Freude ausleben. Denn man bekommt, was man sendet.«

Er wandte sich von mir ab, dem Horizont zu. Meine Aufmerksamkeit klebte an seinen Lippen. Wie kann ein so gutaussehender junger Mann, so viel Ahnung vom Leben haben? Langsam leuchtet es mir ein, wieso David Herr Meiers Lieblingsstudent war. Sie ähnelten sich. Ich stopfte mir das letzte Stück Waffel in den Mund und schluckte es hinunter.

»Ich glaube, das war genug Philosophie für heute. Lass uns drüben ein Kaffee trinken, bevor du mich verfluchst, weil dir der Kopf raucht.« Er zeigte auf ein kleines Café am Wegrand.

Ich freute mich über die Philosophenpause, mein

Kopf schmerzte schon fast vor Anstrengung. Zu Hause würde ich nach dem Modell googeln. Für heute hatte ich genug Input für ein erstes tiefgründiges Date. Langweilig würde es mit David nicht werden, da war ich mir sicher. »Du warst auf jeden Fall eine würdige Vertretung für den alten Philosophen.«

»Da bin ich froh.« David lächelte.

Wir setzten uns auf die Veranda des Cafés, genossen die Aussicht mit Blick auf die Isar, deren Oberfläche funkelte wie winzig kleine Diamanten, inhalierten das Kaffeearoma – zumindest tat ich es – und schlürften daran. Neben uns tratschten zwei Freundinnen oder Kolleginnen, wie ich vermutete, bei der Redegeschwindigkeit. Ein paar Tische weiter schienen zwei schüchterne – vermutlich Zwanzigjährige – ihr erstes Date abzuhalten. Sie, klein, blond, schielte ständig auf den Tisch und krallte sich an der Serviette fest, als würde sie ihr Halt geben. Er, groß, rieb sich unter dem Tisch seine Schweißhände am Oberschenkel ab. Dieselbe Radiofrequenz hatte sie zueinander geführt. Ob das auch für mich und David galt? Ich lächelte den Sonnenstrahlen entgegen.

Eis, Kaffee, Sonne im Überfluss und ein heißer Typ vor mir, gab es etwas Besseres? Ich fühlte mich wohl wie ein Fisch im Wasser und fragte mich, ob man bei diesem Wetter überhaupt schlecht gelaunt sein konnte. Für mich unvorstellbar.

»Erzähl mir von dir. Kommst du von hier, hast du einen Freund, was bevorzugst du: Bücher oder

Filme?«

Die Frage, ob ich Single bin, gekonnt in eine Fragen-Aufzählung verstrickt. Nicht schlecht, David, nicht schlecht. Ich erzählte, dass ich aus der Region komme und in der Nähe studiert hatte, dass ich Single sei, weil der Richtige mir bisher nicht über den Weg gelaufen ist, und ich Bücher immer Filmen vorzog.

Nachdem ich meinerseits ihn ausgefragt hatte, erzählte David, er werde bald seinen Traum vom eigenen philosophischen Café verwirklichen.

»Wie stellst du dir dein Café vor?«

Voller Leidenschaft erzählte er von seinen Ideen. Er strahlte von innen heraus, gestikulierte wild mit den Händen und verlieh damit seinen Worten Ausdruck. Mit der Begeisterung und dem Leuchten in seinen Augen zog er mich in seinen Bann. Beinahe konnte ich den weichen Dielenboden seines zukünftigen Cafés spüren, das Zischen der Kaffeemaschine hören, bevor sie einen Latte Macchiato ausspuckte, und mit den Fingern über die Buchrücken im Regal streichen, die das Café zu einem ganz besonderen Ort machten.

»Und wie bist du so?« David fixierte mich mit seinem Blick.

Was soll ich da bloß antworten? Komm schon, Alena, streng dich an. »Schwer zu sagen, die einen sagen dies, die anderen das. Finde es heraus.« Super, gekontert. Gedanklich legte ich die Hand aufs Herz und streckte den Hals zum Himmel.

Die Zeit verflog, wir redeten uns die Zungen wund und lachten, bis es dunkel wurde. In meiner Magengegend kitzelte es, wahrscheinlich glühten meine Wangen knallrot, vom vielen Lachen und der Hitze, die mein Körper nicht zu regulieren vermochte.

»Wie sieht es nächsten Donnerstag bei dir aus? Ich finde, wir sollten unser philosophisches Date wiederholen. Was meinst du?« Er sah mich mit einem schelmischen Lächeln an.

»Ich muss passen. Donnerstag hab ich schon ein Date.«

»Ach ja, stimmt ja. Paul. Wie wäre es mit einem Date nach deinem Date?«

»Wenn du mir versprichst, meinen Kopf nicht zu überfordern. Mein Hirn glüht schon genug beim Wiedersehen mit dem Philosophen, da wäre etwas Entspannung ganz nett.«

»Abgemacht. Ich werde versuchen, mich zurückzuhalten, versprechen kann ich nichts.«

Aufgeregt schob sich die David-Schublade in meinem Kopf auf und zu, während ein Kribbeln mich von Kopf bis Fuß erfüllte.

Herr Müller und die neonfarbene Tanzfläche

Kate wuselte in der Küche herum, schmierte ihren Kindern, Mira und Leon, Brote, schenkte sich und ihrem Mann Manuel Kaffee ein, natürlich mit Zimt, gab ihm einen beiläufigen Kuss auf die Wange und hetzte die Kinder, sich schneller anzuziehen, damit sie den Bus erwischten. Der Mama-Shuttle-Service musste pausieren. Kate konnte es sich nicht leisten, zu spät zu kommen, nicht heute. Ein wichtiges Online-Meeting mit einem Kunden stand an, das komplette Marketingteam sollte anwesend sein. Auch Manuel hatte es eilig. Er kippte den Kaffee hinunter, stopfte sich das letzte Brotstück in den Mund und verabschiedete sich. Kate räumte den Tisch ab und schaute auf die Armbanduhr. Innerlich stand sie unter Strom. Dann schnappte sie sich ihre Jacke, die Laptoptasche unter den Arm geklemmt, und sprintete zum Auto.

Pünktlich saß sie am Schreibtisch und studierte die Unterlagen des Kunden. Sie wollte, so gut es ging, für das anstehende Meeting vorbereitet sein. Plötzlich verdunkelte sich der Bildschirm und der Balken mit dem Akku blinkte auf. Mist! Das hat mir gerade noch gefehlt. Kate klickte auf Speichern und vergewisserte sich, dass das Ladekabel angeschlossen war.

»Mrs. Perfekt, änderst du schon wieder was auf den letzten Drücker? Lass es doch, es ist perfekt genug«, sagte Marta, während sie ihr einen Zimtkaffee hinstellte.

»Nicht jetzt, Marta. Sorry, aber der Akku streikt, das blöde Ding lädt nicht, obwohl das Kabel angeschlossen ist.« Kate schnaubte verärgert. Ein letzter Blick auf die Uhr, noch dreißig Minuten. Jetzt konnte nur der ITler helfen. Kate klappte den Laptop zu. »Ich muss zu Karlos. Drück mir die Daumen, dass er es hinkriegt. Bis später und danke für den Kaffee«, sagte sie, trank einen Schluck und flitzte los.

»Guten Morgen Kate. Was gibt's?«

»Hallo Karlos. Mein Akku lädt nicht.« Sie streckte ihm den rechteckigen Kasten entgegen. »Ich weiß nicht, was los ist, und in einer halben Stunde haben wir ein wichtiges Meeting.« Innerlich kochte sie vor Anspannung und hoffte, dass ihr Kollege das mit seinen Zauberfingern wieder hinbekam. Sie stellte sich vor, wie Karlos wild auf die Tasten hämmerte, dabei seine Brille nach oben schob, weil sie drohte, herunterzurutschen, während er sich auf die Unterlippe biss – das tat er immer, wenn er sich konzentrierte – und plötzlich funktionierte alles, als wäre nichts gewesen. Zu ihrer Überraschung wechselte Karlos den Akku aus, warf einen Blick auf den Bildschirm und überreichte ihr das Notebook.

»War's das?«, fragte Kate überrascht.

»Jap.« Er grinste.

»Danke, du hast mich gerettet.« Kate war dabei, das Zimmer zu verlassen, als sie ein Pflaster auf seinem Oberarm bemerkte und umkehrte. Karlos sah sie fragend an. Sie erinnerte sich an das Gespräch mit Marta, die ihr geraten hatte, sich mit Geimpften und Ungeimpften über deren Motive auszutauschen. »Sag mal, Karlos, bist du eigentlich geimpft?«

Er grinste. »Jap, seit heute Morgen sogar zum zweiten Mal«, sagte er und klopfte auf die Pflasterstelle.

»Verstehe. Sag mal, wieso hast du dich eigentlich impfen lassen?«

»Nun ja, ich wollte wieder am gesellschaftlichen Leben teilhaben. Ich wollte einfach nicht aufs Essen gehen, Kino und so verzichten.«

Kate nickte.

»Danke nochmal.« Kate hielt den Laptop hoch, als wäre er eine Trophäe.

»Viel Glück beim Meeting«, rief Karlos ihr hinterher.

In zwei Reihen aufgestellt hingen Kate und ihre Kollegen dicht am Bildschirm. Ihr Chef, Gregor Hofmann, und Marta saßen, sie und ihre anderen beiden Kollegen standen fest verwurzelt dahinter. Ein Wimpernschlag später erschien Herr Müller auf dem Bildschirm. Ich wusste nicht, dass er so gut aussieht, durchzuckte der Gedanke Kates Verstand. Einige Entwurfsideen hatte sie ihm vorab via E-Mail geschickt. Er antwortete immer höflich. Zu höflich für einen so heißen Typen, wie Kate feststellte. Solche Männer sind doch meist eingebildet und meinen, alles besser zu wissen. Vom Aussehen wäre er was für Alena. Er hatte dieselben dunklen Haare. Der Gedanke schnürte ihr die Brust zu, also schüttelte sie ihn ab und konzentrierte sich wieder auf die Buchstaben und Sätze, die aus Herrn Müllers Mund kamen.

Als es endlich an Kate war, etwas zu sagen, stellte sie ihre Designidee für die neue Parfummarke Shine vor. Marta vollendete Kates Ausführung mit dem Werbeslogan: »Shine as bright like a god.« Vor lauter Anspannung hielt Kate die Luft an, bis Herr Müller das Wort ergriff und sich ihre Muskeln entspannten.

»Nun ...«, begann Herr Müller.

Mach es nicht so spannend. Spuck es aus! Wie findest du's?

»Mir gefällt die Idee. Ich muss das natürlich noch mit meinen Kollegen abstimmen, aber ich denke, das könnte unser finales Design werden. Der Slogan ist brillant. Zur Form der Flasche ...« Herr Müller fügte noch einige Änderungswünsche an.

Kate stellte sich vor, wie ihr Herz winzige Arme und Beine bekam, die ausgelassen tanzten, eine Flasche Champagner köpften und damit eine in Neonfarben leuchtende Tanzfläche besprenkelten. Herr Müller mag mein Design. Ein freudiges Kribbeln flutete ihre Blutbahn. Am liebsten hätte sie wie ein Kind gekreischt und sich im Kreis gedreht. Doch sie bemühte sich, ernst zu bleiben und nur zaghaft zu lächeln. Nach dem Meeting gratulierte sich das Team gegenseitig. Bei einem Kaffee tratschten sie über den Erfolg der Videokonferenz und Marta nickte Kate mit gespitzten Lippen und hochgezogener Augenbraue zu. Kate verstand. Sie grinste bestätigend zurück, so, als würde sie Marta mitteilen: ›Ja, Herr Müller sieht gut aus.‹

***

Am Nachmittag verabredete sich Kate mit Veronika, die ihre Elternzeit genoss. Kate trat in das Café mit Kinderbetreuung, wo Veronika bereits am Tisch saß, mit einem Glas Wasser in der Hand und ihrem zweijährigen Jungen beim Spielen zusah. »Hi, Vero.«

»Hallo Kate. So schön, mal wieder unter Erwachsene zu kommen.«

Kate lächelte, setzte sich ihrer Kollegin gegenüber und sie bestellten zwei Cappuccino. Vero fragte, was es Neues im Büro gab. Kate erzählte vom großen Fisch Müller-Luxe und der Parfummarke Shine, dem üblichen Alltagstratsch und wollte von Vero wissen, wie es ihr in der Elternzeit erging. Vero plauderte wie ein Wasserfall. Kate hörte aufmerksam zu und sah ihr an, wie froh sie war, endlich mit jemandem über die Höhen und Tiefen des Mutterseins und Sich-ständig-Sorgen-Machens zu sprechen. »Es wird nicht einfacher. Aber du gewöhnst dich dran. Wichtig ist, sich auch mal Zeit für sich zu nehmen, sonst brennen einem irgendwann die Sicherungen durch«, sagte Kate. Sie kannte das Problem zu gut. Erst gab es nur sie und Manuel, dann kamen zwei kleine Kinder dazu, die den ganzen Alltag umwarfen und Zeit sowie Energie aufsogen wie Vampire. Trotzdem bereute sie keine Sekunde, Mutter zu sein. Eine Weile quatschten sie über Wichtiges und Unwichtiges, bis sie das Impfthema anschnitten.

»Als Ungeimpfte ist es schwer. Viele Aktivitäten kann ich mit dem Kleinen gar nicht machen, weil ich mich gegen die Spritze entschieden habe. Und ständig ändern sich die Regeln. Ich bin froh, dass wir uns heute hier treffen konnten. Zwar musste ich einen Test machen, aber wenigstens werde ich damit nicht ganz vom gesellschaftlichen Leben ausgeschlossen. Zumindest derzeit nicht.« Vero seufzte schwer.

Kates Gemütszustand änderte sich schlagartig. Die Gelassenheit wich, ihr Bauch schwoll an vor Wut. Am liebsten hätte Kate versucht, Vero von der Impfung zu überzeugen. Sie hätte ihr klargemacht, dass das Vakzin sie und andere schützte und der ganze Spuk schneller vorbei wäre, wenn es alle tun würden. Sie wollte sie wachrütteln und aus der realitätsfernen Blase herausholen, in der Kates Meinung nach alle Ungeimpften steckten. Da fielen ihr Martas Worte ein. Kate atmete tief durch. Langsam schwoll die Wut wie bei einer kleiner werdenden Beule ab. Und

Kate nahm eine offene Haltung ein, zurücklehnend, die rechte Hand auf den Tisch und die linke locker auf den Oberschenkel gelegt. »Darf ich fragen, wieso du dich gegen eine Impfung entschieden hast?«

»Wegen den Nebenwirkungen. Keiner kann was zu möglichen Langzeitfolgen sagen. Auch die Liste der bekannten Nebenwirkungen gibt mir zu denken. Zum Glück haben viele Leute keine oder geringe Begleiterscheinungen, die schnell vorbei gehen. Aber was ist, wenn man selbst ein Ausnahmefall ist und der Stich lebensbedrohlich wird oder man ein Leben lang mit den Folgen der Impfung zu kämpfen hat?« Vero rührte den Cappuccino um.

Kate wollte entgegnen, dass Corona auch zu Langzeitfolgen führen kann. Verkniff es sich aber.

»Meine Oma hatte eine Herzmuskelentzündung nach der Impfung und seitdem muss sie Herztabletten nehmen. Sie ließ sich regelmäßig untersuchen und hatte vorher nie Herzprobleme erwähnt. Klar könnte man sagen, dass es am Alter liegt und nicht an der Impfung. Genau wissen kann man es nicht, aber die Nebenwirkungen sollten nicht runtergespielt werden. Es kann jeden treffen«, sagte Vero.

Kate legte ihr Kinn auf der Handinnenfläche ab.

»Vorsicht, deine Haare landen gleich im Cappuccino«, warnte Vero und lachte.

Erschrocken zuckte Kate. Im nächsten Moment prustete sie los. Nicht schon wieder, erinnerte sie sich an die Kaffeepause mit Marta. Eine Weile grübelte sie über Veros Worte. Kate konnte sie ein Stück weit verstehen, auch, weil die Folgen des Vakzins ihre Familie getroffen hatte. »Tut mir leid für deine Oma.«

»Schon gut.«

»Aber das Testen macht dir nichts aus?«

Vero zuckte mit den Achseln. »Schön ist es nicht, aber es gibt Schlimmeres. Wobei mein Schwager mit den PCR-Tests Probleme hat. Er hat schlechte Erfahrungen mit ungeschultem Personal gemacht, die ihm das Ding schmerzhaft in die Nase gerammt haben. Das Einzige, was er akzeptiert, sind Spucktests.«

»Der Arme …« Veros Worte kreisten in Kates Kopf herum. Sie spürte ein Pulsieren, als würden alte Gedankenmuster aufbrechen und sich neu formieren.

Aha-Moment

Der Philosoph saß mir gegenüber. Er sah müde aus, die Falten unter den Augen fielen tief, die Haut hing schlaff nach unten, selbst seine weiße Strähne kauerte schlapp herum. Ich machte mir Sorgen. Mir schien, als sei er in der kurzen Zeit um Jahre gealtert.

Er schob die Frage, wie es ihm ging, beiseite und führte die schwächelnden Momente auf sein Alter und das Rauchen in der Jugend zurück. Trockener Husten, der kaum zu bremsen war, zittrige Hände, die an manchen Tagen beinahe dazu führten, dass der Kaffee in seiner Hand überschwappte, und immer wieder schnappte er keuchend nach Luft, als hätte er eine Herzschwäche, die kam und ging, als wäre nichts gewesen.

Der Stolz stand Herrn Meier im Weg. Er würde nie zugeben, dass es ihm schlecht ging. Also beobachtete mein scharfer Blick jede noch so kleine Bewegung oder Äußerung, um im Notfall schnell zu reagieren. Was mache ich, wenn er nicht mehr mit dem Keuchen aufhört oder er sich an die Brust greift, mit geweiteten Pupillen, um Hilfe flehend, weil seine Lungenflügel, anstatt zu arbeiten, pausieren? Ich würde in Panik geraten und wäre aufgeschmissen. Ich sollte wohl einen Erste-Hilfe-Auffrischungskurs besuchen, dem Alten zuliebe, nur für den Fall.

Herr Meier räusperte sich. »Es gibt so viele Themen, über die es sich nachzudenken lohnt. Bevor ich wieder in meine Professorenrolle schlüpfe und Sie mit meinen Ansichten überfahre, würde mich interessieren, was Ihnen denn derzeit auf der Zunge brennt?«

Ich nahm mir einen kurzen Moment, um die Schubladen in meinem Kopf durchzugehen, da öffnete sich das ›Probleme-Fach‹, welches mit Kate, Wut, Unverständnis, Ärger, Frust und Trauer gefüllt war. Ich atmete tief durch und erzählte Herrn Meier vom Konflikt mit Kate und wie rasend es mich machte, dass Kate meinen freien Willen und meinen freien Entschluss, mich gegen die Impfung zu entscheiden, nicht hinnahm, sondern mich beschuldigte, für den Tod anderer verantwortlich zu sein. Dabei sollte sie wissen, wie wichtig mir der Wert Freiheit ist. Ich bin ein absoluter Freigeist und hasste es, wenn mir jemand von außen versuchte, seine Meinung aufzudrücken oder meine Sichtweise verdrehte und ins Lächerliche zog. Meine Reaktion, sie ebenfalls zu beschimpfen und anzufahren, zeugte natürlich nicht von Intelligenz. Leider konnte ich das nicht rückgängig machen. Dank des grauhaarigen Philosophen hatte ich mittlerweile verstanden, dass es wichtig war, die Meinung anderer zu akzeptieren. Auch, wenn die Umsetzung mir immer noch schwerfiel. »Wissen Sie, Kate ist so starrsinnig, ich glaube nicht, dass sie je meine Entscheidung akzeptieren würde. Das macht mich so wütend und traurig.« Auf den anderen zuzugehen, wenn man einen Fehler machte, das fiel uns beiden anscheinend schwer.

Herr Meier hustete sich in die Faust und klopfte auf die Brust, als müsste er seine verschleimten Atemwege befreien. Anschließend spülte er seine Luftröhre mit Kaffee. »Verstehe. Dann machen Sie den Anfang. Zeigen Sie ihr, und beweisen Sie vor allem sich selbst, dass Sie über sich hinausgewachsen sind, Ihre Fehler eingesehen haben und entschuldigen Sie sich bei ihr. Warten Sie nicht auf eine Reaktion ihrerseits. Gehen Sie mit gutem Beispiel voran. Nicht jene meistern das Leben, die Konflikte und Probleme in sich vergraben und hüten, wie einen wertvollen Schatz, sondern jene, die ihre Lebensherausforderungen ausgraben, an die Oberfläche bringen und sich den darin verborgenen Lektionen stellen.«

»So, wie Kate reagiert hat, würde sie meine freie Entscheidung diesbezüglich nie akzeptieren. Eine Entschuldigung wäre zwecklos.« In mir zog sich ein Seemannsknoten zusammen, er quetschte mein Herz und zerrte es in die Ecke, während ein Boxhandschuh draufhaute. Traurigkeit überkam mich.

»Hmm …«, brummte Herr Meier. »Sich zu entschuldigen macht nur Sinn, wenn es mir von Vorteil ist? Die Person sie also annimmt. Ist das Ihre Denkweise?« Er stellte die Tasse auf den Tisch, faltete die Hände, beugte sich vor und sah mir eindringlich in die Augen.

Wie erstarrt fixierte ich seinen Blick, als wüsste meine Seele, dass sich mir gleich etwas Wichtiges offenbarte, das meine Welt der Ansichten abermals durcheinanderwirbelte.

»Der freie Wille ist unantastbar. Jeder Mensch trifft tagtäglich unzählige Entscheidungen. Die Verantwortung dafür liegt dabei immer beim Entscheider selbst. Sie haben die Wahl, Sie können Ihre Freundin um Verzeihung bitten oder nicht. Und Ihre Freundin kann ebenso aus ihrem freien Willen heraus entscheiden, ob sie Ihnen vergibt oder nicht. Nicht jeder ist bereit, eine Entschuldigung anzunehmen. Und das ist okay. Ihr Job ist es nicht, in den freien Willen Ihrer Freundin einzugreifen und ihr die Entscheidung abzunehmen. Ihr Job ist es, die Blockaden, die ihr eigenes Herz zuschnüren und es Stück für Stück ersticken, zu befreien. Und das schaffen Sie, indem Sie ihren Emotionen Raum geben, sich zu entfalten, sich dann auf die Suche nach deren Quelle machen und letztlich zur Tat schreiten. Hinter den verschanzten Emotionen verbergen sich zahlreiche Lektionen. Bitten Sie nie um Vergebung, mit der Hoffnung, dass diese angenommen wird, bitten Sie um Vergebung Ihrer selbst willen. Damit lockern Sie den Knoten um Ihr Herz, bis es irgendwann ganz von der Fessel befreit ist und wieder frei atmen kann oder besser gesagt, frei pumpen kann.« Er verschluckte sich beim Lachen, dann hustete er wieder in die Faust und lehnte sich zurück in den Sessel.

»Wissen Sie, wenn etwas geht, seien es Dinge, Gedanken, Situationen oder Menschen, wird Platz für Neues geschaffen. Wenn ein Mensch Sie und Ihre Ansichten nicht annehmen kann, lassen Sie ihn gehen. Ich sage immer, meine Türen stehen weit offen, für jene, die kommen wollen und jene, die gehen wollen. Aber gehen Sie nicht im Stillen, das schnürt den Knoten um ihr Herz nur fester zu. Schließlich hat sie Sie nicht hintergangen und Ihnen ein Messer in den Rücken gerammt. In diesem Fall wäre es sinnvoll, schweigend zu gehen. Reden Sie mit Ihrer Freundin, tun Sie, was in Ihrer Macht steht, und nehmen Sie dann an, was auch immer geschieht. Wenn Sie wieder zueinanderfinden, großartig. Wenn nicht, dann trennen sich ihre Wege nicht im Groll, sondern in der Liebe und im Verständnis. Zumindest von Ihrer Seite.«

Die Worte trafen mich mitten ins Herz. Das Organ in meiner Brust pochte, es fühlte sich wie eine Schürfwunde an, die sich nach Heilung sehnte. Er hatte recht. Im Grunde handelte sich unser Streit bloß um eine Meinungsverschiedenheit. Schließlich hatte mich Kate nicht hintergangen. Sie war nicht mit einem Megafon herumgelaufen und hatte allen erzählt, dass ich ungeimpft bin und wie dumm ich doch sei. Ich sollte mich bei ihr melden. Das mache ich, sobald ich weniger zu tun habe, versprach ich, auch wenn es sich wie eine Lüge anfühlte.

Gedanklich kehrte ich wieder zu Herrn Meier zurück. »Ist es nicht manchmal sinnvoll, jemanden von seiner Sichtweise zu überzeugen? Wenn es für alle besser wäre?« Ich dachte an Kate zurück und wie sie es damals liebte, – meiner Meinung nach – sinnlose Demonstrationen anzuzetteln. ›Freiheit der Kunst‹, rief sie aus und ließ den Slogan auf Plakate schreiben, weil ein Künstler in der Presse für sein Gemälde zerrissen wurde. Ich verstand nie, wie man so viel in ein paar Pinselstriche und Punkte hineininterpretieren konnte. Dennoch unterstützte ich sie aus Liebe. Kate engagierte sich oft für Menschen, die Kritik erfuhren, aber beim C-Thema schien sie anders zu ticken.

Er grinste. »Wenn man jemanden zwingen möchte, gegen seinen Willen zu handeln, dann versucht man, die Person zu zwingen, gegen die innere Stimme, gegen das Herz und die Intuition zu handeln. Was für Sie das Beste ist, gilt nicht für alle. Jede Seele möchte ihre eigenen Erfahrungen machen und diese unterscheiden sich. Es gibt kein besser oder schlechter. Alles, was Sie tun oder erleben, sind letztlich nur Erfahrungen Ihrer Seele. Deshalb sollten Entscheidungen nie von außen erzwungen werden. Denn nur die eigene Seele weiß, was sie erleben will, auf der Reise namens Leben.«

Ich hatte Matsch im Kopf. Fragte mich, ob es so einfach war und man alles, was man erlebte, mit dem Wort Erfahrung gleichsetzen konnte. Innerlich leerte mein Kopf die Schublade Wissen aus, denn all meine Kenntnisse schienen sich verändert zu haben. Es schüttelte mich.

Herr Meiers faltiges Gesicht lächelte mich an. Er legte noch eine Schippe drauf. »Lassen Sie mich eine Geschichte erzählen. Raj, ein junger Mann, stritt sich oft mit den Dorfbewohnern. Eines Tages verletzte er einen Jungen namens Farid so schwer, dass dieser ins Krankenhaus gebracht werden musste. Rajs Vater entschuldigte sich aufrichtig bei Farids Familie, doch sie wiesen die Entschuldigung ab und hielten am Groll fest. Mit der Zeit wurden die Jungen älter und Raj einsichtiger und friedvoller. Er beschloss, Farid um Vergebung zu bitten, doch dieser wies ihn zornig ab. Nachdem Farids Eltern verstorben waren, bekam er finanzielle Probleme. Raj erfuhr davon und beschloss zu helfen, ohne eine Gegenleistung zu erwarten. Heimlich brachte er Nacht für Nacht ein Säckchen mit Münzen vorbei, bis Farrid ihn eines Tages entdeckte. Da öffnete Farrid die Tür und sagte die Worte, die er lange zurückgehalten hatte: ›Ich vergebe dir.‹ Die Kraft der Vergebung vermag uns die schwersten Lasten von den Schultern zu nehmen.«

Ich legte den Kopf in die Handfläche und dachte darüber nach.

Herr Meier sah mich an. »Auch wenn Ihre Freundin stur bleibt und Ihre Entschuldigung scheinbar ins Leere läuft, so wird Ihre Tat trotzdem Auswirkungen auf sie haben. Vermutlich wird sie sich Gedanken darüber machen und vielleicht irgendwann auf sie zukommen und Ihr Handeln – aus dem Herzen heraus – anerkennen, was auch die Fessel um das Herz Ihrer Freundin lockern würde. Oder nichts dergleichen passiert. Die Entscheidung bleibt der Freundin überlassen, es ist ihr freier Wille.« Er machte eine Pause, um das Gesagte auf mich wirken zu lassen.

Die Worte freier Wille kreisten in meinem Kopf umher. »Das ist die Freiheit, die ich mir wünsche. Jeder sollte selbst über sich und sein Leben und den eigenen Körper entscheiden dürfen. Ganz nach dem Motto: ›Mein Körper, meine Entscheidung.‹ Den Slogan haben die Medien zum Thema Abtreibung genutzt und groß gemacht. Bei der Impfsache gilt das laut Medien nicht. Wie widersprüchlich. Was ist das für eine Freiheit, wenn ich nur als Gespritzte am gesellschaftlichen Leben teilhaben darf?«

»Wahre Worte. Freiheit ist nicht käuflich. Freiheit ist menschlich. Wer glaubt, mit einer Impfung frei zu sein, der verwechselt Zwang mit Freiheit.«

Der alte Mann stimmte mir zu. Er muss auch ungeimpft sein. Solche Worte können nur von Gleichgesinnten kommen. Triumphierend grinste ich. Da merkte ich, dass ich immer noch Probleme hatte, die Impfbefürworter für voll zu nehmen. Es wartete wohl viel Arbeit auf mich. Mir wurde klar, dass ich manche Dinge erst Jahre später wirklich verstand, die ich zuvor als unsinnig abgestempelt hatte. ›Du kannst deinen Partner nicht ändern, nur dich selbst‹, hatte meine Mutter immer gesagt. Ich wünschte, diesen

Ratschlag hätte ich früher verstanden. Die armen Männer, die ich mir jedes Mal zurechtschnitzen wollte. »Kann es sein, dass manche Menschen einfach noch nicht so weit sind, gewisse Dinge zu verstehen? Vielleicht brauchen sie noch Zeit?«

»Da sprechen Sie einen sehr interessanten Punkt an. Aus meiner Sicht ist es tatsächlich so, dass einige Seelen noch etwas Zeit brauchen, um sich für gewisse Sichtweisen zu öffnen. Das haben sie – so meine Theorie – vor ihrer Inkarnation bewusst gewählt. Wie bereits erwähnt möchten sie erstmal bestimmte Erfahrungen erleben und dann, zum Zeitpunkt X, verändert sich ihre Wahrnehmung und sie sehen und verstehen Dinge auf eine ganz andere Art. Als ob ganz neue Synapsen sich im Hirn bilden und aneinander andocken. Das nennt man auch Bewusstseinssprung. Diese individuellen Bewusstseinssprünge gab es schon immer. Für mich sind sie nichts anderes als Evolutionssprünge. Einige wenige Menschen waren immer Vorreiter, die eine Meinung vertraten, die von der Masse als lächerlich dargestellt wurde, bis eine kritische Masse erreicht wurde und bei vielen Leuten diese individuellen Bewusstseinssprünge stattfanden. Quasi kollektive Bewusstseinssprünge. Zum Beispiel hatte im siebzehnten Jahrhundert Isaac Newton mit den Newtonschen Gesetzen der Bewegung und seiner Erklärung bezüglich der Gravitationskraft den Grundstein für die moderne Physik gelegt. Damit veränderte sich unser

Verständnis darüber, wie Objekte sich bewegen und die Kräfte zwischen ihnen wirken. Es ist nachvollziehbar, dass er damals viele Skeptiker hatte. Obwohl seine Theorie bis heute als Meilenstein der Physik angesehen wird, wurde sie zu seiner Zeit nicht von allen akzeptiert oder verstanden. Können Sie mir folgen?«

»Ja, es ist verwirrend, aber irgendwie macht es auch Sinn. Auch die Frauenrechtsbewegung, die sich im neunzehnten bis zwanzigsten Jahrhundert für das Wahlrecht und die Gleichberechtigung eingesetzt hat, führte zu diesen Bewusstseinssprüngen, oder? Man nahm die Frauen nicht für voll, bis eine kritische Masse erreicht wurde und ein kollektiver Bewusstseinssprung stattfand.«

Herr Meier zeigte den Daumen nach oben und wischte sich die weiße Strähne von der Stirn.

»Ich glaube, genau das passiert gerade bei mir, die Synapsen formen sich neu.«

Wir lachten.

»Gut. Sie scheinen es verstanden zu haben. Um auf unser Thema zurückzukommen. Wenn also von außen versucht wird, Menschen von einer, für sie, neuen Sichtweise zu überzeugen, obwohl ihre Seele es im Seelenplan zu einem späteren Zeitpunkt vorgesehen hat, werden sie dagegen ankämpfen. Sollte es doch gelingen, die Wahrnehmung dieser Menschen aufzubrechen, kann es sein, dass einige nicht in der Lage sind, damit umzugehen. Diese Menschen drehen durch, als wäre ihnen eine Sicherung durchgebrannt und sie könnten psychische Probleme bekommen.«

»Ihr altes Weltbild zerspringt in tausend Stücke und das neue ist ihnen zu viel.«

»Genau.« Herr Meier zeigte auf mich. Seine Augenfalten kamen wieder zum Vorschein, seine Pupillen glänzten.

Dieser Blick ging mir runter wie Butter. Stolz lächelte ich.

»Das Erwachen, dieser Aufbruch sollte im besten Fall im Einklang mit dem Seelenplan geschehen. Sodass ein individueller Bewusstseinssprung geschieht. Aber das ist natürlich alles bloß die Theorie eines alten Herrn.« Herr Meier schlug sich keuchend auf die Brust.

Ich grübelte über seine Hypothese nach. Was, wenn da was dran war? »Dann wäre es ja falsch, wenn man andere versucht, über ein bestimmtes Thema aufzuklären, wachzurütteln? Und damit auch die ganzen Proteste, oder?«

»Jein. Grundsätzlich ist nichts dagegen einzuwenden, seine Meinung, was letztlich die eigene Wahrheit ist, kundzutun und dafür einzustehen. Bloß sollte man sie nicht anderen überstülpen wollen. Ein Austausch auf Augenhöhe ist immer wünschenswert und von ihm profitieren alle Parteien. Es ist aber kontraproduktiv, wenn Einzelne oder Demonstranten versuchen, Druck auf Personen auszuüben, die vom Bewusstseinsstand noch nicht bereit sind, sich auf neue Ansichten einzulassen. Üblicherweise erreichen die meisten Protestler bloß jene Menschen, die offen für das Neue sind. Die anderen stempeln sie als Lügner, Schwachköpfe oder was auch immer ab.«

»Ich bin verwirrt. Heißt das jetzt, Demonstranten machen es doch richtig, weil sie damit jenen, die bereit dazu sind, Impulse geben? So wie Sie mir?«

»Teilweise. Es kommt auch immer auf die Art des Protestes und dessen Intention an. Sehen Sie, wenn man gegen etwas demonstriert, geschieht das meist aus einer tieferen Schwingungsebene heraus, beziehungsweise einer niederen Bewusstseinsstufe zum Beispiel aus Wut, Angst, Hass. David hatte erzählt, dass Sie bereits über die Bewusstseinsebenen gesprochen haben. Erinnern Sie sich?«

»Ja.«

»Sehr gut. Nun, die meisten Proteste werden aus dem Widerstand heraus ausgetragen. Doch Widerstand erzeugt immer nur Gegenwiderstand, was wiederum zur Spaltung führt und damit noch mehr Wut und Hass schürt.«

»Gewinner gibt es auf keiner Seite. Das meinen Sie mit der Art des Protests, oder? Selbst wenn die Intention gut ist, wird es letztlich scheitern oder eskalieren, wodurch der ursprüngliche Sinn in den Hintergrund gerät.«

»Genau.« Herr Meier rieb sich über die Wange. »Mutter Theresa sagte einst: ›Ladet mich nie zu einer

Anti-Kriegs-Demo ein, sondern zu einer Friedens-Demo.«

»Das leuchtet mir ein. Bei einem Anti-Protest geht man in den Widerstand, womit man nur Glut ins Feuer wirft. Eine Friedens-Demo ist eine Für-Demo. Man steht für etwas ein, vertritt eine Meinung. Hier stimmen Art und Intention überein.« Mich überraschte, dass ich dem Alten problemlos folgen konnte. Ich schaute auf Herrn Meiers breites Lächeln, das mir vorkam, wie eine väterliche Umarmung.

»Das ist in allem so. Es kommt immer darauf an, wie man etwas macht und mit welcher Intention. Geschieht es aus dem Ego heraus oder aus der universellen Liebe und dient damit dem Wohle des Ganzen? Studiert man, um jemand mit Titel zu sein oder um anderen etwas weiterzugeben, ihnen zu helfen? Leiht man anderen seine Notizen aus der Liebe heraus oder nur in der Erwartung, auch etwas im Gegenzug zu bekommen? Ist man bloß nett zu anderen, wenn sie auch freundlich zu einem sind?«

»Verstehe. Die Absicht und die Art, wie man etwas tut, hängt vom Bewusstseinslevel der jeweiligen Person ab, oder? Je bewusster ein Mensch ist, desto mehr agiert er aus der Liebe heraus und nicht aus dem Ego.«

Herr Meier nickte.

Meine Gedanken überschlugen sich. Ich fragte mich, ob mein Hirn all die neuen Informationen überhaupt verarbeiten konnte, und dennoch wollte ich noch ein wenig weiter philosophieren. »Aber was ist mit der Bewusstseinsänderung? Woher weiß ich, dass ich soweit bin, meine Wahrnehmung zu verändern? Ich meine, vielleicht bin ich für all das, diese ganzen Gespräche, noch gar nicht bereit?«

»Sie wären nach dem ersten Gespräch nicht wiedergekommen oder hätten weiterhin bloß den Einkauf gebracht, ohne sich mit mir zu unterhalten.«

»Stimmt, ich bin aus freien Stücken hier und das sehr gerne.«

»Das freut mich.«

»Wenn jemand nicht soweit ist, wird er also das Weite suchen, richtig?«

»Genau. Er wird sich unwohl fühlen.«

»Wie recht sie haben. Das wird mir erst jetzt bewusst.« Ein Gefühl von Heimat erfüllte mich. In mir hörte ich einen Chor, einen hohen Ton singen. Mein Aha-Moment. »Eine Sache lässt mich nicht los. Diese individuellen und kollektiven Bewusstseinssprünge, kann es sein, dass wir gerade in so einem Evolutionssprung stecken?«

Herr Meier riss die Augen auf. »Ein scharfsinniger Gedanke. Das habe ich auch im Gefühl, genauso wie einige aus der spirituellen Szene. In diesen Kreisen wird vom Bewusstsein der neuen Zeit und der neuen Erde gesprochen. Es wird die Menschheit auf ein ganz neues Level bringen. Der Zusammenhalt wird im Vordergrund stehen und wir werden menschlicher, friedlicher miteinander und mit allem, was ist, umgehen. Das ganze Leben, wie wir es kennen, wird sich ändern.«

Da brauchte es aber viel Fantasie, um sich das vorzustellen. Ich knetete mir die Gänsehaut von den Armen. Vielleicht sollte ich mich für diese Idee öffnen. »Wie ist das möglich?«, fragte ich.

»Wenn eine kritische Masse jener Personen erreicht wird, die bereits ein höheres Bewusstseinslevel erlangt haben, ziehen sie andere, die in niederen Bewusstseinsstufen verweilen, mit. Was wiederum, wie Sie jetzt wissen, zum kollektiven Bewusstseinssprung führt.«

Machte das Sinn? Aber die Welt ist so krank, überall spinnen die Leute. Kriege werden geführt und angezettelt, man pöbelt sich an, Reiche werden reicher und der Mittelstand immer ärmer. Überhaupt scheint in den letzten Jahren das pure Chaos ausgebrochen zu sein. »Wenn ich mir die ganzen Weltgeschehnisse so anschaue, fällt es mir schwer, daran zu glauben, dass wir mitten im Bewusstseinssprung stecken. Es sieht eher danach aus, dass wir uns zurückentwickeln.«

Herr Meier hustete, fing sich aber schnell wieder. »Entschuldigen Sie. Nun, in der Tat bäumt sich aktuell alles auf, wie ein geballter Ball negativer Energien, der explodiert und sich über die Erde erstreckt. Was auf diesen Bewusstseinssprung hindeutet.«

Was? Wie passt das denn zusammen? Ich runzelte die Stirn. In einem Cartoon würden jetzt Fragezeichen aus meinem Kopf flattern. »Das versteh ich nicht.«

»Damit Neues entstehen kann, müssen alte Strukturen und Denkweisen aufbrechen, sich auflösen und wie ein Kartenhaus zusammenfallen. Wie der Phönix aus der Asche entsteigt, ermöglicht das Absterben alter Bäume im Wald die Entfaltung neuer Pflanzen und fördert die Vielfalt des Ökosystems. Aber wir Menschen sind nun mal Gewohnheitstiere. Veränderungen machen Angst, weshalb sich viele Leute an das Bekannte klammern. Aktuell bäumt sich das Alte nochmal auf und kämpft ums Überleben, wodurch destruktive Energien frei werden und sich beispielsweise in Form von Kriegen zeigen.«

Klang surreal. Obwohl ich mich schon oft gefragt hatte, wieso wir Menschen es nicht hinbekommen, Frieden auf der Erde zu schaffen. Es wäre machbar, wenn man wirklich ein Miteinander und Füreinander schaffen wollte. Genug Ressourcen gäbe es, keiner müsste hungern. Vielleicht fand tatsächlich ein Kampf zwischen lichtvollen und dunklen Kräften oder dem alten Bewusstsein und einem neuen kollektiven Bewusstsein statt. Wobei es dabei, wie ich jetzt wusste, immer Leute mit höheren Bewusstseinsleveln und niedrigen gäbe, nur eben nicht mehr mit ganz geringen? Oder bloß vereinzelt? Phu …, wie verwirrend. »Woher kommen denn die destruktiven Energien?«

»Von uns. Wir nähren das kollektive Feld mit diesen niedrigschwingenden Energien, wenn wir uns in niederen Bewusstseinsebenen aufhalten.«

»David meinte, wenn man zum Beispiel eine ängstliche Person ist, dann sendet man diese Schwingung aus und empfängt auch nur das, was sich auf dieser Ebene befindet. Aber was hat das mit dem Kollektiv zu tun?«

»Richtig. David hat Sie bereits über Energien aufgeklärt?«

»Ja.«

»Gut, dann wissen Sie, dass alles Energie ist. Wir sind Energiewesen, unsere Gedanken, unsere Worte, alles um uns herum ist Energie. Deshalb treffen Informationen, die wir aussenden, nicht nur uns, sondern uns alle, weil wir verbunden sind. Man gibt damit die Angstschwingung oder irgendeine andere niedere Schwingung ins kollektive Feld und umso mehr Menschen das tun, desto wahrscheinlicher wird es sich auf der Erde manifestieren.«

»Zum Beispiel in Form von Kriegen.« Langsam setzte sich das Puzzle in meinem Kopf zusammen. »Deshalb ist es wichtig, seine Schwingungsfrequenz möglichst hochzuhalten, oder?«

Herr Meier nickte.

»Und gibt es noch andere Zeichen, die auf den gigantischen Bewusstseinssprung hindeuten, als die Zunahme des kriegerischen Handelns? Vielleicht etwas Positives?«

»Ja, immer mehr Menschen leben bewusster und gehen achtsamer mit sich und der Umgebung um. Es wird weniger Fleisch konsumiert, während die Anzahl der Vegetarier und Veganer steigt. Das sehen Sie zum Beispiel am Angebot im Supermarkt. Die Nachfrage nach veganen Produkten hat zugenommen. Viele achten mittlerweile auf Bioqualität und nehmen die Inhaltsstoffe der Lebensmittel genauer unter die Lupe. Sie möchten auf Pestizide und ähnlich schädliche Stoffe verzichten. Ebenso rücken Umwelt-Themen ins Bewusstsein der Menschen. Man versucht, nachhaltiger mit den Ressourcen umzugehen. Einige verzichten bewusst auf Plastik oder versuchen, es im Alltag zu reduzieren. Auch in der Bekleidungsindustrie findet der Wandel statt. Immer mehr Öko-Produkte und recycelte Materialien werden verwendet. Bei der Erziehung der Kinder ist ebenso eine Neuerung erkenntlich. Es werden vermehrt die Individualität und die Stärken gefördert. Back to the Roots scheint in Mode zu kommen, der Konsum nimmt ab. Medizinengpässe führen dazu, dass nach anderen Möglichkeiten gesucht und die Naturheilkunde wieder attraktiver wird. Was der Ursprung der Medizin ist. Ebenso führen Lebensmittelengpässe dazu, dass regionaler eingekauft wird und der Bauer vor Ort an Priorität gewinnt. Das sind alles Indizien für den Sprung ins Neue Sein. Man kann das Weltgeschehen positiv oder negativ betrachten. Man findet immer beides.«

»Verstehe. Stimmt, in den letzten Jahren hat sich viel verändert.«

»Es gibt noch ein weiteres Indiz für den Bewusstseinssprung. Ich sagte bereits, dass alles Energie ist. Auch die Erde ist ein Energiekörper. Und seine Schwingung, also elektromagnetische Wellenfrequenz, ist messbar. Sie ist als Schuhmann Frequenz bekannt und wird in Tomsk in Russland gemessen.«

Davon hörte ich zum ersten Mal. Interessiert vernahm ich Herr Meiers Worte.

»In der Regel liegt die Grundfrequenz der Schuhmann Resonanz bei 7,83 Hertz. Das ist die Schwingung der Erde. Spirituelle sprechen davon, dass diese Frequenz ansteigt. Was sich positiv auf uns auswirkt, da Energien immer miteinander interagieren. Unsere Gesundheit würde sich verbessern, man hätte mehr Energie. Auch, weil sich dadurch unser Energiekörper erhöht, was den Bewusstseinswandel begünstigt. Ebenso wirkt es sich auf das Klima aus.«

»Aha, und sieht man diese Zunahme schon?«

»Die Messung in Tomsk geschieht in Echtzeit. Das kann man im Internet nachforschen. Anhand dessen konnte man zumindest immer wieder starke Ausbrüche erkennen.«

»Hm …« Was es nicht alles gibt. Das sollte ich mal googeln.

Alles auf eine Karte

Kate hockte daheim im Arbeitszimmer vor dem Laptop, das Zoom Fenster geöffnet, auf Emma wartend. Ordner ragten aus dem Regal, an der Wand hing ein Whiteboard, auf dem ein paar To-dos und Entwürfe hafteten. Ein kleiner runder Teppich, ein Wildledersessel und Pflanzen schafften eine gemütliche Atmosphäre. Die Tür war geschlossen, das stumme Zeichen an die Familie: ›Nur im äußersten Notfall stören!‹

Im Wohnzimmer trollten die Kinder herum. Wenn ihre Hyperaktivität – wie sie bei Kindern nun mal vorkommt – die Grenze überschritt und der anfängliche Spaß in Gezanke überging, musste Manuel sich jetzt darum kümmern. Zumindest, solange nicht einer mit einem Bruch oder einer Kopfverletzung ins Krankenhaus katapultiert werden musste.

Ein Mausklick auf ›Teilnehmer annehmen‹ und Emmas Gesicht ploppte auf dem Bildschirm auf. Genau wie bei Marta benetzten Sommersprossen die Wangen um die Nase herum. Ihre Haare schimmerten in einem zarten Rotstich. Sie sieht Marta wirklich ähnlich. Kein Wunder, dass sie Geschwister sind. Kate und Emma begrüßten sich und hielten Small Talk. Sie erzählten von ihrem Alltag, den Kindern und der Arbeit. Emma arbeitete als selbstständige Yogalehrerin, die nun online Yogastunden gab.

»Und das funktioniert online?«

»Ja, es hat mich selbst überrascht, aber trotz der aktuellen Situation konnte ich durch mein Onlineangebot sogar Kunden dazugewinnen. Es soll aber nicht für immer so bleiben, ich möchte bloß niemanden benachteiligen. Es kann nicht sein, dass Geimpfte zum Sport gehen können und Ungeimpfte nicht. Zumal ich selbst, wie du sicherlich von meiner Schwester weißt, ungeimpft bin.«

»Richtig. Deshalb ja unser Videocall. Vielen Dank, dass du dir die Zeit nimmst. Ich versuche einfach, auch die Gegenseite besser zu verstehen.«

»Ja, das hat mir Marta schon gesagt. Dann schieß los, was willst du wissen? Wieso ich mich gegen einen Piecks entschieden habe?«

»Genau.«

»Ganz einfach, ich schütze mich auf andere Weise. Grundsätzlich halte ich Abstand, wenn ich krank bin, und sage Besuche ab. Sobald ich merke, dass sich eine Krankheit anbahnt, schalte ich einige Gänge zurück und unterstütze zusätzlich mein Immunsystem mit gewissen Tees und natürlichen Nahrungsergänzungsmitteln. Seit Jahren nehme ich keinerlei Medikamente mehr. Als Yogalehrerin treibe ich täglich Sport und bin oft an der frischen Luft, was nicht unterschätzt werden sollte, denn damit stärkt man das Immunsystem. Ich vertraue also voll und ganz dem Abwehrsystem meines Körpers und versuche es, so gut es geht, zu unterstützen.«

»Hast du denn keine Angst vor einem schweren Verlauf? Ich meine, es kann jeden erwischen. Selbst, wenn man einen gesunden Lebensstil verfolgt.«

»Ich bin der Meinung, dass Krankheiten nur eine Chance haben, wenn das Immunsystem angeschlagen ist. Wer stressfrei und ausgeglichen mit sich im Reinen lebt, wird weniger häufig an Krankheiten leiden. Natürlich mag es vorkommen, dass selbst die ausgeglichensten Personen mal aus der inneren Balance kommen und damit Viren und Bakterien den Weg frei machen, sich auszubreiten. Aber, und davon bin ich überzeugt, ihr körpereigenes Abwehrsystem wird für sie und nicht gegen sie arbeiten und mit allem fertig werden, wenn sie sonst gut für sich sorgen. Und nein, ich habe keine Angst vor einem schweren Verlauf, ich vertraue auf meinen Körper. Und selbst wenn, es gibt keine Evidenz, dass ein Nadelstich vor einem schweren Verlauf schützt. Das erhofft man sich nur von der Impfung. Ich vertraue meinen weißen Blutkörperchen, anstatt einer Mixtur, die wenig erforscht ist.«

»Okay. Du setzt alles auf eine Karte. Die Karte, mein Körper wird schon wissen, was er tut.«

»Gewissermaßen ja. Tun wir das nicht alle? Ob geimpft oder ungeimpft. Geimpfte setzen alles auf die entgegengesetzte Karte. Auf die Karte, die Mixtur wird das schon regeln und meinen Körper unterstützen, im Falle der Krankheit.«

Es ratterte in Kates Kopf. Zahnräder verknüpften sich neu und drehten sich entgegen dem Uhrzeigersinn. So hatte sie das bisher noch nicht gesehen. Kates starrsinnige Ansicht brach ein Stück weit auf. Die Meinung der Ungeimpften, die anfangs wie ein Nebel der Verständnislosigkeit auf sie gewirkt hatte, lichtete sich allmählich. Doch ein Punkt blieb für sie weiterhin fragwürdig. »Aber es geht nicht nur darum, sich selbst zu schützen, sondern auch andere. Oder siehst du das anders?«

»Das möchte ich auch, nur eben auf meine Art. Schütze ich andere denn nicht, wenn ich mich um meine Gesundheit kümmere, mein Immunsystem stärke und im Falle von Krankheit zu Hause bleibe? Im Grunde wollen Geimpfte und Ungeimpfte dasselbe. Sich und andere schützen. Nur eben nicht auf dieselbe Weise.«

Emmas Worte hallten in Kate nach. Hatte sie recht? Strebten beide Seiten dasselbe an? Waren sich Geimpfte und Ungeimpfte gar nicht so unähnlich? Ging es wirklich darum, im Recht zu sein? Und wer hatte denn nun recht? Die Geimpften oder die Ungeimpften? Jeder hatte das Gefühl, das Richtige zu tun, sich für sich, seine Werte und die der anderen einzusetzen. Gab es nur schwarz und weiß, die richtige und die falsche Seite? Oder spielte es keine Rolle, auf welcher Seite man stand, solange man seiner Entscheidung folgte, die aus der liebevollen Intention heraus getroffen wurde. Womöglich war schwarz nicht wirklich schwarz und weiß nicht ausschließlich weiß, sondern beide Seiten beinhalteten immer auch das Gegenstück wie Yin und Yang, oder eine Münze, die auf beiden Seiten unterschiedlich bedruckt ist.

Der Videoanruf mit Emma rüttelte Kate wach. Ihr festgefahrenes Bild von richtig und falsch, von gut und schlecht bekam einen Riss. Ihr verhärtetes Herz, das zuvor Wut und Hass gegenüber Andersdenkenden empfunden hatte, erweichte.

Sie bedankte sich bei Emma für ihre Zeit und verabschiedete sich. Nun dachte sie an Alena. Was wohl deine Gründe waren, weshalb du dich gegen den Schutz entschieden hast? Hatte ich dich überhaupt gefragt? Verwirrt schlug Kate sich die Gedanken aus dem Kopf und lenkte ihren Geist wieder zurück in das sichere Familiennest.

Ans Kopfteil des Bettes gelehnt, die Lesebrille auf der Nasenspitze las Kate einige Seiten im Roman ›Hetairos – Freundschaft geht, Liebe bleibt‹, während sie an das Gespräch mit Emma zurückdachte. Warum habe ich mich impfen lassen? Ich wollte mich und andere schützen und meinen gesellschaftlichen Beitrag leisten. Ist das so? Um ehrlich zu sein, wollte ich vor allem mich und meine Familie schützen, wie vermutlich viele andere auch. Gleichzeitig genoss ich damit gesellschaftliche Anerkennung. Ist das nicht egoistisch? Nein, natürlich möchte ich keinen anstecken, aber wir Menschen sind einfach gestrickt und denken in erster Linie an uns selbst und unsere

Liebsten. Sind wir nicht alle vom Ego getrieben? Auch die Ungeimpften denken in erster Linie an sich. Menschen handeln nicht selbstlos, sie sind gute Selbstmanipulierer. Wir verdrehen alles, wie es uns passt, nur, um unserem Geist vorzugaukeln, wir seien gutmütig und denken an andere. Dabei stimmt das nicht ganz, jeder ist sich selbst am nächsten.

Kate legte den Roman auf den Nachttisch, zog die Brille aus und schaute zu Manuel, der neben ihr vertieft in einem Wirtschaftsjournal versank. »Schatz?«

Manuel schlug das Heft zu. »Ja?«

»Findest du es egoistisch, wenn man sich impfen lässt, weil man vor allem sich und seine Liebsten schützen will?«

»Wie kommst du jetzt darauf?«

»Ach, nur so.«

Er nahm ihre Hand. »Das mag schon egoistisch sein, aber es ist völlig normal. Die eigene Familie geht immer vor.«

Coffee to go

Mit einem Kaffee in der einen und einer Mandel-
stange in der anderen Hand schlenderte ich mit David entlang der Münchner Innenstadt. Ich gab einen
Schuss Zimt in den Becher. David sah mich mit
hochgezogener Augenbraue an. »Ist so 'ne Ange-
wohnheit«, meinte ich und zuckte mit den Schultern.

»Heißt das, du hast immer Zimt dabei?«

»Jap.«

»Interessant. Bekomm ich auch was davon?«,
fragte er und hielt mir seinen Becher hin.

Ich schüttete ihm eine Prise Zimt in den Kaffee.

»Mhh, schmeckt gar nicht schlecht.«

»Tja, ich hab eben Geschmack«, scherzte ich.

Er grinste und wir liefen die Straße entlang.
Hochragende Gebäude umzingelten die Zelte des
Wochenmarkts, auf dem verschiedene Gemüsesorten
angeboten wurden. Geldscheine flossen von einer
Hand in die andere, Tüten raschelten und Ge-
sprächsbruchstücke flogen in der Luft umher.

»Hast du dich schonmal gefragt, was so in den
Köpfen der Leute vorgeht? Manchmal stelle ich mir
ihre Gedanken vor. Wir denken ja ununterbrochen,
da ist auch ganz schöner Unsinn dabei. Zum Beispiel
die Frau am Stand, die versucht, ihre Honiggläser zu
verkaufen …«, sagte David und zeigte auf eine füllige
ältere Dame, die ihre Hände rieb, sie anhauchte und

hinter ihrem Stand auf und abging. »Vermutlich denkt sie, ›Gott ist es kalt, kauft doch endlich den verdammten Honig, damit ich nach Hause kann‹. Oder sie macht sich Sorgen, ob sie genug Honig verkauft. Vielleicht denkt sie aber auch an ihre Tochter, die ihr Kopfschmerzen bereitet, weil sie nicht weiß, was sie mit ihrem Leben anfangen soll. Statt sich einen Job zu suchen oder zu studieren, will sie nach dem Abi lieber die Welt bereisen. Oder die Honigfrau denkt über tausend andere Dinge nach. Was meinst du?«

»Die Idee mit der Tochter fand ich ganz nett. Eltern glauben immer, alles besser zu wissen. Vor allem, wenn es um die Berufswahl geht. Die wenigsten verstehen, dass es okay ist, sich nach der Schule eine Auszeit zu gönnen, um zu sich selbst zu finden. Alle wollen, dass ihre Kinder glücklich sind. Aber ein hohes Einkommen ist nicht die Garantie für Glück.«

»Weise Worte. Bist du denn glücklich?«, fragte David.

»Na ja, fast. Meine Eltern wollten, dass ich BWL studiere, ›Mach etwas Anständiges, womit man was verdient‹, hieß es immer. So eigensinnig wie ich bin, entschied ich mich lieber für etwas Kreatives, etwas, das mir Spaß machte. Also studierte ich Grafikdesign und heute liebe ich meinen Job. Die Selbstständigkeit gibt mir die Freiheit, meinen Tag so zu gestalten, wie es mir gerade passt, und ich darf mich kreativ austoben. Besser geht's nicht. Aber ein paar andere Le-

126

bensbereiche könnten besser laufen.« Den Gedanken an Freundschaft und damit an Kate verdrängte ich. Stattdessen schaute ich der Honigfrau hinterher. Die Falten auf der Stirn und der heruntergelassene Mundwinkel schienen von ihren Sorgen zu erzählen. »Mrs. Honey macht sich sicher Sorgen um ihre Tochter oder darüber, wie sie selbst über die Runden kommen oder das Studium ihrer Tochter finanzieren soll.«

Er grinste. »Oder ihrem Sohn«.

»Stimmt«.

Wir lachten über die gesponnene Geschichte der Honigtopf-Verkäuferin. Mir gefiel seine Fantasie und ich spürte ein Kribbeln in meinem Bauch aufkommen, als hielten winzige Glühwürmchen ein Meeting ab und schlugen vor Aufregung wild mit ihren Flügeln. Seine Anwesenheit machte mich nervös. Ich krallte mich am Kaffeebecher fest wie an einem Anker, der das Schiff am Gewässergrund festschnallte, sodass es nicht forttrieb und den Kapitän in Sicherheit wiegte.

Als wir an einem Abfallbehälter vorbeikamen, streckte David seine Hand nach meinem Kaffeebecher aus und fragte, ob er ihn wegschmeißen solle.

»Nein, danke, meiner ist noch nicht ganz leer. Ich nehm einfach den nächsten Mülleimer.« Zwar waren nur noch ein bis zwei Schlucke drin, aber ich wollte mich von meinem sicheren Anker nicht losreißen. Wohin sollten meine Hände denn sonst wandern? In meine Jackentasche? Wie bescheuert sieht das denn aus? Total verkrampft. Und wenn ich sie in der Luft frei baumeln lasse? Dann überkäme mich der Zwang, sie zu kneten. Offensichtlicher hätte ich ihm nicht zeigen können, wie nervös mich seine Gegenwart machte. Nein, meine Hände hafteten noch ein wenig an dem Becher.

Wir liefen die Fußgängerzone entlang. Asphalt um Asphalt, Häuser aneinandergepresst, am Anstrich erkannte man, wo ein Haus aufhörte und ein neues anfing. Ohne die Farbkleckse auf den Wänden, die Schaufenster und die kleinen Ladenschildchen wären sie bloß eine endlose Aneinanderkettung von Stein- und Betonklötzen.

David sah mich an. Sein scharfer Röntgenblick schien meine Seele offenzulegen. Ich fühlte mich nackt und erregt. Kaffeebecher, denk an den Kaffee- becher, versuchte ich mich zusammenzureißen und das Prickeln unterhalb der Gürtellinie beiseitezu- schieben.

»Du meintest, du bist nicht in allen Lebensberei- chen glücklich? Ich hoffe, es handelt sich dabei nur um die Partnerschaft?«

Sein Lächeln brachte mich um den Verstand. Ich schluckte und strich mir eine Haarsträhne aus dem Gesicht. »Jackpot! In Sachen Liebe ist noch Luft nach oben«. Das Thema mit der Freundschaft behielt ich für mich.

»Na, dann stehen meine Chancen doch gar nicht

schlecht«.

Seine funkelnden Augen stahlen sich in mein Herz. Verdammt. Wieso muss er so charmant sein? Ich grinste ihn an. »Wenn du es nicht vermasselst.«

»Wie läuft's denn bisher?«

Wärme, nein Hitze, durchflutete mich, als sei ich die Sahara, die von der Sonne gebraten wurde. »Gar nicht so übel«, sagte ich verstohlen, während in meinem Kopf der Panik-Knopf aktiviert wurde. O mein Gott, David flirtet mit mir. Steht er etwa auf mich? Auf das Mauerblümchen, das Dorfkind, die Einzelgängerin, die nie gern im Mittelpunkt stand. Er? Mr. Elegant, unverschämt charmant, tiefgründig, intelligent und so verdammt gutaussehend, dass ihm jede Frau hinterherschaut. Durchatmen. Noch bleibt alles offen. Wir flirten, sonst nichts. Wahrscheinlich bin ich nicht die Einzige, für die er sich begeistert. Ich wollte das Baggerspiel unterbrechen, bevor ich mir zu viele Gedanken über seine Absichten machte. »Was ist mit der da? Über was denkt sie nach?« Ich zeigte auf eine Blondine, die vermutlich ohne das aufwändige Make-up schöner aussähe. Bei dem Körperbau und den Beinen könnte sie locker modeln. Wer weiß, vielleicht tat sie das?

»Hm …, lass mal überlegen. Sie sieht geschäftig aus. Ich würde sagen, sie denkt über ein Projekt nach, an dem sie aktuell arbeitet. Was meinst du?«

So, wie sie dir hinterhergeschaut hat, denkt sie bestimmt, was will der mit dem grauen Mäuschen?

Er könnte mich haben. Diesen Gedanken konnte ich natürlich nicht aussprechen. »Ich glaube, sie hastet gerade zu einem Model-Job und hofft, den Kunden nicht zu enttäuschen.«

»Ach, glaubst du.« Er musterte die Blondine.

Das Vielleicht-Model warf ihm ein verführerisches Lächeln zu. Im Geiste rollte ich mit den Augen.

»Meinst du, Models sind so zugekleistert?« Sein Blick wanderte wieder zu mir.

Der Glanz in seinen Augen durchbohrte meinen Panzer, den ich mir in den letzten Jahren, nach etlichen gescheiterten Beziehungen zugelegt hatte.

»Also, ich steh ja eher auf den natürlichen Typ, so wie du.«

Verdammt. Meine Wangen glühten. Das hatte er nicht wirklich gesagt, oder? Ich versuchte, gelassen zu bleiben oder zumindest so auszusehen, und hoffte, dass ich die Hitze nur innerlich spürte und mein Gesicht nicht ampelrot anlief. Modepüppchen schienen nicht sein Beuteschema zu sein. Möglicherweise könnte das ja doch was mit uns werden. Nein, bleib cool, redete ich mir ein. Abwarten und Kaffee trinken. Stimmt ja, ich hatte noch Kaffee im Becher. Vermutlich mittlerweile Eiskaffee. Egal. Ich trank einen Schluck, um mich zu sammeln und gelassen zu wirken. »Du hast recht, Models würden mit weniger Make-up zum Kunden fahren.«

Er schüttelte den Kopf. »Unser Philosoph würde

mir wahrscheinlich jetzt am liebsten etwas gegen den Schädel schmeißen. Er hätte mich ermahnt, dass ich wieder zu sehr ins Bewerten gehe. Es fällt mir schwer, Menschen urteilsfrei zu beobachten. Daran arbeite ich aktuell.«

»Ja, die Lektion hat er mir auch schon beigebracht. Es macht Spaß, darüber nachzudenken, was so in den Leuten vor sich geht. Wir beobachten ja nur und bewerten nicht.«

Er umspielte mit dem Daumen und Zeigefinger seine Lippen. »Daran ist nichts auszusetzen. Aber ich hab die Blondine als Modepüppchen abgestempelt, die sich vor allem für ihr Äußeres interessiert.«

»Verstehe.« Ich dachte darüber nach und ertappte mich auch dabei, die junge Frau zu Unrecht in eine Schublade geschoben zu haben. Es ist verdammt schwer, Menschen nur als freie Seelen zu betrachten, die hier auf Erden ihre Erfahrungen sammeln. Wow, kam der Gedanke von mir? Herr Meier wäre mächtig stolz auf mich. »Übung macht den Meister. Der erste Schritt zur Veränderung ist der, seine Fehler zu erkennen. Das hat mich Herr Meier gelehrt.«

David grinste. »Das klingt ganz nach unserem Philosophen.« Er machte eine Pause und fuhr dann fort: »Ist es nicht interessant? So viele Menschen, so viele Geschichten und so viele Gedanken, die jeder einzelne in sich trägt. Wir leben in einer Welt, die aus Millionen und Abermillionen kleinen Welten besteht. Faszinierend, oder?«

»O ja. Irgendwie verrückt, dass so viele Welten in einer Welt Platz finden und sie miteinander interagieren.«

»Und miteinander verbunden sind«, ergänzte er.

»Wir leben oft aneinander vorbei und erkennen nicht, dass da gerade neben uns Menschen mit ihren eigenen Welt-Herausforderungen herumlaufen. Man sieht anderen ihre Kämpfe und ihre Siege nicht an.«

»Genau. So gesehen, fällt es leichter, Menschen so zu sehen, wie sie wirklich sind. Man entwickelt Verständnis und sieht alles aus einem größeren Zusammenhang. Die eigene, geschrumpfte Sichtweise, die sich aus den Erfahrungen ergibt, verliert an Bedeutung.« Er räusperte sich. »Entschuldige. Jetzt sind wir doch wieder ins Philosophische abgerutscht. Dabei hatte ich mich so zusammengerissen«, grinste er mich an.

Ich lächelte zurück. »Schon okay. Ich glaube, die Philosophie gehört jetzt zu meinem Leben. Das hab ich wohl Herrn Meier zu verdanken.«

Wir schauten uns tief in die Augen, mein Herz setzte aus und schlug dann in einem längst vergessenen Rhythmus weiter.

»Wie sieht's mit nächster Woche aus? Haben wir wieder ein Date?«, fragte David.

»Aber nur, wenn ich in deinen vollen Terminkalender reinpasse.«

Er lächelte. »Du bist es mir wert. Für dich schaufle ich mir Zeit frei.«

Sein Strahlen traf meine Seele, sodass ich erstarrte und die Zeit für einen kurzen Moment stillstand. Als ich wieder zu mir kam, fiel mein Blick auf einen Mülleimer. Da bemerkte ich, dass sich meine Finger immer noch an den mittlerweile leeren Becher saugten. Ich atmete durch, ließ locker und schmiss den Kaffeebecher weg.

Erwachsenen-Kindergeschichte

»... und nun gehen wir in den herabschauenden Hund. Achtet auf eure Handgelenke, die sollten schulterbreit auseinanderstehen. Der Kopf schaut den Boden an. Und tief ein- und ausatmen«, sagte die Yogalehrerin.

Kate streckte den Po der Decke entgegen, als wäre er eine Bergspitze. Ihr Körper nahm die Form eines auf den Kopf gestellten Vs an. Das Atmen machte den Dehnungsschmerz in den Beinen erträglicher. Das letzte Mal Yoga lag lange zurück. Ihr Mann hatte recht, sie musste mal wieder etwas für sich tun, um zu entspannen. Ihr vom Schreibtisch platt gedrückter Hintern und die von der täglichen Büroarbeit nach innen gebogenen Schultern hatten den Sport bitternötig. Wieso nicht mit Yoga zwei Fliegen mit einer Klappe schlagen – Entspannung und Fitness zugleich.

Während Kate die Aufmerksamkeit bewusst auf ihren Atem lenkte und die Lippen vor Schmerz aneinanderpresste, stellte sie sich vor, wie ihre Gliedmaßen den Zeigefinger erhoben und mit ihr schimpften, weil sie sich so lange hat gehen lassen. Wie kleine motzige Miniaturen liefen sie in ihrem Körper auf und ab, murmelten unverständliche Laute und zahlten es ihr jetzt mit diesen verdammten Dehnungsschmerzen heim. Am liebsten hätte Kate sie besänftigt, indem sie ihnen versprach, öfter zum Yoga zu gehen, wenn sie nur aufhörten, an den Sehnen und Muskeln zu zerren.

»Nun kommen wir in den nach oben schauenden Hund. Beim Einatmen die Hände fest in die Matte drücken, die Arme ausstrecken und gleichzeitig den Rumpf anheben. Der Kopf schaut nach oben. Fußrücken und die Handinnenflächen berühren den Boden.«

Kate zog den Oberkörper wie eine Kobra nach oben, sodass sie ein umgekehrtes L darstellte. In ihrer Vorstellung applaudierten und pfiffen die Miniaturen in ihrem Kreuz, weil sie endlich entspannen konnten und nicht überall Muskelfasern durch die Verspannung stabilisieren und zurechtrücken mussten. Sie grinste. Das Kopfkino erinnerte Kate daran, wie sie damals ihre schrägen Gedanken comicmäßig aufgezeichnet hatte. Als ihre Kinder jünger waren, kritzelte sie witzige Alltagssituationen auf kleine Zettel und klebte später die Seiten zu einem Daumenkino zusammen. So nahm man beim Durchblättern mit dem Daumen einen Bewegungsablauf der Bilder wahr. Die Kinder liebten es und lachten über die kreativen Ideen der Mutter. Einmal fiel einem Hundebesitzer beim Gassigehen ein Kaffeebecher aus der Hand, während der Hund im selben Moment pinkelte und sein Strahl im Becher landete. In einer anderen Zeichnung sprang eine Babykatze im hohen Bogen auf eine gepunktete Decke und versuchte, die Pünktchen mit ihren winzigen Pfoten zu fangen. Kate hatte die Momente genossen, in denen sie sich bewaffnet mit Stift und Zettel zurückzog und den Alltag hinter sich ließ. Mittlerweile waren die Kinder aus dem Alter: ›Mama, mal mir was Lustiges‹, raus und im Alter: ›Mama, was soll ich damit? Ich bin doch kein Baby mehr. Darf ich ein Spiel auf dem Tablet spielen? Bitte‹, angekommen. Mamas handgefertigte Zauberkünste waren auf einmal out. Statt die Kleinen mit ihrem Talent zu bespaßen, schmiss Kate in ihrer Freizeit den Haushalt, kontrollierte die Hausaufgaben, brachte die Kinder zum Fußball sowie Ballett und kutschierte sie zu Freunden und sonstigen Veranstaltungen. Sich kreativ austoben ging nur noch auf der Arbeit, unter den strengen Augen der Kunden. Dabei drehte es sich hauptsächlich um Label- und Werbegestaltungen. Die niedlichen Bildchen verstaubten in ihrem Kopf, sie zwängten sich in die hinterste Hirnschublade, dabei wollten sie sich so gern austoben und die Freiheit genießen. Beim Malen konnte Kate entspannen. Damals hatte Alena ihr dazu geraten, ein Kinderbuch zu illustrieren, erinnerte sich Kate. ›Du bist eine begnadete Zeichnerin! Es wäre schade, wenn du dein Talent vergeudest‹, hatte ihre Freundin ihr gesagt.

Kate schaute um sich, sie hatte vergessen, aus der Yoga Stellung herauszukommen. Die anderen saßen bereits im Schneidersitz. Schnell pflanzte sich Kate mit überkreuzten Beinen hin. Sie vermisste diese kindliche Seite an sich. Vielleicht sollte ich wieder zeichnen? Nur für mich.

Alle Teilnehmer falteten die Hände vor dem Herzen zusammen, ein einstimmiges Namasté erklang. »Bis zum nächsten Mal«, fügte die Yogalehrerin hinzu.

Kate stopfte ihr Handtuch in die Sporttasche, rollte die Matte zusammen und schob sie ins Regal – zu ihren Artgenossen – den anderen Yogamatten.

Susanna, eine Kursteilnehmerin, die von der ersten Stunde an einen guten Draht zu Kate hatte, packte ihre Matte ebenfalls ins Regal. »Hallo, Kate. Dich habe ich lange nicht mehr gesehen. Wie geht's dir und deiner Familie?«

»Hey. Ja, ich hatte viel um die Ohren. Homeschooling, Haushalt, Job und durch Corona fielen die Yogastunden erstmal aus. Hab mich dann wieder zum Sport aufrappeln müssen. Uns geht's soweit gut. Die Kids sind wieder im Schulalltag angekommen, auf der Arbeit ist noch ein großes Projekt für einen bekannten Parfumhersteller am Laufen, sobald das abgeschlossen ist, nehme ich mir erstmal Urlaub. Was gibt's bei dir Neues? Wie kommen deine Jungs mit der Schule klar?«

»O ja, da sagst du was. Homeschooling. Das war auch eine Herausforderung bei uns. Mittlerweile ist viel passiert. Ich habe meinen Job gekündigt und versuche, als Autorin durchzustarten. So hab ich mehr Zeit für die Familie und alles, was so im Haus anfällt.

Durch die Selbstständigkeit meines Mannes können wir uns das leisten. Die Kinder litten bei uns sehr unter den ganzen Maßnahmen. Zu Hause lernen fiel ihnen schwer und sie waren so unausgeglichen ohne Sport. Wir entschieden, dass ich daheimbleibe, mich um die beiden kümmere und meinen Traum vom Schreiben verfolge.«

»Ganz schön mutig. Ich glaub, ich hätt mich das nicht getraut. Vor allem in so einer unsicheren Zeit. Wo viele ihre Existenzen verlieren, wagst du den Sprung ins Unbekannte. Ich ziehe den Hut vor dir. Was macht dein Mann doch gleich?«

»Er ist Versicherungsberater.

»Stimmt, ich glaube, das hatte ich dich schon einmal gefragt.«

»Macht doch nix. Ich kann mir auch nicht immer alles merken.«

Die beiden lächelten sich an.

»Und an was schreibst du?«

»Ich arbeite gerade an einem Erwachsenen-Kinderbuch.«

»Das hab ich ja noch nie gehört. Was ist das?«

»Dieses Genre gibt's auch nicht. Ist meine eigene Wortkreation. Es geht darum, dass es nicht immer von Vorteil ist, schnell am Ziel anzukommen, weil der Spaß dabei zu kurz kommt und man tolle Möglichkeiten im Leben verpasst. Diese Message versuche ich, in eine Kindergeschichte zu verpacken.«

»Eine großartige Idee. Und auch so wertvoll für

Erwachsene.«

»Genau. Deshalb Erwachsenen-Kinderbuch. Für Groß und Klein, für jeden ist was dabei.«

»Das klingt nach einem perfekten Slogan.«

Kate und Susanna lachten einstimmig.

»Darf ich die Geschichte lesen, wenn sie fertig ist? Find das so spannend.«

»Gern. Ich schick's dir per Mail. Deine Mailadresse ist noch die alte?«

»Ja, genau. Ich bin schon ganz gespannt. Das wird bestimmt ein tolles Buch.«

»Das hoffe ich. Sehen wir uns beim nächsten Mal wieder zum Yoga?«

»Ja, schätze schon. Das tat mir so gut. Ich glaub, ich muss mir dafür wieder Zeit freischaufeln.«

»Du solltest dir auf jeden Fall etwas Me-Time gönnen. Yoga ist da perfekt für. Man tut was für Körper, Geist und Seele und es ist sooo entspannend.«

Kate und Susanna lachten.

Kuschelbär

Ich saß im Schneidersitz auf der Decke im Englischen Garten und schaute auf die Isar, die friedlich dahinplätscherte und mich ruhiger werden ließ. David legte sich entspannt auf die Picknickdecke und winkelte ein Bein an. Ein Hauch von nichts lag zwischen uns, wenige Zentimeter Luft, die mein Körper scheinbar ignorierte und ihn in Aufregung versetzte. Wie in Alarmbereitschaft spannte sich jeder Muskel an. Ich hielt mich am Knöchel fest, einen Becher Kaffee hatte ich nicht zur Hand. Ein- und Ausatmen, beruhigte ich mich. Plötzlich spürte ich etwas Warmes am Oberarm. Ich zuckte zusammen und drehte mich um. »Oh, Gott.« Eine Gänsehaut überkam mich.

David zog seine Hand zurück und sah mich an. »So hat mich noch nie jemand genannt. Du kannst mich natürlich auch Gott nennen«, sagte er grinsend.

Ich lächelte. »Klar.«

»Jetzt hab ich wenigstens deine Aufmerksamkeit.«

»Ich bin ganz bei dir«, sagte ich und verlor mich in seinem Blick. Wie bei einem Starrwettbewerb zwang ich mich, standhaft zu bleiben, während mein Herz klopfte, als würde es sich aus einer Truhe befreien wollen.

»Deinen Rücken betrachte ich natürlich auch

gern, aber magst du es dir nicht neben mir gemütlich machen?« Er klopfte auf die Picknickdecke neben sich.

Ich lehnte mich zurück und starrte den Himmel an. »Stimmt, hier ist es eindeutig bequemer.«

»Das will ich hoffen. Schließlich sollst du dich neben mir wohlfühlen. Magst du eine Erdbeere?«, fragte er und hielt mir die süße Frucht hin.

Ich biss ab.

»Vorsicht, meine Finger brauch ich noch. Anknabbern ist erlaubt.«

Ich klopfte mir auf die Brust, beinahe hätte ich mich an der Beere verschluckt. Wow, heute ist er so richtig in Flirtlaune. Na schön, ich spiel mit. Als er nach der nächsten Erdbeere griff, hielt ich ihn am Handgelenk fest, kam mit meinen Lippen näher und zog ihm die Frucht vorsichtig mit den Zähnen von den Fingern. Er schaute mich erstarrt an. Bin ich damit zu weit gegangen? Ich fühlte, wie meine Wangen glühten.

Dann legte David den Kopf schief und grinste. »Noch eine?«, fragte er mit seiner rauen Stimme, die mein Blut in Wallung brachte.

Ich nahm mir eine weitere Beere aus der Schachtel. »Ja, aber die hol ich mir selbst«, sagte ich und schob mir das Fruchtfleisch in den Mund.

»Schade.«

Der geht heute aber wirklich in die Vollen, dachte ich. Und was ist mit mir los? Alena, die Flirtmaschine? Die hatte ich doch vor Jahren ad acta gelegt, im Müllcontainer entsorgt. Scheinbar wurde sie nie abgeholt. David, was machst du mit mir? Will ich das? Lohnt sich das? Mich auf einen Mann einlassen und irgendwann Gefühle zulassen?

»Ich hab auch Kirschen dabei«, sagte David und riss mich aus meinen Gedanken.

Ich setzte mich ihm gegenüber im Schneidersitz hin. »Deine übliche Flirtmasche, was? Frauen mit süßen Früchten verführen.« Ich entlarve dich, du Frauenheld. Was steckt hinter dem Mann, mit den tiefschwarzen Augen, die wie schwarze Juwelen im Licht funkeln und dem charmantesten Lächeln ... Stopp!, zügelte ich meine Gedanken.

David richtete sich auf und schaute mich an.

Meine Armhaare sträubten sich.

»Du glaubst doch nicht wirklich, dass ich mich für jede Frau beuge und strecke, um Erdbeeren und Kirschen fürs Picknick zu besorgen. Mein armes Kreuz.«

Meine Lippen umspielte ein Lächeln. »Wirklich? Du hast sie selbst gepflückt? Du verarschst mich doch.«

»Können diese Augen lügen?«

Mit seinem klaren Blick durchdrang er meine Seele und durchbohrte meinen Panzer, der mich vor falschen Männern schützen sollte. Jenen, die mit der Seele spielten, als wäre sie ein Gebrauchsgegenstand mit Ablaufdatum. Zum Glück klinkte sich mein Verstand ein und rief: ›Ja, sie können.‹ »Im Ernst. Die hast du bereits so gekauft.«

Er schüttelte den Kopf. »Jede Einzelne selbst gepflückt. Bezahlt hab ich sie natürlich auch.«

Wir schwiegen uns an. Ich schaute auf die Isar und beobachtete die Leute. Einige sonnten sich, zwei junge Männer spielten oben ohne Frisbee. Gut gebaut, schoss es mir durch den Kopf. Meine Augen schweiften weiter, ein älteres Paar spazierte händchenhaltend vorbei. Wie süß. Plötzlich spürte ich einen zarten Druck auf meiner Hand. Mein Puls schoss in die Höhe und mich durchströmte eine Wärme, in die ich mich einkuscheln wollte.

»Hey, falls du das denkst …, ich spiele keine Spielchen. Aus dem Alter bin ich raus. Ich bin wirklich an dir interessiert und würde gern mehr über dich erfahren«, sagte er und umschloss meine Hand.

Wir sahen uns an. Die Schmetterlinge in meinem Bauch machten ein paar Loopings zu viel für meinen Geschmack. Ich legte meine Hand über seine. »Okay.«

Einen Moment lang genossen wir im Stillen den Austausch unserer Seelen, bevor sich unsere Hände lösten und David das Wort ergriff. »Hast du bestimmte Ziele oder Träume, die du noch erreichen möchtest?«

»So wie du mit deinem Philosophencafé?«

»Genau. So in der Art.«

Ich starrte Löcher in die Luft und durchforstete

die Schubladen in meinem Kopf. »Ich wollte immer eine Weltreise machen. Den Rucksack packen und auf ins Abenteuer. Bis ich gemerkt habe, dass so ein Backpacker-Leben nichts für mich ist. Ein bisschen Komfort brauche ich schon. Zumindest eine warme Dusche und Toilette müssen sein. Urlaub mit dem Wohnwagen oder Zelten wär nix für mich. Also hab ich das Ziel umformuliert in: Ich will mehr reisen. Zu zweit wär das natürlich viel schöner.«

»Wer weiß, vielleicht bekomm ich mal die Ehre, mit dir fremde Länder und Kulturen zu bereisen und Neues zu entdecken.«

»Vielleicht.«

»Welches Land reizt dich denn am meisten?«

»Mauritius. Die Strände sollen traumhaft sein. Warst du schonmal da?«

»Nein. Aber Freunde von mir waren dort und sie schwärmten einen ganzen Abend lang davon. Die Strände, Lagunen, der Black-River-Gorges-National-park, das alles muss man gesehen haben.« David gestikulierte theatralisch mit den Händen.

Ich lachte. »Welches Reiseziel steht denn bei dir auf Platz eins?«

»Neuseeland. Aber backpackerlike. Mit Hostel-Übernachtung und eventuell auch Zelten. So ganz unluxeriös. Wäre Zelten ein absolutes Tabu für dich oder könnte man drüber reden? «

»Eine Nacht vielleicht. Aber dann brauche ich 'ne warme Dusche.«

»Damit könnte ich leben.«

Wir schauten uns an, ich fühlte mich erfüllt und angekommen, als würden unsere Seelen händchenhaltend am Strand spazieren gehen. »Das wäre unser erster Kompromiss«, scherzte ich.

»In der Tat, worauf hoffentlich viele weitere folgen werden.«

Ich griff nach den Kirschen. »Mhhh, eindeutig, selbst gepflückt. Man schmeckt's«, sagte ich und spuckte den Kirschkern in meine Hand.

»Dass du das nicht gleich rausgeschmeckt hast. Tzzz …«

Ich schmunzelte und wir genossen schweigend die Zweisamkeit. Nach einer Weile fragte David, ob ich Lust auf ein Eis hätte. »Hast du welches eingepackt? Oder gibt's hier irgendwo 'ne Eisdiele?«

»Da.« Er zeigte in Richtung eines Eiswagens auf Rädern mit bunten Luftballons. »Wie sieht's aus??«

Ich presste die Augen zusammen. »Tatsächlich: Fahrrad-Eis. Was es nicht alles gibt. Sehr gern. Nur nicht Vanille oder Schoko. Am liebsten Pistazie, falls es das gibt, oder was Nussiges. Zur Not geht auch was Fruchtiges. Soll ich mit? Ich könnte dich auch einladen.«

»Nein, Nein. Bleib sitzen, das bekomm ich hin. Bis gleich«, sagte er und sprang auf.

Als David aufstand, kam mir ein leckerer David-Geruch entgegen. Es roch holzig, frisch, nach Wald. Was ist das für ein Parfum? Die Fantasie ging mit mir durch, ich stellte mir den Namen und den Werbeslogan von Davids Duftmarke vor: Waldduft. Damit verführen Sie jede natürliche Frau. Frauen mit Tonnen von Make-up im Gesicht stehen auf künstliche Düfte, Naturschönheiten stehen auf Wald. Ich grinste über meine eigene Gedankenspinnerei und schaute ihm nach. Mann, der Typ sieht auch von hinten gut aus. Was für ein Knackarsch. Ich legte mich hin, schloss die Lider und genoss die Sonnenstrahlen auf meiner Haut. Dabei träumte ich davon, wie David oben ohne auf mich zukam. Seine Oberarme verrieten, dass er unterm Shirt sportlich aussah. Mein Körper glühte und ich war nicht sicher, ob es an der Sonne oder meinen Träumereien lag.

»Ich hoffe, du denkst gerade an mich? Oder warum grinst du so?«

Der erdig-holzige Duft wehte mir entgegen. Ich öffnete die Lider, es knisterte in mir. David streckte mir ein Waffeleis entgegen. »Von wem sonst«, konterte ich keck. Wenn du wüsstest …

»Da kommt das Eis ja gerade recht.«

Ich griff nach der Waffel, bedankte mich für den kühlen Sommer-Zwischensnack und schleckte daran. »Mhhh, Pistazie und Haselnuss. Perfekt.«

»Deine Lieblingssorten?«

»Jap. Und was hast du?«

»Probier.« Er hielt mir sein Eis hin.

Ich griff nach seiner Hand und leckte an den Eiskugeln. Die Berührung brachte die Schmetterlinge in meinem Bauch wieder zum Tanzen. »Waldmeister und Haselnuss?«

»Du bist ja eine richtige Eisexpertin.«

»Und welche Sorte liebst du am meisten?«

»Haselnuss.«

»Gute Wahl. Ich weiß nicht, ob ich mir was mit einem Waldmeister-Typ vorstellen könnte«, scherzte ich. David setzte ein schiefes Lächeln auf. Ich vibrierte von Kopf bis Fuß, als sei ein Spannungsfeld um uns aufgebaut.

»Da hab ich ja nochmal Glück gehabt.«

»Hmmm …«, sagte ich kopfnickend und leckte am Eis. Schweigend genossen wir unsere Süßigkeit und schauten uns ab und zu an. Am liebsten hätte ich mich in seine Arme gekuschelt und seinen Geruch inhaliert, als wäre er ein Asthmaspray. »Sag mal, was ist das für ein Parfum? Das wär was für meinen Bruder.« Ich fächerte mir den Geruch zu.

»Waldduft von Müller-Luxe.«

»Ernsthaft? Das heißt echt so? Und ich dachte, das hätte ich vorhin erfunden. Wie passend.« Ich lachte.

»Ja.« David stimmte in mein Gelächter ein. »Gefällt's dir?«, fragte er, als wir uns wieder beruhigten.

»Sehr. Wobei du wahrscheinlich noch köstlicher schmeckst. Ich meine, riechst. Dein Eigengeruch …« Ich schlug mir die Hand vors Gesicht und spürte, wie mir Hitze in den Kopf stieg. O Mann, ich und flirten. Zum Fremdschämen. Am liebsten hätte ich mich unter dem Unsichtbarkeitsmantel von Harry Potter versteckt.

David grinste mich an und nahm meine Hand.

Eine Welle der Geborgenheit überrollte mich wie ein heißes Bad nach einem harten Tag. Seine Präsenz überstülpte das Gekreische der Leute, und das Gewusel trat in den Hintergrund. Ich drückte seine Hand, als wollte ich sie nie wieder loslassen. Was David in mir auslöste, hatte schon lange kein Mann mehr geschafft.

»Du hast also einen Bruder. Hast du noch andere Geschwister?«

»Nur meinen nervigen kleinen Bruder, der derzeit im Ausland studiert. Frag mich nicht was, der hat so oft das Fach gewechselt. Da blickt keiner mehr durch. Vermutlich nicht mal er selbst.«

»Dann sucht er noch, was ihn interessiert?«

»Ja, zum Leidwesen meiner Eltern. Die haben ihm schon so oft gedroht, dass sie ihn nicht mehr finanziell unterstützen, wenn er wieder was Neues anfängt. Ha, als ob die sich daran halten. Was ist mit dir? Hast du Geschwister?«

»Jap. Auch einen jüngeren Bruder, der manchmal anstrengend ist. Auch total der Weltenbummler. Hat sich einfach mal so ein Jahr freigenommen, um die Welt zu bereisen.«

»Die Nesthäkchen gönnen sich's.«

»Sieht so aus.«

Schweigsam genossen wir die Zweisamkeit.

Selbst meine Gedanken schalteten auf stumm. Ich rutschte zu David, sodass sich nicht nur unsere Hände, sondern auch unsere Oberarme berührten. In meinem Bauch herrschte Partystimmung und ich wünschte, dieser Moment würde nie enden. »Was hast du beruflich gemacht oder machst du noch, bis das Café eröffnet wird? Schließlich können nicht alle Ex-Philosophiestudenten Taxifahrer werden, oder?«

David lachte. »Ach, weißt du … Taxifahrer werden überall auf der Welt gesucht.« Er machte eine Pause.

Ich strich mir vor meinem geistigen Auge den imaginären Schweiß von der Stirn. Er hatte meinen Klischeewitz verstanden.

»Ich bin meinen Verpflichtungen als ältester Sohn gefolgt und hab den Traum meines Vaters gelebt, indem ich ins Familienunternehmen eingestiegen bin.« David fuhr sich durchs Haar. »Das Studium hab ich für mich gemacht, wobei die Spezialisierung Ästhetik mir mehr oder weniger von meinem Vater aufgezwungen wurde. Von Philosophie hielt er nichts. Er meinte, wenn ich schon so einen Schwachsinn studiere, dann sollte es wenigstens auch nützlich fürs Unternehmen sein. Zusätzlich musste ich BWL studieren. Mein Bruder hatte Glück, er hatte einen Freifahrtschein, konnte tun und lassen, was er wollte, und seinen eigenen Träumen folgen. Was er tat.«

Ich streckte meine Finger und vergrub sie tiefer in Davids Hand. »Wie kommt's, dass du jetzt deinen

Traum vom Café verwirklichst?«

David atmete tief durch und starrte ins Leere. Dann wandte er sich wieder mir zu.

Sobald sich unsere Blicke trafen, gab es kein Ich und kein Er mehr. Es gab nur ein Uns, als würden unsere Seelen miteinander verschmelzen und Eins werden. Merkwürdig vertraut, dachte ich.

»Irgendwann kommt der Punkt im Leben, an dem man merkt, dass man nicht mehr so weitermachen kann wie bisher. Emotionen bringen einen in Dysbalance, bis nur noch eine Leere zurückbleibt. Das ist der Seelenweckruf. Ich habe aufgehört zu leben, habe nur noch funktioniert. Da wusste ich, ich muss den Schlussstrich ziehen.«

Mich beeindruckte, mit welcher Gelassenheit er mir das erzählte. Er strahlte von innen heraus, seine ganze Präsenz war die Ruhe selbst. »Wie hat es dein Vater aufgenommen?«

»Er war natürlich enttäuscht, aber zum Glück wollte mein kleiner Bruder nach seiner Weltreise endlich was Anständiges machen. Er war Feuer und Flamme, ins Familienunternehmen einzusteigen. Unter der Bedingung, einiges umzukrempeln und frischen Wind reinbringen zu dürfen.«

»Dein Freifahrtschein.«

»Genau.«

»Und was macht ihr?« David zog seine Hand zurück und umklammerte die Knie. Ein Kälteschauer überrollte mich, es ziepte schmerzhaft in meiner

Brust. Wieso will er plötzlich Abstand von mir? Was verschweigt er?

»Ist das so wichtig?«, druckste er herum.

»Wenn wir uns kennenlernen wollen, dann sollten wir offen über alles reden. Ich will mich nicht auf jemanden einlassen, der mir nicht einmal sagen kann, was er beruflich gemacht hat. Ihr werdet ja keine Pornos gedreht haben, oder? So peinlich wird's schon nicht sein.« Hoffentlich, dachte ich. Meine Muskeln spannten sich an wie kurz vor einem Streckenlauf. Ich rutschte ein Stück beiseite.

»Entschuldige. Es ist nur …« David atmete tief durch und sah mich an. »Wir sind in der Parfumbranche. Kennst du Müller-Luxe?«

»Ja, aber dann bist du …«

»Steinreich?«, unterbrach mich David und fing meinen Blick ein.

»Wow. Deshalb wolltest du's verschweigen.« Ich blendete alles um mich herum aus und schaute geistesabwesend vor mich hin. Innerlich tobte ein Sturm. Ich date hier gerade einen der begehrtesten Junggesellen. Er ist attraktiv, lieb und vermögend. Kann ich das? Kann ich damit umgehen? Will ich das? Mit Models konkurrieren, die ihm hinterherdackeln und sofort bereitstehen, wenn es in der Beziehung kriselt. Ich bin einfach gestrickt. Ein Dorfkind, das kein Luxusleben braucht, um glücklich zu sein. Auf die ganzen Möchte-gern-Veranstaltungen mit Presse und Co. kann ich verzichten. Das ist nicht meine Welt.

»Bitte, sieh mich jetzt nicht an wie alle anderen, die in mir nur das Geld sehen, das ich besitze. Wie jeder andere auch suche ich das passende Puzzlestück fürs Leben.«

David fuhr zärtlich über die Konturen meines Gesichts. Seine Berührung brachte mich zum Beben, zum Glück saß ich, denn meine Beine wurden weich wie Pudding, während mein Herz hämmerte, als gäbe es kein Morgen.

»Ich bin bloß irgendein Typ, der dich kennenlernen will.«

Ich schmolz dahin. Wie süß ist das denn? Ich nahm sein Gesicht in meine Hände und sah ihm tief in die Augen. Seine Haut fühlte sich zart an. »Mit mir gibt's nur ein einfaches Leben, kein Luxus und keine Schicki-Micki-Veranstaltungen. Das bin ich nicht.« Ich zog meine Hände zurück.

»Perfekt«, flüsterte er. »Das ist alles, was ich will. Ein einfaches Leben, mit einer Frau an meiner Seite, die nicht ins Rampenlicht will und jedes neue Designerstück haben muss.« Er machte eine Pause. »Ein wenig Luxus ist okay, oder? Ich meine, zum Beispiel für ein anständiges Hotelzimmer im Urlaub?«

Ich lachte. »Ja, sowas von. Auf Klatsch und Tratsch in der Öffentlichkeit und so will ich verzichten. Luxus hinter versteckten Türen ist in Ordnung.« Ein wenig Luxusliebe scheint doch in mir zu stecken.

»Schön, dass wir das geklärt haben.«

Ich nickte und roch an seinem Hals. Der leckere

erdig frische Geruch stieg mir in die Nase. »Moment, Waldduft von Müller-Luxe? Das ist ja …, von euch.«

»Bingo.«

Ich legte den Kopf schief und grinste. »Und das wolltest du mir verschweigen?«

»Schuldig.« Er presste die Lippen zusammen und setzte den Hundeblick auf.

»Tzzz …« Ich schüttelte den Kopf.

David streckte seinen Arm aus und steckte meine Haarsträhne, die mir übers Gesicht fiel, hinters Ohr.

Ich lehnte mich an seine Schulter und wollte nie mehr weg. Das Spannungsfeld um uns flimmerte vor Sehnsucht. Ich wollte mehr. Seit Langem wollte ich mehr. Mehr von ihm. Mehr von einem Mann. Ich schloss die Augen, um diesen Moment festzuhalten, ihn einzusaugen und ihn in der Erinnerungsbox zu speichern. Da spürte ich einen Hieb von der Seite und öffnete die Lider. David fing ein Frisbee auf, das auf mich zugeflogen kam.

»Passt doch auf!«, brüllte David die beiden Jungs an, die auf uns zukamen.

»Sorry, war keine Absicht«, sagte einer der Sunnyboys und streckte die Hand nach dem Frisbee aus.

»Hey, Leute, steckt das Ding lieber weg, bevor ihr jemanden verletzt. Ihr könnt ein andermal Frisbee spielen, wenn weniger los ist. Und entschuldigt euch bei ihr.« David zeigte auf mich und drückte dem Jungen das Frisbee in die Hand.

»Tschuldigung, war keine Absicht. Der Wind …«

Der Junge zeigte auf den Himmel.

»Schon okay.«

Die beiden gingen wieder. David schaute ihnen hinterher, bis sie auf ihrem Platz angekommen waren.

Ich klopfte auf die Picknickdecke neben mich. »Komm her, mein Beschützer.«

»Gleich, ich will sehen, dass sie das Ding weglegen.«

»Sie sind noch jung. Lass sie. Die müssen ihre Erfahrungen machen. Komm. Mir ist zwar warm, aber nicht warm genug, Kuschelbär.«

»Nicht auf Kosten anderer und vor allem nicht, wenn es …« Er drehte sich zu mir um. »Hast du mich Kuschelbär genannt?« David fiel die Kinnlade herunter.

»Ja«, sagte ich schelmisch.

Er fuhr sich über die Lippen. »Dir ist also bei den Temperaturen immer noch kalt? Dann muss wohl der Kuschelbär kommen.«

Gesprächsfetzen und Gefechtszone

Kate saß mit ihrer Arbeitskollegin Marta in einem Café. Sie tranken einen Latte Macchiato, Kate natürlich mit einem Schuss Zimt, und teilten sich eine Bananenwaffel, auf der sich Bananenscheibchen und Schokoguss türmten. Der Geruch vom Obst, gepaart mit der braunen Verführung, ließ Kate das Wasser im Mund zusammenlaufen. Das schlechte Gewissen aufgrund ihrer Bauchwölbung schob sie beiseite, schließlich hatte sie sich beim Yoga genug angestrengt. Außerdem lebte sie nicht wie im Kloster, ab und zu gönnte man sich eben etwas, rechtfertigte Kate sich selbst gegenüber.

Das Café war gut besucht. Rundherum quasselten Jung und Alt, hier und da nahm Kate Gesprächsbruchstücke wahr. Einen Tisch weiter hörte sie, wie zwei junge Mädchen sich über eine misslungene Haartönung beschwerten.

»Schau dir meine Haare an. Die haben voll den Grünstich. Das kotzt mich so an. Ich wollte sie blond tönen und jetzt sehe ich aus wie Gras. Nur, weil meine Mama meinte, dass sie das auch hinbekommt und ich mir das Geld für den Friseur sparen kann.« Sie zeigte auf ihre Mähne. »Nächste Woche habe ich einen Termin beim Friseur. Ich hoffe, der kann meine Haare retten. Bis dahin muss ich so rumlaufen. Ich könnte heulen.«

Kate verkniff sich ein Grinsen. Wie engstirnig wir Menschen doch sind. So oft regen wir uns über Nichtigkeiten auf, die wir ohnehin nicht ändern können. Wir machen aus einer Mücke einen Elefanten, vermiesen uns die Laune und ziehen andere mit runter.

Aus einer anderen Richtung nahm Kate wahr, wie sich jemand über die Bußgelderhöhung und die allgemeine Teuerung in vielen Lebensbereichen beschwerte. Wieso beschweren wir uns so oft? Liegt der Fokus der meisten Menschen mehr auf den negativen Erfahrungen?

Marta legte ihr Kinn auf dem Handballen ab, den Ellbogen auf den Tisch gedrückt und riss Kate aus ihren Gedanken. »Dieser Kunde ... Herr Müller sieht ganz schön scharf aus. Meinst du, der hat eine Freundin? Ob er wohl immer so nett oder ein Player ist, der mit Frauen spielt? Wechseln nicht so ziemlich alle erfolgreichen Typen Frauen aus, wie ihre Unterwäsche?«

»Er ist auf jeden Fall nicht von schlechten Eltern. Keine Ahnung. So jemand hat bestimmt eine Freundin. Ob nur für zwischendurch oder fest. Du willst es doch nicht bei ihm versuchen, oder? Ich würde die Finger von ihm lassen, allein, weil er unser Kunde ist.«

»Nein. Ich hatte mich bloß gefragt, ob so ein Typ auch anständig sein kann oder immer ein Arschloch sein muss, der getarnt im Anzug eines Schwiegersohnlieblings steckt. Egal, übrigens, wir haben eine Einladung zum Firmenevent bekommen, bei dem das Parfum vorgestellt wird. Ich kann nicht hin. Wir haben mit meiner Schwester Karten für das Musical Aladdin. Das hatten wir schon länger vor, das hat bisher nie geklappt. Ich freu mich schon riesig drauf. Aber du solltest gehen. Ich glaub, Gregor wird sowieso darauf bestehen, dass wenigstens du mitgehst.«

»Ja, das glaub ich auch. Er wird nicht allein fahren wollen. Da muss ich wohl durch. Aladdin also, das wird bestimmt schön. Du musst mir auf jeden Fall erzählen, wie es war.«

»Mach ich. Und du mir vom Firmenevent.«

»Gebongt.« Kate sah sich um. Die Kellnerin wischte den Tisch nebenan und kurz darauf setzten sich drei Personen hin. Ein Mann und zwei Frauen. Ihr Alter schätzte Kate zwischen dreißig und vierzig Jahren ein. Sie musterte die drei und nickte ihnen freundlich zu. Die sahen aus wie der Durchschnittsbürger. Die Arbeiterklasse eben. Gepflegt und doch leger. Die Frauen trugen dezentes Make-up, die kleinen Falten um die Augen verliehen ihnen einen freundlichen Eindruck. Ihre Blicke schienen klar und offen, nicht hochnäsig. Die untere Gesichtshälfte des Mannes zierte ein sauber gestutzter Bart. Ob der ihn selbst so hinbekommen hat? Oder ist das die Arbeit eines Barbiers gewesen? Mein Mann bekommt es nie so sauber hin. Bei ihm sieht es aus wie Kraut und Rüben. Deshalb rasiert er sich nur noch glatt. Kate schüttelte ihre Gedanken ab und konzentrierte sich wieder auf Marta.

»Übrigens, wie war's beim Yoga? Hast du dich endlich dazu aufraffen können? Du hast mir ja schon seit Wochen die Ohren vollgejammert, dass du da mal wieder hinwillst.«

»Ach, stimmt ja. Du glaubst es nicht, ich hab meinen Arsch endlich hochbekommen und es tat sooo gut. Das solltest du auch mal probieren.«

Marta applaudierte. »Endlich! Ich hoffe, du gehst jetzt öfter. Dann kaust du mir nicht das Ohr damit ab.« Marta grinste und Kate lächelte schuldig zurück. Ihre Arbeitskollegin und Freundin hatte ja recht. »Meine Schwester schwärmt auch ständig vom Yoga und möchte, dass ich das wenigstens mal versuche. Vielleicht nimmst du mich mal mit, wenn ich meinen Arsch hochbekomme. Die Couch ist einfach zu gemütlich nach Feierabend. Sie sieht einladender aus als eine Yogamatte.«

Kate lachte. Marta stimmte mit ein. »Stimmt. Deine Schwester ist Yogalehrerin. Da kann sie dir ruhig mal in den Hintern treten. Man muss sich überwinden, aber glaub mir, im Nachhinein fühlst du dich wie neugeboren. Ich nehm dich gern mal mit. Und wenn ich dich von der Couch zerren muss.« Kate machte eine Pause und fuhr dann fort. »Übrigens, ich hab beim Yoga eine alte Bekannte getroffen, sie hat ihren Job gekündigt und schreibt ein Kinderbuch. Verrückt, oder?«

»Ganz schön mutig.«

»Ja, das hab ich auch gedacht. Aber irgendwie toll. Sie folgt ihrem Traum. Sie wollte schon immer schreiben. Und ich darf es sogar lesen.«

»Großartig. Hat sie denn schon jemanden, der die Bilder zur Geschichte malt?«

»Ich glaube nicht. Und sag jetzt nicht …« Kate sah Marta mahnend an.

»O doch! Du solltest es ihr anbieten. Ich meine, ist es nicht das, was du mal ausprobieren wolltest? Das ist ein Glücksfall für euch beide.«

Kate presste die Lippen zusammen. »Ja, schon. Hm … vielleicht biete ich es ihr an. Aber nur, wenn mich die Geschichte überzeugt.«

»Das ist mal ein Wort.«

Die Leute am Tisch nebenan unterhielten sich lautstark. Kate kam nicht umhin, die Gesprächsfetzen aufzusaugen. »Ich sag euch, das ist nicht gut, in welche Richtung sich das Ganze entwickelt. Wie kann man da von Meinungsfreiheit und Demokratie sprechen, wenn Andersdenkende in die Ecke der Schuldigen gedrängt werden? Das macht mich ganz schön misstrauisch. Plötzlich wird man behandelt wie ein streunender Hund, vom gesellschaftlichen Leben ausgeschlossen, dabei zahlen wir genauso unsere Steuern. Ne, mit einer Pistole auf der Brust lasse ich mich nicht beugen«, sagte der bärtige Mann mit Bassstimme am Nebentisch.

Die beiden Frauen stimmten ihm teilweise zu,

zumindest, was den Druck anging. Eine der beiden vertrat die Meinung, dass es der Politik und den Medien vor allem darum ging, die Leute zu informieren, die Art und Weise allerdings unpassend war.

Kate bemerkte, dass auch Marta ihren Kopf in Richtung des Tisches gedreht hatte.

Im nächsten Augenblick wandte sich Marta wieder Kate zu. »Hast du dich eigentlich mit meiner Schwester bezüglich des C-Themas ausgetauscht?«

»Ja, via Videokonferenz. Es war auf jeden Fall interessant …« Kate hielt mitten im Satz inne.

Der Nebentisch lenkte die Aufmerksamkeit auf sich. Mittlerweile hatten sich weitere Cafébesucher eingeschaltet. Eine Diskussion entfachte über mehrere Tische hinweg.

Kates innerer Drang mitzumischen überwältigte sie. Die Chance, verschiedene Meinungen zu hören, wollte sie sich nicht entgehen lassen. »Entschuldigen Sie …«, sprach sie den bärtigen Kerl an. »Sie haben sich also wegen des Drucks nicht impfen lassen?«

»Genau.«

»Hätten Sie sich anders entschieden, wenn Sie nicht das Gefühl der Nötigung gehabt hätten?«

»Ja …, vielleicht.«

Eine Frau klinkte sich mit ein. »Ich hab mich nur für die Spritze entschieden, weil ich Angst hatte, meinen Job zu verlieren. Eigentlich wollte ich erstmal abwarten.«

»Sie haben sich also unter Druck setzen lassen.

Und sich gegen Ihre eigene Sichtweise entschieden.«
Kate dachte nach. »Bereuen Sie es?«

»Ich weiß nicht. Teilweise. Mich plagen Schuldgefühle, weil ich mich damit gegen mich entschieden habe. Wissen Sie, wenn alles in Ihnen nach einem Nein schreit und Sie es doch tun, fühlt es sich nicht richtig an.«

»Verstehe …« Kate fuhr sich mit dem Zeigefinger über das Kinn. »Und wieso teilweise?«

»Na ja, ich habe noch meinen Job und versorge damit meine Familie.«

»Also, ich weiß ja nicht. Ich bin froh, geimpft zu sein. Es ist besser, als einen schweren Verlauf zu haben«, grätschte eine andere Person dazwischen.

»Sie haben sich also impfen lassen, aus Angst vor den Folgen? Hatten Sie denn schon Corona?«

Die Dame rückte ihre Brille zurecht. »Ich kenne jemanden, der hat bis heute Probleme. Früher ist er jeden Tag joggen gegangen, ein sportlicher Typ. Jetzt ist er kurzatmig und schon nach wenigen Metern zu Fuß platt. Als er Corona hatte, wurde ihm schwindelig, er musste sich ständig übergeben und bekam Atemnot. Stellen Sie sich mal vor, plötzlich schnappen Sie nach Luft wie ein Lungenkranker. Und das, obwohl Sie sonst immer fit waren. Das macht doch Angst. Ich hatte auch schon Corona und dank der Impfung bin ich mit leichtem Halskratzen und Schnupfen davongekommen«, sagte sie stolz.

»Woher wissen Sie, dass der leichte Verlauf an

der Impfung lag?«, stachelte Marta.

»Impfungen schützen nun mal!«, gab die Dame angesäuert zurück.

»Also ich kenne Leute, die trotz der Impfung schwere Verläufe hatten. Vor Ansteckung schützt die Spritze auch nicht, ich kann die Bedenken gut verstehen. Ich bin selbst geimpft und habe Gott sei Dank auch keine Nebenwirkungen. Ich finde, jeder sollte für sich selbst entscheiden, was er für richtig hält«, sagte eine der Frauen am Nebentisch.

»Und was das ständige Boostern mit dem Immunsystem macht, ist auch fraglich«, warf der bärtige Mann ein.

»Sie nehmen bestimmt auch Medikamente, obwohl Sie Nebenwirkungen davon bekommen könnten, oder? Wir sind alle mitverantwortlich für unser soziales Umfeld und sollten deshalb als Gesellschaft zusammenhalten und gerade gegenüber vulnerablen Leuten Rücksicht nehmen«, sagte eine Dame.

»Genau. Außerdem entlastet man damit das Gesundheitswesen, und der ganze Spuk wäre schneller vorbei, wenn da alle mitgemacht hätten«, mischte sich jemand ein.

Kate schaute zu Marta. Rundherum wurde immer noch debattiert. Kate hatte mittlerweile genug Meinungen gehört und konnte sich besser in die Ängste und Beweggründe anderer einfühlen. Sie fragte sich, ob sie Alena Unrecht getan hatte, sie so schnell abzustempeln. Ihre Brust zog sich schmerzhaft zusammen, als quetsche man das Herz in einen engen Behälter.

»Und? Hast du deine Antworten bekommen, was das Impfthema anbelangt?«, fragte Marta.

Kate grinste. »Ja, ich glaub schon. Zumindest hab ich erstmal genug davon. Lass uns bezahlen.« In Kates Kopf öffnete sich das Schloss der Freundschafts-Schublade, auf der Alena stand. *Alena, es tut mir leid. Ich hätte dir zuhören sollen. Wirst du mir verzeihen?*

***

Einige Wochen später saß Kate am Laptop und ging ihre E-Mails durch. Im Hintergrund kreischten ihre Kinder. *Wahrscheinlich zanken sie wieder. Ist jetzt nicht mein Problem. Solange sich keiner ernsthaft verletzt, sollen sie es unter sich klären. Mama braucht Pause.* Zahlreiche Spam-Mails überfluteten ihr Postfach. ›Herzlichen Glückwunsch, Sie haben ein iPad gewonnen …‹ *Kann mich nicht daran erinnern, bei einem Gewinnspiel teilgenommen zu haben.* Irgendwelche Finanzberater hatten den Investment-Tipp, man brauchte nur auf den Link klicken und erhielt eine ordentliche Portion Werbung, die zum Kauf des Produktes lockte. Werbung und noch mehr Werbung. Kate fragte sich, woher diese Gauner ihre Mailadresse hatten? Genervt schnaufte sie durch. Erst letzten Monat hatte sie sich von etlichen Mailinglisten abgemeldet, jetzt war die Mailadresse wieder vollgemüllt, als wäre ihr E-Mail-Postfach eine Mülldeponie, nur ohne den grässlichen Gestank. Sie trank einen Schluck Kamillentee, meldete sich bei unerwünschten Verteilern ab und fegte ihr Postfach leer. Im Hintergrund hörte sie ihre Kinder.

»Ich war zuerst da, lass los! Du machst es kaputt.«

»Gib mir die Fernbedienung! Ich will auch mal.«

Kate ignorierte das Gekreische weiterhin. Regentropfen prasselten gegen die Fensterscheibe und das Dach, es machte den Kinderlärm erträglicher. Ihr wäre lieber, wenn sie sich mit Basteln, Malen oder anderweitig beschäftigen würden, als mit diesem rechteckigen Kasten, aber sie hatte es aufgegeben. Die Mutter des Jahres würde sie nicht werden. Manchmal schien es bequemer, die Kinder vor dem Ding zu parken, anstatt alle paar Minuten zu hören, ›Mir ist langweilig. Ich weiß nicht, was ich machen soll.‹ Kates Ideen kamen schon lange nicht mehr an. Auf Malen, Basteln oder Versteckenspielen hatten sie keine Lust. Und selbst kreativ werden? Fehlanzeige, die neue Generation wollte alles vorgekaut bekommen. Die Gehirnzellen zu aktivieren schien viel zu anstrengend. Vielleicht sind nur meine Kinder so, wer weiß? Es könnte sein, dass ich mich zu wenig um sie gekümmert und zu viel gearbeitet habe, obwohl ich zu jeder Theateraufführung und zu jedem Fußballspiel gegangen bin. Es ist, wie es ist. Sie hoffte, dass ihre Kinder trotzdem zu anständigen Erwachsenen heranwachsen würden, auch, wenn sie hin und wieder vor der Glotze saßen. Kate löschte alle Mails aus ihrem Papierkorb. Ordnung auf dem Laptop war ihr ebenso wichtig wie im Rest des Hauses. Kurz bevor sie auf das X klickte, um ihr Postfach zu schließen, ploppte eine Mail auf. Sie stöhnte genervt, weil sie wieder eine dieser Spam-Nachrichten erwartete. Als sie den Namen Susanna las, machte ihr Herz einen Freudenhüpfer. Mit einem Lächeln im Gesicht öffnete sie die E-Mail.

Liebe Kate,
wie versprochen, schicke ich dir meine Erwachsenen-Kindergeschichte. Ich bin gespannt auf dein Feedback und hoffe, wir sehen uns am Donnerstag beim Yoga? Vielen Dank fürs Lesen.

Liebe Grüße
Susanna

Kates Spannung stieg. Es knisterte in ihrem Bauch. Bitte lass es gut sein. Sie öffnete die Word-Datei und las die Geschichte vom Faultier und dem Gepard. Zwei Freunde, die nicht unterschiedlicher sein könnten. Als Kate am Ende angelangt war, grinste sie über beide Ohren. Sie erkannte sich selbst in der Kindergeschichte wieder und ihr wurde warm ums Herz. Gerührt legte sie die Hand auf die Brust. Wie schön. Was für eine wertvolle Botschaft in dieser süßen Geschichte steckt. Voller Dankbarkeit schrieb sie Susanna zurück, dass ihr die Geschichte gefallen hat und sie hoffte, dass viele Kinder- und Erwachsenenherzen davon profitieren würden. Außerdem erwähnte sie, dass sie vorhatte, wieder zum Yoga zu gehen. Ich hatte keine Ahnung, dass Susanna so gut schreiben kann. Zu gerne würde ich die Illustrationen zeichnen. Tausend Ideen schwirren in meinem Kopf herum.

»Aua! Hör auf! Du tust mir weh.«

»Lass los!«

»Ahhh ...«, hörte Kate Mira in einem fiesen Ton kreischen.

Kate stützte ihren Kopf mit der Hand, den Ellbogen an den Tisch gelehnt und schüttelte den Kopf. Dann fuhr sie den Computer herunter und begab sich in die Gefechtszone.

Wolke Sieben und Gedankenkarussell

Ich schloss die Tür hinter mir und drehte mich um. Da stand er, an einen schwarzen Porsche gelehnt. Fehlte nur noch der Anzug und die Filmszene wäre perfekt. In dem engen weißen Shirt und der lässigen Leinenhose sah er rattenscharf aus. David grinste mich an. Down Under pulsierte es gewaltig. Sein durchdringender Blick brachte mich um den Verstand. Mein Gott, ich hätte nie für möglich gehalten, dass ein bloßes Lächeln diese Teenie-Gefühle in mir wiedererwecken würde. Seit dem letzten Date im Englischen Garten hatten wir täglich geschrieben und häufig am Abend für Stunden miteinander telefoniert. Ich zog einige Haarsträhnen unter dem Taschengurt heraus und ging auf David zu. »Hey«, sagte ich und umarmte ihn. Er drückte mich fest an sich, ich wollte mich nie wieder von ihm lösen.

»Hi«, hauchte er mir ins Ohr.

Wie ein Staubsauger sog ich seinen Geruch ein. Dieser Duft, am liebsten hätte ich mich hineingelegt und darin gebadet. Er roch nach Angekommen-Sein, nach zu Hause. Einfach göttlich. Aber Moment ... »Heute kein Parfum?«, fragte ich und löste mich widerwillig von ihm.

David schob den Mundwinkel nach oben.

»Ich hoffe, du kannst mich trotzdem riechen?« Er legte den Kopf schräg.

Provokant steckte ich die Nase an seinen Hals und nahm einen tiefen Atemzug. »Lecker.« David legte seine Hand um meinen Hals und zog mich an sich. Seine Nasenspitze kitzelte meine Haut. Eine Hitzewelle erfasste mich, als loderte ich im Feuer der Begierde. Wir spielten ein Spiel, das alle in der Kennenlernphase taten. Die Haltung bewahren und gleichzeitig einander aufheizen, dass es wehtat und einen in den Wahnsinn trieb.

»Da würd ich zu gern reinbeißen«, sagte David und strich mir über den Hals.

»Anknabbern erlaubt.« Wow, mich überraschten meine Flirt-Skills. Die habe ich ordentlich vom Staub befreit.

»Das solltest du mir lieber nicht anbieten.«

Ich zuckte mit den Schultern. »Wollen wir los? Wohin eigentlich?«

»Lass dich überraschen«, sagte David und zückte ein Seidentuch aus der Hosentasche.

»Was soll das jetzt? Du willst doch nicht …«

»Oh, doch. Darf ich?«

Mein Herzschlag donnerte gegen die Brust. »Wenn du mir versprichst, mich nicht zu verbuddeln.«

»Was denkst du nur von mir?«

Ich scannte ihn von oben bis unten. Konnte ich ihm vertrauen? Oder sollte ich in Panik geraten?

»Wenn du nicht willst, können wir's auch lassen. Das ist nur für den Überraschungsmoment. Ich will dir keine Angst machen«, sagte er und hielt das Tuch in die Höhe.

»Ich glaube, ich habe zu viele Gruselfilme in meiner Jugend gesehen.« Ich griff nach dem Seidentuch. »Dann leg mir das Teil mal um.«

David verband meine Augen. »Siehst du was?«

Ich spürte einen leichten Windzug, wahrscheinlich fuchtelte er mit der Hand vor meinem Gesicht. »Nein. Kann losgehen.«

»Okay.«

Ich hörte das Klacken der Autotür. David führte meine Hand zum Türgriff und legte seine schützend auf meinen Kopf.

»Stoß dich nicht. Ich hätte dir die Binde erst im Auto anlegen sollen. Wär einfacher gewesen. Du bringst mich völlig durcheinander.«

Ich grinste. »Tja, das kann ich nur zurückgeben.« Ich setzte mich ins Auto, David stieg ein und wir fuhren los.

Auf der Fahrt lauschte ich der Radiomusik und hörte David gelegentlich über rote Ampeln und den Fahrstil anderer Autofahrer schimpfen. Zwischendurch fragte er mich, ob es mir gut gehe, ich durstig sei oder sonst etwas bräuchte. Sehr aufmerksam und süß. So ist David alias Prinz Charming eben. Ich drückte meine Füße gegen die Fußmatte und trommelte mit den Fingern auf dem Oberschenkel. Innerlich zitterte ich vor Aufregung. Was will er mir zeigen? Ich schob alle Schubladen in meinem Kopf auf, die irgendeine Verbindung zu David hatten, und versuchte dadurch, auf die Überraschung zu kommen. Das Familienunternehmen stellt Parfums her, vielleicht will er mir den neusten Duft präsentieren, bevor er auf den Markt kommt. Nein, Tamtam und die Welt der Gerüche? Lass mal überlegen ... Er liebt Philosophie, eine philosophische Theatervorstellung? Wirklich? Als Romantiker, wie ich ihn einschätze, könnte es natürlich alles sein. Hm ... Oder eine Mischung aus allem? Etwas das mit Düften, der Philosophie und der Romantik zu tun hat ...? Wie ich die Ideen auch drehte, wendete und miteinander verband, es war ein einziger Kabelsalat.

»Ist nicht mehr weit.«

Ich hielt mich an den Knien fest, um das Wippen meines Fußes zu unterdrücken. Lass dich überraschen, rief ich mir im Geiste zu. Wir wurden langsamer, ein sanftes Ruckeln brachte das Auto zum Stehen. »Schätze, wir sind da«, sagte ich und zwang mir ein Lächeln auf, während es mich innerlich schüttelte. »Darf ich die Augenbinde abnehmen?«

»Warte. Ein kleines Stück müssen wir noch zu Fuß gehen. Ist das okay, für dich?«

»Wenn ich mich schon darauf einlasse, dann bis zum Schluss.«

»Schön, dass du mir vertraust.« Er legte seine Hand auf meine. »Dann lasse ich dich hier mal raus.«

Es machte »Klack« und wenig später ging auch schon meine Tür auf. David half mir aus dem Auto und legte eine Hand um meine Hüfte, mit der anderen hielt er meine Finger. Ein Kribbeln durchfuhr mich wie zarte Elektroschocks. Blind ließ ich mich von ihm führen, wir bogen ein paarmal ab, mit meinen Minischritten erschien mir der Spaziergang endlos.

»Noch ein Stück, so, jetzt stehenbleiben«, sagte David, drehte mich und ließ meine Schultern los.

Ich stand irgendwo im Nirgendwo und hörte Menschen miteinander reden, ein Mann schrie irgendetwas, als würde er sich aufregen. Hoffentlich brüllt er ins Telefon und nicht irgendjemanden an. Wobei, die arme Person am Apparat. Ein Klappern auf dem Asphalt, Stöckelschuhe? Meine Haut streifte eine kühle Brise, gepaart mit warmen Sonnenstrahlen. »Darf ich jetzt die Augenbinde abnehmen?«

»Warte, ich nehm sie dir ab.«

Der Schleier löste sich, meine Augen brauchten einen Moment, um sich ans Tageslicht zu gewöhnen. Ich blinzelte ein paarmal, bis sich das Bild wieder scharf stellte. Vor mir stand ein heruntergekommenes Lokal, große Kartons verdeckten die Schaufenster und das Schild Adabei über der Tür hing schief, als würde es jeden Moment herunterplumpsen. »Der Name Adabei klingt witzig. Das ist doch bayrisch?«

»Ja, bedeutet Wichtigtuer.«

»Stimmt ja, genial.« Ich lachte. »Das war bestimmt mal total angesagt. Aber was …« Es ratterte in meinem Kopf. Ich hätte schwören können, die

Zahnräder zu hören, die meine Gedanken ankurbelten. »Nein.« Ich hielt die Hand vor den Mund.

David grinste mich an.

»Das ist es?«, fragte ich und zeigte auf die Tür. »Das wird dein Philosophencafé?«

David nickte und strahlte bis über beide Ohren. Der Glanz in seinen Augen machte Meister Propers frisch geputzten Böden Konkurrenz. Wie erstarrt sah ich David mit offenem Mund an.

Er legte die Hand auf meine Schulter. »Keine Angst, es sieht von innen besser aus. Auch wenn noch einiges zu tun ist und man viel Fantasie braucht. Willst du's sehen?«

»Na klar.« Ich drückte die Daumen, dass David keine Bruchbude gekauft hatte. David drehte den Schlüssel um und hielt mir die Tür auf. Mit einem mulmigen Bauchgefühl trat ich ein. Er schaltete den Lichtschalter ein. Was ich sah, überraschte mich. Erleichtert atmete ich durch. Es hatte etwas von einer alten, heruntergekommenen Zigarren-Bar. Dunkle Ledersessel, aufwendig gewebte Teppiche und viele Holzelemente, bei denen der Lack teilweise abblätterte, brachten einen gewissen Flair in den riesigen Raum. Klar, diese Möbelstücke müsste man teilweise rauswerfen oder restaurieren, aber es hatte Potenzial. Die grässliche Rauten-Tapete und die fransigen roten Barhocker müssten raus. Genauso wie die verstaubten abgetretenen Teppiche, die ihren Dienst längst erfüllt hatten.

»Und? Was sagst du?«

»Ich liebe es. Vor allem die braun gemusterten Fliesen. Die bleiben, oder?«

»Meinst du, die passen zu meinem Café?«

»Sowas von. Dahinten stelle ich mir die Bücherregale vor.« Ich trat ans andere Ende des Raumes und zeigte auf die Wand. »Hier drüben könnten die Tische stehen. Ich würde diesen Zigarren-Bar-Flair teilweise beibehalten. Das passt zu dem Nachdenklichen, Philosophischen. Insgesamt muss es aber heller werden, das kann man mit Deckenleuchten umsetzen. Für besondere Anlässe würde ich in der Ecke einen extravaganten Sessel platzieren, den man dann in den Mittelpunkt stellen kann.« Die Fantasie ging mit mir durch. Ich lief im Lokal umher und erzählte und erzählte, bis ich merkte, dass das hier gar nicht mein Traum und mein Café waren. Ich drehte mich zu David um und stellte fest, dass er immer noch am Eingang festklebte. Mit langem Gesicht trat ich näher. »Entschuldige. Ich weiß nicht, was mich da geritten hat. Es ist dein …«

»Tsch …«, unterbrach mich David und drückte den Zeigefinger auf meine Lippe.

Um mich herum prickelte es.

»Ich liebe deine Begeisterung und Ideen. Wie wär's, wenn du mir bei der Gestaltung hilfst? Hättest du Lust?«

David schaute mir tief in die Augen. Ich zerfloss in seiner Nähe wie ein Eiswürfel im Hochsommer.

»Sehr gern. Was hast du denn für Vorstellungen?«
David kam näher, sodass nur wenige Zentimeter zwischen uns standen, er umfasste mein Gesicht. Ich spürte seinen Atem auf meiner Haut. Mein Körper glich einem Hochspannungsnetz. Abermillionen Kilovolt jagten durch meine Blutbahn.

»Ich hatte noch keine Vorstellungen, bis ich auf dich und deine Ideen traf. Ich liebe sie und vertraue dir. Vertraust auch du mir?«

Seine Finger berührten mein Kinn. Ich hielt es kaum aus. Unterhalb der Gürtellinie wurde es heiß. »Ja«, hauchte ich. Wie im Zeitraffer kam er Millimeter für Millimeter näher, bis sich unsere Lippen berührten und ein Feuerwerk entfachten. Keine Feuerwehr wäre imstande, es zu löschen. Minutenlang küssten wir uns, als hätten wir Jahre der Sehnsucht aufeinander gewartet. Davids weiche Lippen passten perfekt auf meine. Unsere Zungen tanzten Salsa im selben Rhythmus. Ich hätte ewig so weitermachen können. Das Hier und Jetzt verschwand und wir befanden uns in einem leeren weißen Raum, irgendwo auf Wolke Sieben. Nach einer Weile lösten sich unsere Lippen und wir kehrten wieder in die Realität zurück. Lächelnd schauten wir uns an. Mein Herz pochte lautstark gegen die Brust, dass es fast wehtat.

***

Nach dem Date im zukünftigen Philosophencafé folgten weitere Treffen. Jedes Mal, wenn auf meinem

Smartphone eine Nachricht von David aufploppte, machte ich innere Luftsprünge. Die Schmetterlinge in meinem Bauch schlugen Saltos und ich jauchzte wie ein Teenie, der endlich vom Schwarm beachtet wurde. Nun saß ich vor dem Laptop und designte ein paar Werbemittel für Kunden. Dabei setzte ich verschiedene Bildelemente zusammen und schnitt andere heraus, als meine Gedanken spazieren fuhren und ich an das Café-Projekt dachte. Wie von selbst griffen meine Finger zum Smartphone.

Alena
Wie wär's mit Beim Denker?

,tippte ich in den Messenger und drückte auf Senden.
Prompt kam Davids Antwort.

David
Nicht schlecht. Es geht in die richtige
Richtung. Was hältst du von Selbstdenker?

Alena
Das ging ja schnell. Besser, aber da ist noch
Luft nach oben. Mir gefällt, wie du meinen
Gedanken weiterspinnst Bist du nicht
beschäftigt?

Ich kaute auf dem Zeigefinger, bis das Smartphone erneut vibrierte und in Sekundenschnelle wieder in meiner Hand landete.

David
Für dich hab ich immer Zeit. Außerdem ist deine

Nachricht geschäftlich. Schließlich geht's um den Namen des Cafés. Da muss ich sofort antworten. Und ich dachte, du wolltest heute einiges abarbeiten? Auch wenn es mir gefällt, dass du über mein Projekt nachdenkst.

Alena

Man kann es auch drehen, wie es einem passt. Ich muss wirklich einiges fertigmachen, bevor du kommst. Sind ja noch ein paar Stunden bis heut Abend.

David

Dann ran an den Schreibtisch. Sonst bekomm ich noch ein schlechtes Gewissen. Und schick mir die Einkaufsliste. Ich wollte sowieso für Herrn Meier was holen.

Alena

Oh, nein. Du sollst dich nicht schuldig fühlen. Die Liste schick ich dir gleich, danke. Wie geht es dem alten Philosophen denn? Ich muss ihn unbedingt mal wieder besuchen. Ich kam nicht mehr dazu.

David

Liegt das etwa an mir? Es geht, er sieht in letzter Zeit müde aus. Du solltest unbedingt mal wieder zu ihm, er würde sich bestimmt sehr darüber freuen. Hin und wieder fragt er nach dir. Du, ich muss gleich ins Meeting, also bis später Süße.

Alena

Ok, dann hänge ich mich wieder an den Bildschirm, bis heut Abend, freu mich auf dich.

David

Ich mich auch.

Wie die Flammen vor dem Kaminfeuer an einem kühlen Abend durchzog mich eine kuschelige Wärme. Ist der süß, dachte ich. Er schreibt mir, obwohl er beschäftigt ist. Breit lächelnd, dass mein Kiefer schon wehtat, legte ich das Smartphone weg, weit weg auf das Sideboard im Wohnzimmer, um ja keine weitere Ablenkung zu riskieren.

Stunden später hatte ich den Großteil meiner Kundenaufträge abgearbeitet, die Wohnung geputzt und mich etwas hübsch gemacht. Das heißt, ich schlüpfte in ein leichtes braunes Sommerkleid, tuschte mir die Wimpern und verpasste meinen Haaren Sommerwellen. Dann ging ich umher und kaute an den Nägeln, bis es endlich klingelte. Mein Herz klopfte, als wollte es aus meiner Brust springen. Ich atmete durch und öffnete die Tür.

»Hallo, ein Paket für Frau Engelmann«, sagte ein junger Mann in gelbschwarzer Kleidung.

Ich schluckte die Enttäuschung herunter und nahm die Sendung an. Ein schweres Päckchen, das sind bestimmt … Kurz bevor ich die Tür schloss, hörte ich ein »Warte«, was mich aus meinen Gedanken riss und meinen Puls nach oben schießen ließ. Die vertraute warme Stimme schleuderte meinen Körper emotional in den Sitz einer Achterbahn. Ich drehte mich um und sah David voll bepackt mit Einkaufstüten auf mich zukommen. Wie immer mit einem Strahlen im Gesicht. »Soll ich dir was abnehmen?«, fragte ich und ging auf ihn zu.

»Nein, passt schon. Ich bin heute dein Packesel. Außerdem hast du ja selbst was unterm Arm.«

Ich legte den Kopf schief, mein Blick wanderte David rauf und runter. »Da hab ich aber einen heißen Packesel.«

Er grinste. »Das will ich doch hoffen.«

Ich hielt ihm die Tür auf, während meine Augen an ihm hafteten, als wären sie mit Sekundenkleber fixiert worden. Hallo, Mr. Knackpo, können Ärsche knackiger aussehen oder liegt das an der Jeans? Mein Körper fieberte und eine Welle der Erregung überkam mich. Er zog die Schuhe aus und schob sie mit dem Fuß zur Seite. Und das, ohne, dass ich ihn darum bitten musste. Sauberkeit war mir schon immer wichtig. Ich meine, ich laufe barfuß in der Wohnung rum, wer will da schon den Dreck von draußen unter seiner Fußsohle spüren? Erde- und Sandkörner fühlen sich schon nach ›Ich muss sofort den Boden und meine Füße waschen‹ an. Und erst der Gedanke, mit den nackten Füßen auf die Überreste eines zerquetschten Käfers oder einer Schnecke zu laufen, pfui. Auch, wenn die wahrscheinlich am Schuh kleben würden, allein der Gedanke barfuß über die Stelle zu laufen ... Ich rümpfte die Nase.

»Wohin damit?«, fragte David, die Tüten in die Luft haltend. »Alles okay?«

»Eh ... ja, in die Küche«, stotterte ich. Auf dem Weg ließ ich im Wohnzimmer das Paket auf dem Sideboard liegen.

In der Küche angekommen stellte David die Tüten ab und legte seine Hände an mein Becken. Es kochte unterhalb meines Bauchnabels, meine Arme umschlangen seinen Hals. Er kam näher, immer näher.

Ich schloss die Augen und ließ mich in den Moment fallen, einfach loslassen und genießen. Ich spürte seinen Atem auf meiner Haut, dann berührten sich unsere Lippen und die Zungen vereinten sich in einem sinnlichen Tanz, während die Welt um uns herum verschwand. Jeder Kuss stellte einen Ausdruck der Leidenschaft und des Verlangens dar, das zwischen uns pulsierte. Unsere Küsse wurden intensiver, leidenschaftlicher, und ich konnte förmlich die elektrische Spannung zwischen uns spüren. Langsam lösten sich seine Lippen von meinen und wir schauten uns an, bis David die Stille brach.

»Hey«, raunte er und umspielte mit dem Finger mein Kinn.

»Hi. Was für eine Begrüßung.«

»Tja, eine Umarmung war mit den Tüten nicht drin, das musste ich wiedergutmachen.« Er setzte ein selbstgefälliges Lächeln auf, dem ich nur schwer widerstehen konnte.

»Ich würde sagen, es ist dir gelungen. Sollen wir auspacken?«

»Klar.«

»Was gibt's? Und womit fangen wir an, Chefköchin?«

»Vegetarische Lasagne mit Salat. Für den Nachtisch hab ich Tiramisu vorbereitet. Ist das okay?« Ich war froh, gestern den Nachtisch fertiggestellt zu haben, schließlich musste er zwei bis drei Stunden ziehen.

»Das klingt super. Mit dem Tiramisu hast du ins Schwarze getroffen, ich liebe es. Was soll ich schnibbeln?«

»Du kannst die Karotten und die Zucchini schneiden, ich kümmer mich um die Soße.«

David griff nach einer Zucchini. »Das trifft sich gut, ich bin nämlich ein Experte im Gemüseschneiden. Als Kind habe ich meiner Mum oft in der Küche geholfen. Meinst du, ich könnte eine Karriere als Gemüse-Künstler beginnen, falls das mit dem Café ein Flop wird?« David präsentierte mir seine geschnittenen Zucchinischeiben.

Ich lachte und hätte dabei beinahe die offene Schlagsahne umgeschmissen. »O ja. Bei dem Kunstwerk bin ich gespannt, was du aus den Karotten zauberst.«

David zog eine Augenbraue hoch. »Du wirst staunen, was ich aus dem Gemüse rausholen kann.«

Während David das Gemüse vorbereitete, mischte ich die Soße. Dann wusch ich den Spinat und besprenkelte David mit Wasser.

»Hey.«

»Ich dachte, du könntest eine Abkühlung gebrauchen.«

»Danke, dass du dich um mich sorgst. Wenn du in meiner Nähe bist, habe ich tatsächlich das Gefühl, in der Sauna zu stehen.«

Ich legte den Kopf schief und biss mir auf die Lippen. Als ich an David vorbeiging, um die Lasagneblätter zu schichten, hielt er mich am Arm fest, zog mich liebevoll zu sich und gab mir einen Kuss. Seine weichen Lippen fühlten sich kuschelig an. Die Luft zwischen uns knisterte, wahrscheinlich hätte man ein Handy durch bloßes In-die-Luft-Halten aufladen können.

»Beim Kochen nasche ich immer. Und deine Lippen sind einfach viel verführerischer als ein Stück Zucchini oder Karotte. Außerdem bist du unwiderstehlich, wenn du das mit den Lippen machst.«

»Meinst du das?« Ich biss mir wieder auf die Lippe.

David schaute mich wie ein hungriger Tiger an, der seiner Beute folgte. Ich spürte, wie sich ein Lächeln auf meinem Gesicht abzeichnete.

»O ja. Das macht Hunger auf mehr.«

Ich trat näher, fuhr David durchs Haar und flüsterte ihm ins Ohr. »Du willst mehr?« In mir bebte es, denn auch ich wollte mehr, mehr von ihm, mehr von uns.

Er strich mir über die Lippen und küsste mich erneut mit einer Intensität, die ein Feuerwerk in mir entfachte. »Jeder Kuss von dir ist wie eine Geschmacksexplosion, die meinen ganzen Körper erzittern lässt. Ich kann einfach nicht genug davon bekommen«, sagte er und ließ mich los.

Ich hatte noch nie so lange für die Zubereitung einer vegetarischen Lasagne gebraucht, aber es hat auch noch nie so viel Spaß gemacht. Wie frisch Verliebte ließen wir die Finger nicht voneinander. Mal streifte meine Hand seinen Arm, mal berührte er mich am Becken oder am Hals. Die magische Schwingung zwischen uns erfüllte den ganzen Raum, wie wenn unsere Seelen ineinander überliefen und sich ausbreiteten.

Nach dem Essen machten wir es uns auf dem Sofa bei einem Glas Rotwein bequem. Er schlang den Arm um meine Schultern und ich kuschelte mich an seine Brust. Er roch nach Vertrautheit. »Wie lief das Meeting?«

»Ganz gut. Ich hatte einen Call mit einer Werbeagentur, die unser neues Produkt designt.«

»Dein letzter Auftrag?«

»Genau. Das muss ich noch zu Ende bringen. Bevor ich mit der Planung des Cafés durchstarte. Du hast nicht zufällig Lust mich auf das Parfum-Event zu begleiten? Die Presse wird da sein und auch viele Prominente. Vor allem gibt's leckeres Essen.«

»Das ist mir zu viel Tamtam. Ich will nicht in die Öffentlichkeit.«

»Das kann ich gut verstehen. Schade. Dann muss ich mich ohne Begleitung hin quälen. Wie war dein Tag?«

»Das einzig Spannende war der Austausch mit dir. Aber mein Schreibtisch ist um einiges leichter geworden.« Ich lächelte ihn an.

Er fuhr mit dem Finger über meinen Arm. »Das freut mich.«

»Übrigens, ich hab ein paar Ideen für das Café auf meinem Handy gespeichert. Die kann ich dir zeigen, wenn du magst.«

»Das hast du auch geschafft? Bist aber kein Workaholiker, oder?«

»Nee, dafür genieß ich zu gern meine Freizeit.«

»Gut, schließlich ist das Leben zum Genießen da. Es ist kostbar und besteht aus Momenten, die irgendwann enden. Wer sich zu Tode ackert, verpasst es.«

»Sagte der Philosoph.« Ich hob den Zeigefinger theatralisch in die Luft. Wir lachten.

»Aber für unser Café-Projekt bin ich Feuer und Flamme.« Ups, ich habe unser gesagt. Wieso rutscht mir sowas raus? Hoffentlich hat er's überhört. Bestimmt hat er das, oder? Er muss … Ich tränkte meinen Rachen mit Wein.

David grinste mich an. »Unser?« Er schaute mich eindringlich an.

Ich schwenkte das Weinglas und zuckte mit der Schulter.

»Gefällt mir.«

Was? Ich war doch viel zu forsch. Wir daten uns seit einigen Wochen und dann betitele ich seinen

Traum gleich als unser Projekt? Wenn ich er wäre, hätte ich das Weite gesucht. »Entschuldige. Es ist natürlich dein Projekt. Ich weiß nicht, was mich da geritten hat, es unser zu nennen. Muss wohl am Wein liegen.« Ich hob das Weinglas hoch und presste die Lippen zusammen.

»Schon gut. Du brauchst dich nicht entschuldigen. Ich sagte ja, dass es mir gefällt, wenn du es so siehst. Mit dir teil ich gern meine Träume.«

Balsam für meine Seele. Ich schaute zu ihm auf, seine Lippen benetzten meine Stirn. Dann schmiegte ich mich noch näher an ihn. Eine Weile lagen wir aneinandergeheftet da. David strich mir über den Arm und ich kraulte seine Brust. In dem Moment gab es keinen Ort, an dem ich mich wohler fühlte und lieber wäre. »Magst du ein paar Ideen fürs Café sehen?«

»Klar.«

»Dann muss ich wohl aufstehen. Die sind auf meinem Handy gespeichert.«

»O nein, bleib sitzen. Ich bring's dir. Wo hast du es denn liegen lassen?«

»Ehrlich? Ich kann auch aufstehen.« Ich richtete mich auf, da schob mich David wieder zurück auf die Lehne.

»Ich meine es ernst. Gönn dir mal 'ne Pause. Wo ist es? Und magst du noch Wein?«

»Gern.«

Er schenkte mir nach.

»Danke, da vorne.« Ich deutete auf das Sideboard. »Und die Kiste kannst du gleich mitnehmen.«

David ging zum Schrank, während ich das Prachtexemplar eines Mannes beäugte. Dich könnte ich auch den ganzen Tag von hinten anschauen.

Er drehte sich um. »Wer ist das mit dir auf dem Bild?« Er zeigte auf ein eingerahmtes Foto, das auf dem Schränkchen stand.

Ich kniff die Augen zusammen. »Ach das.« Eine Eiseskälte durchfuhr mich.

»Es lag verkehrt herum, hab's wieder hingestellt.« David gesellte sich mit meinem Handy und dem Paket zu mir.

Ich fixierte das Foto, auf dem ich mit Kate in die Kamera lächelte. In mir machte sich eine Schwere breit, die mich zu ersticken drohte. Das Bild stammte aus unserer WG-Zeit. »Lange Geschichte. Das ist …, war, ach, was weiß ich, eine Freundin von mir. Sollen wir das Paket öffnen?« Ich streckte die Arme aus.

David überreichte mein Handy, hielt das Päckchen weiterhin unterm Arm fest und machte keine Anstalten, es mir zu reichen. »Deine beste Freundin?«

»Ja.« Meine Augen wurden feucht, ich blinzelte, um die Tränendrüse auszutricksen.

»Lag das Bild mit Absicht falsch rum?«

»Jaaa …«, sagte ich wie an einem Kaugummi ziehend.

»Verstehe.« David fuhr sich über das Kinn und schaute abwesend nach vorn. »Willst du darüber reden?«

»Weiß nicht. Es macht die Stimmung bloß kaputt.«

Er legte die Hand auf meinen Oberschenkel. »Ich glaube, die war im Keller, als ich das Foto aufstellte.« David machte eine Pause. »Du musst es mir nicht sagen, ich spüre, dass es dich mitnimmt. Pass auf, wie wär's wenn ich anfange? Und du erzählst mir das mit deiner Freundin, wenn du so weit bist.«

»Okay.« Ich setzte mich im Schneidersitz ihm gegenüber.

»Dass ich ein schwieriges Verhältnis mit meinem Vater hatte, habe ich ja schon mal erwähnt. Wenn es nach ihm ginge, hätte ich Müller-Luxe längst übernommen und wäre mit meiner Ex verheiratet. Sie war ein typisches Modepüppchen, eine Vorzeige-Frau, wie es mein Vater ausdrückte.«

In mir brodelte die Anspannung. Gebannt hing ich an seinen Lippen.

»Sophie konnte sich gut ausdrücken und verstand, sich zu vermarkten. Man hätte sie bedenkenlos auf Journalisten ansetzen können.«

Na toll, klingt ja nach Ms Perfekt. Ich verdrehte geistig die Augen.

»Keine Sorge, dieses makellose Bild von ihr hatte bloß mein Vater. Denn unsere Beziehung wurde sowas von toxisch.«

Phu …, also doch keine Ms Perfekt. Erleichtert entspannte ich mich, da sprach die warnende innere Stimme. ›Ein Mann, der schlecht von der Ex spricht, wird genau so über dich sprechen, wenn das mit euch scheitert.‹ Was sind wir überhaupt? Was ist das zwischen uns? Davids Stimme zerrte meinen Geist wieder zurück ins Jetzt.

»Versteh mich nicht falsch. Sophie ist eine tolle Frau, nur passten wir nicht zusammen. Es lag an mir, ich habe uns was vorgespielt. Ich wollte der Sohn sein, den mein Vater gern in mir gesehen hätte. So ein typischer Schnösel, mit Rolex, umgeben von Millionären, die versuchten, sich ständig zu überbieten. Wer hat die teuersten Autos, die beste Party ...?« Er atmete tief durch. »Du hättest mich gehasst.«

»Hassen ist ein starkes Wort. Aber ja, mein Interesse hättest du mit so einem Getue nicht geweckt.«

David lächelte. »Vollkommen zurecht. Ich konnte mich selbst kaum ausstehen. Die Schauspielerei war ich irgendwann so satt. Als ich mein wahres Selbst zum Vorschein brachte, zerbrach die Beziehung zu Sophie. Ich bin ihr fremd geworden und sie mir.« David nahm meine Hände in seine und sah mir tief in die Augen.

Seine Aura erwärmte meine Seele.

»Jetzt sitze ich neben dir und fühle mich wohler als je zuvor.«

Mich umhüllte eine Schicht Geborgenheit wie eine zweite Haut. »Das tue ich auch«, flüsterte ich.

David schob mein Kinn zu sich und küsste mich, kurz und intensiv.

Ich wollte auf ewig in dem Moment baden.

»Okay, dann bin ich wohl dran.«

»Du musst es mir nicht erzählen, wenn du nicht willst. Fühl dich nicht gezwungen.«

»Danke, ich weiß, aber ich will es.« Zack, das kuschelige Gefühl zerplatzte wie ein zerstochener Luftballon und zurück blieb ein kalter Schauer, der mein Herz in einen Eisblock verwandelte. Ich warf ein Blick auf's Foto und rief die Erinnerungen in mir wach.

»Wir hatten die letzte Prüfung geschrieben und uns mit gegrilltem Gemüse und einem Bierchen belohnt. Okay, vielleicht waren es auch zwei Bierchen, oder mehr? Wer weiß das schon. Jedenfalls hatten ich und Kate es uns auf dem Balkon gemütlich gemacht und dieses Bild geschossen. Es sollte uns auf ewig an unsere gemeinsame Studienzeit erinnern, bevor die WG sich auflöste. Ich blieb im Münchner Raum und Kate zog nach Berlin. Sie hat dort einen Job bei einem großen Werbeunternehmen angenommen.« Ich lächelte, weil ich an unser verrücktes WG-Leben zurückdachte.

»Einmal hatte Kate die Musik aufgedreht und mich mit einem Kochlöffel bewaffnet zum Tanzen und Singen überredet, als ich mies drauf war. Wenn ich von einem Date mit einem Typen zurückkam, der sich mehr für sein Handy oder andere Frauen interessierte, skizzierte Kate ihn – extra hässlich – in Comic-Art. Das hatte sie auch mit meinen Ex-Freunden gemacht. ›Schau ihn dir an‹, sagte sie und zeigte auf die Zeichnung. ›Willst du dem immer noch hinterherheulen?‹« Ich lachte. Wie hätte ich da traurig bleiben können? Der Eisblock um mein Herz begann zu schmelzen.

»Dann sollte ich besser aufpassen. Die Presse würde sich sicher über so ein Bild von mir freuen.« David grinste.

»Du bist jetzt gewarnt.«

Er strich mir über den Arm. »Und wieso lag das Foto von euch verkehrt herum?« David erinnerte mich wieder an die Gegenwart.

»Wir haben seit unserem letzten Streit keinen Kontakt mehr.« Ein stechender Schmerz erfüllte meinen Magen, als hätte er auf einem Nagelbrett gelegen.

David brummte und rieb sich am Hals. »Und es zu klären ist keine Option? Ich meine …, du scheinst sie zu vermissen, oder?«

Ich seufzte. »Es ist kompliziert. Klar hätte ich gern unsere Freundschaft zurück. Aber …, ich weiß nicht, ob ich das kann und ob sie das will.« Ich knetete die Hände.

David schüttelte den Kopf. »Bei euch Frauen muss es immer schwierig sein, hm?«

»Mit einem Bier und Schulterklopfer lässt es sich jedenfalls nicht wieder geradebiegen«, scherzte ich.

»Okay, und was hindert dich daran, auf deine Freundin zuzugehen?«

Ich rieb mir über die Stirn. »Es ging um das doofe Corona Thema. Beziehungsweise um die Impfung.« Ich stierte David an. Verstand er? Schließlich spaltete es viele Familien und Beziehungen aller Art. Und ist er geimpft?

David räusperte sich. »Ihr habt unterschiedliche Sichtweisen?«

»Ja.«

»Und wer von euch kann die Entscheidung des anderen nicht annehmen?«

»Eigentlich wir beide.«

»Phu, okay. Darf ich fragen?«

»Ich bin ungeimpft. Durch Herrn Meier hab ich gelernt, etwas toleranter den Geimpften gegenüber zu sein, aber ich weiß nicht, ob ich das auch bei Kate kann.«

»Wenn es so wichtig für dich ist, willst du dann nicht wissen, ob ich …?«

»Doch, eigentlich schon.«

»Würde es denn was ändern?«

»Na ja …« Ich dachte darüber nach. War es mir wirklich so wichtig? Würde es etwas ändern? Selbst wenn David geimpft wäre, jetzt, nachdem ich ihn kennengelernt habe, würde ich ihn trotzdem weiterhin daten. Oder doch nicht? Unsere Blicke trafen sich. Der eiserne Umhang, mit dem ich mich von Geimpften fernhalten wollte, zerfiel und meine Lungen füllten sich mit Luft. Ich nahm einen tiefen Atemzug, ich hatte das Gefühl, wieder freier atmen zu können. »Ich glaube, das wär mir mittlerweile egal.« Ich zuckte mit den Schultern. »Bist du's denn?«

»Geimpft? Wenn es wirklich keine Rolle mehr für dich spielt, soll ich es dir dann überhaupt sagen?«

Ich legte meine Hand auf seine, schmunzelte und drückte leicht zu. »Nein, ich bleib gern im Ungewissen. Aber du weißt schon, dass ich mich nie auf dich eingelassen hätte, wenn du geimpft wärst oder bist und ich es von Anfang an gewusst hätte.«

»Das kann ich mir denken.«

Wir prosteten uns zu und tranken einen Schluck Wein.

»Ist Herr Meier geimpft?«, fragte ich und kniff die Augenbrauen zusammen.

»Keine Ahnung.« David schüttelte den Kopf. »Wenn dir eine bestimmte Thematik wichtig ist und sie nicht mit deinen Wertvorstellungen vereinbar ist, hast du das Recht, eine Grenze zu ziehen. Du solltest dir bloß dessen bewusst sein, dass du damit in die Spaltung gehst.«

Ich blinzelte ein paarmal, nur um sicherzugehen, dass David und nicht Herr Meier mir gegenüber saß. »Da ist er wieder, der Philosoph in dir. Hatte ihn schon beinahe vermisst.«

David räusperte sich. »Entschuldige, es überkommt mich manchmal einfach. Hab wohl vergessen, ihn heute an die Leine zu nehmen«, scherzte er.

Ich lachte. »Passt schon. Er gehört zu dir und ich liebe ihn freilaufend.«

David verschluckte sich und klopfte sich auf die

Brust. »Da bin ich froh.«

Ich gab ihm einen Kuss und nahm einen Schluck Wein.

»Daran könnte ich mich gewöhnen.« David grinste mich an.

»Ich mich auch.«

Seine Hand schob sich um meinen Hinterkopf, während sein Gesicht näher kam.

Mich durchzog ein energetischer Schauer, der meine Zellen in Wallung brachte. »Warte«, hielt ich ihn zurück, weil meine Gedanken lautstark schrien. »Aber sind nicht andere oder äußere Umstände für die Entzweiung der Gesellschaft verantwortlich?« Die Frage brannte mir so sehr auf der Zunge, dass ich sogar auf einen leidenschaftlichen Kuss verzichtete.

David lehnte sich zurück und starrte ins Leere, bevor er sich äußerte. »Es ist völlig egal, wer die Trennung schürt, du lässt dich entweder darauf ein oder nicht. Es liegt ganz bei dir und damit trägst du die Verantwortung für deine Entscheidung und dein Handeln.«

Meine Gedanken kreisten. So hatte ich das bisher nicht gesehen. In was für einer wundervollen Welt wir wohl leben würden, wenn wir auf Einigkeit, statt Trennung bauen würden? Doch das setzte die Annahme der Andersdenkenden voraus, was vielen von uns schwerfiel. Wahrhaftige Annahme.

»Du siehst aus, als schwirrt etwas Interessantes in

deinem Köpfchen rum.« David grinste.

Ich lächelte zurück. »Ja, ich hab drüber nachgedacht, wie es wohl wäre, wenn wir Menschen den Fokus auf Gemeinsamkeiten legen würden, statt auf die Dinge, die uns voneinander entfernen.«

»Ein schöner Gedanke. Ich glaube, das ist der Weg zum All-Eins-Sein, den wir früher oder später gehen. Dafür muss sich allerdings das Bewusstsein der Menschen erhöhen. Bereits bewusste Menschen üben sich darin, andere durch bedingungslose Liebe anzunehmen.«

»Jetzt wirst du auch noch spirituell. Ich entdecke ganz neue Seiten an dir.«

Er schwenkte das Weinglas und nahm einen Schluck. »Das weckst du in mir.«

»Willst du mir sagen, ich verändere dich?«

»Ja. Jeder neue Mensch, der in unser Leben tritt, bringt Veränderung mit sich.«

Es ratterte in meinem Kopf. Konnte da etwas dran sein? »Erleuchtete sind den Weg des All-Eins-Seins bereits gegangen, oder? Sie haben sich verändert und damit auch andere, die in ihr Feld kamen.« Huch? Wo kam das denn her? Aus welcher Ecke meines Hirns oder meiner Seele …? Es kam mir so selbstverständlich über die Lippen, als hätte ein inneres Wissen die Kontrolle übernommen. Erschrocken hielt ich die Hand vor den Mund.

»So ist es.«

»Wieso fällt es uns Menschen so schwer, andere

Meinungen zu akzeptieren? Wieso wollen wir immer recht haben und andere von unserer Ansicht überzeugen? Wieso glauben wir, die Weisheit mit dem Löffel gefressen zu haben?«

»Ganz schön viele Fragen.«

»Du und Herr Meier, ihr bringt mich dazu. Plötzlich stellt mein Hirn Fragen, auf die ich nie gekommen wäre.«

David grinste. »So ist das, wenn man mit der Philosophie in Berührung kommt. Wenn du magst, kann ich dir meine Sichtweise aus meiner aktuellen Bewusstseinsebene heraus erzählen. Ob du damit in Resonanz gehst, entscheidest du.«

»Schieß los.«

»Die Menschen hier auf der Welt leben in verschiedenen Bewusstseinsebenen. Einige identifizieren sich noch stark mit dem Ego-Bewusstsein. Meistens sind das Leute, die gern Klatsch und Tratsch lesen und weitertragen, oftmals in erster Linie an sich selbst denken und generell bewerten in Gut und Böse, richtig und falsch. Kommst du mit?«

»Ja, schätze schon. Das sind doch auch diejenigen, denen das Selbstbild wichtig ist, oder? Also, die ständig daran denken, wie sie auf andere wirken und Anerkennung im Außen suchen?«

»Genau.«

»Ich muss zugeben, manchmal bin ich auch so.«

»Die meisten von uns ändern öfter am Tag den Bewusstseinszustand, mach dir keinen Kopf. Du kannst zum Beispiel in diesem Moment über deine Freundin lästern, dich über sie ärgern, dich mit der Wut-Energie identifizieren und im nächsten Augenblick reflektierst du dein Handeln und entscheidest dich, bewusst in die Annahme und Liebe zu gehen, womit dein Bewusstseinszustand sich verändert. Verstehst du? Ist etwas kompliziert.«

»Glaub, ich kann dir folgen. Schließlich ist das nicht mein erster Tag mit einem Philosophen.«

David nickte. »Herr Meier hat tolle Arbeit geleistet.«

»Sieht so aus.«

Wir lächelten uns an.

»Gut. Je bewusster ein Mensch ist, desto bewusster kann er von einem Bewusstseinszustand in einen anderen switchen. Das heißt, ein bewusster Mensch, der gerade traurig ist, kann beispielsweise innerhalb von kürzester Zeit in einen höheren Bewusstseinszustand wechseln wie etwa in Freude, Dankbarkeit oder Liebe«, sagte David.

»Aha, das hat also mit den Emotionen zu tun.«

»Jein. Auch. Leute mit einem hohen Bewusstseinsgrad haben gelernt, den gegenwärtigen Moment zu nutzen. Sie leben überwiegend in der Ich-bin-Präsens, also im Jetzt. Und dadurch können sie die Beobachterrolle einnehmen, was dazu führt, dass sie alles um sich herum aus der Neutralität wahrnehmen. Wenn sie wollen, können sie bewusst in gewisse Emotionen einsteigen, also ihre Energie dorthin lenken. So lassen sie sich nicht von ihren Emotionen kontrollieren, sondern behalten die Macht darüber.«

Ich schluckte. »Wow, das muss ich erstmal verarbeiten. Kann man das lernen?«

»Du meinst, sein Bewusstsein zu erhöhen? Klar.«

»Und wie?«

»Indem man an sich arbeitet, sich reflektiert seine Themen anschaut und sie transformiert.«

»Was meinst du mit Themen? Und transfor... was?«

»Damit meine ich persönliche Themen, die noch nicht geklärt sind, im Grunde sind das all die Bereiche in deinem Leben, die dich triggern. Denn wenn dich etwas triggert, liegt es nie am Gegenüber oder der Situation. Dadurch zeigt sich bloß ein Thema in dir, das angeschaut und aufgelöst werden möchte. Und etwas zu transformieren bedeutet genau das, es aufzulösen und loszulassen.«

»Dann heißt das ja, dass es gut ist, wenn mich jemand auf die Palme bringt?«

»Genau. Das Gegenüber spiegelt uns meistens unsere unaufgelösten Themen, damit wir uns ihnen annehmen und wachsen können.«

»Wieder was gelernt.« Ich trommelte mit dem Zeigefinger auf meine Lippen und starrte an die Decke. Was wäre wenn ...? Was wäre, wenn da was dran wäre? Was sollte mir der Streit mit Kate spiegeln? Du setzt voraus, dass andere Menschen dich so zu lieben und zu akzeptieren haben, wie du bist, mit deiner Art und deiner Meinung, kam die Antwort prompt wie ein Geistesblitz. Wie kann ich das von anderen verlangen, wenn ich es selbst nicht einmal mache?, sponn ich meinen Gedanken weiter. Mein Herz verpasste mir einen Stoß der Erkenntnis. Wie kann ich das auflösen? Indem du damit anfängst, andere Meinungsbilder zu tolerieren, ohne sie zu bewerten. Wow, wieder so ein Impuls, der wie aus einer höheren Quelle zu mir kam. Ob ich das je schaffe? Du brauchst nicht das Ziel zu sehen, sondern nur den ersten Schritt zu gehen, der Weg offenbart sich jenen, die bereit sind loszugehen. Ein Kribbeln durchzog meinen Körper, ich schüttelte mich. Wo kamen diese Antworten her?

»Ist dir kalt?«

»Ne, alles okay. Hatte bloß so komische Geistesblitze.«

»Das ist ein gutes Zeichen.«

»Wieso?«

»Da verändert sich etwas in deinem Kopf. Es bilden sich neue Synapsen und du wirst offener für neue Ansichten.«

»Weil mein starres Denkmodell sich auflöst und Platz für Neues schafft.«

»Du bist ja schon im Bilde.«

»Jap, Herr Meier hat mich das gelehrt.« Ich nahm einen Schluck Wein und nickte stolz.

»Kannst du noch?«

»Ein bisschen.«

»Okay. Um zurück zu deiner Frage zu kommen, weshalb es uns so schwerfällt, unterschiedliche Sichtweisen oder Wahrheiten anzunehmen. Die Schwierigkeit liegt darin, dass wir in verschiedenen Bewusstseinsebenen leben. Erst mit dem Einheitsbewusstsein hat das individuelle Bewusstsein gelernt, sich vollständig mit dem universellen Bewusstsein zu vereinen. Große Meister, wie zum Beispiel Buddha, haben es uns vorgemacht.«

»Da sind wir wieder bei den Erleuchteten.«

»Erleuchtung ist das Ziel, da führt kein Weg dran vorbei«, scherzte David.

»Glaubst du, es ist machbar? Oder können diesen Zustand nur wenige Auserwählte erreichen?«

»Wir haben alle die Macht dazu.«

»Woher weißt du das?«

»Ich weiß, dass ich nichts weiß.«

»Haha, zitierst du hier etwa Sokrates?«

David zog die Augenbraue hoch. »Was ich?«

Ich spitzte die Lippen. »Als Ex-Philosophiestudent sei es dir gegönnt.«

»Wie gnädig.« Er machte eine öffnende Handbewegung. »Nein, im Ernst, es ist wie ein inneres Wissen. Diese Sichtweise fühlt sich einfach stimmig für mich an. Ich kann es nicht erklären.«

»Das kenne ich, vorhin überkam mich auch so ein Gefühl, als ich das mit den Erleuchteten sagte oder über das Triggern und Spiegeln nachgedacht habe.« Meine Schläfen pochten. Ich fasste mich an die Stirn und schüttelte überfordert den Kopf.

»Genug Philosophie für heute? Ich brauch erstmal Zeit, das alles zu verarbeiten.«

David blinzelte mich an, wie man Katzen zuzwinkerte, um ihnen zu signalisieren, alles ist gut. Seine Finger gruben sich rhythmisch in meine Kopfhaut. Ich schloss die Augen und genoss die Massage.

»Das tut gut.«

»Ich hab gehört, das soll gegen Gedankenkarussell helfen.«

Ich lachte. »Habt ihr das im Philosophiestudium gelernt?«

David schmunzelte. »Besser?«, fragte er, nachdem er eine Weile meinen Kopf wie eine Teigmasse geknetet hatte.

»Jaa …«, sagte ich stöhnend.

Er schenkte uns Wein nach.

»Wie wär's, wenn wir das Paket öffnen?« Ich lehnte mich aufgeregt nach vorne.

»Klar.«

»Dann hol ich mal ein Messer zum Öffnen.«

»Moment.« Er rutschte auf dem Sofa herum und zauberte einen Schlüssel aus der Hosentasche. »Damit sollte es gehen.«

»Perfekt.«

»Soll ich? Oder willst du? Schließlich ist es deins.«

»Mach du ruhig. Es ist für unser Projekt.«

David riss die Augen auf und grinste breiter als Julia Roberts. »Wirklich? Da bin ich gespannt.« Er fuhr mit dem Schlüssel über das Paketband und riss die Sendung auf. »Was ist …? Nein.«

Als ich David dabei beobachtete, wie er den Inhalt auspackte, sah ich einen kleinen Jungen vor mir, der sich über sein Weihnachtsgeschenk freute. Fehlten nur noch die Worte: ›Das hab ich mir schon immer gewünscht.‹ Ich nickte. »Ja, das sind Holz-Musterstücke für das Bücherregal und die Theke. Was denkst du?«

»Was ich denke? Du bist ein Schatz.« Er gab mir einen Kuss und drückte mich, dass ich gerade so Luft bekam. »Diese Geste schreit eindeutig nach unser Projekt. Danke.«

»Ich sagte doch, ich bin Feuer und Flamme.« Ich strich über die Holzstücke. »Mir gefällt das hier. Was meinst du?«

»Kirschholz? Das hat einen rötlichen Touch. Perfekt.«

»Ja?«

»Ja!« David berührte mich an der Hüfte, am Kinn und küsste mich gefühlvoll, dass ich vor Erregung nahezu platzte.

Alles kribbelte in mir, als würde eine Horde Marienkäfer über meinen Körper krabbeln. »Was ist mit den Ideen, die ich auf dem Handy gespeichert hab?« Ich schob ihn ein Stückchen von mir weg.

»Später.«

Er nahm mein Gesicht zwischen seine Hände, ich roch seinen Eigengeruch, der mich in ein Gefühl der Vollkommenheit hüllte. Mein Herzschlag beschleunigte sich und wir küssten uns, während sich unsere Körper eng aneinanderschmiegten. Immer intensiver erforschten wir uns. In mir pulsierte die Lust und ich ließ alle Gedanken los.

Boxende Wolken und braunhaariger Riese

Bevor Kate ihre Mails checkte, stülpte sie sich ein schwarzes Cocktailkleid über, überpinselte die Augenringe mit einem Concealer und drehte sich mit dem Glätteisen Beach Waves ins Haar. Vor wenigen Stunden war sie mit ihrem Chef von Berlin nach München geflogen, um am Firmen-Duft-Event, wie es in der Mail hieß, teilzunehmen. Ein letztes Mal linste sie über die E-Mails. Sie wollte sichergehen, dass sich nichts geändert hatte und das ganze Theater immer noch um neunzehn Uhr stattfand. Keine weitere Benachrichtigung des Parfumherstellers Müller-Luxe trudelte in ihr Postfach. Das Abenteuer Firmenevent konnte starten.

Kate fuhr den Laptop herunter, zupfte ihr Kleid vor dem Spiegel zurecht und legte Ohrringe an. Dann atmete sie tief durch, schaute auf die Uhr und ging in die Hotellobby, wo sich ihr Chef Gregor mit ihr treffen wollte, bevor sie sich ein Taxi teilten.

Auf dem Event angekommen schwebte Kate im Cocktailkleid neben Gregor über den roten Teppich eines luxuriösen Hotels, dessen Empfangshalle mit duftenden Blumen und Kerzen geschmückt war. Ein Mann im Smoking begrüßte sie und bot ihnen ein Glas Champagner an, das sie dankend annahmen. Kate trank einen Schluck, um die Nervosität in Schach zu halten. Man wird ja nicht alle Tage zu einem solchen Big-Event eingeladen. Das prickelnde Getränk löschte nicht Kates Durst, vielmehr hatte sie das Gefühl, dass es ihre Kehle austrocknete. Sie verkniff sich, das Gesicht zu verziehen. Wie kann man so ein Gesöff bloß trinken oder, noch schlimmer, es auch noch mögen? Ein Blick zu Gregor verriet ihr, dass auch er wenig vom teuren Champagner hielt – er presste seine Lippen zusammen, die Augen verengten sich. Kate lachte innerlich.

Überall stolzierten elegante Menschen in ihren Anzügen und Kleidern herum und unterhielten sich, die meisten mit einem Glas Champagner in der Hand. Wie viele von ihnen das Getränk nur in der Hand halten, weil sie nicht wissen, wohin mit ihrer Hand? Oder, um sich, genau wie ich, die Anspannung nicht anmerken zu lassen?

Der Kellner führte sie in den Veranstaltungssaal zu ihrem Tisch, der ebenfalls ein Meer aus Blumen darstellte. An ihrem Platz lag ein in Gold eingepacktes Paket mit einer weißen Schleife.

»Was für ein Tamtam, nicht wahr? Die haben ganz schön was springen lassen«, flüsterte Gregor Kate zu.

Kate nickte und setzte sich auf den bequemsten Stuhl, den sie je erfühlt hatte. Als sie die Schleife des Präsents löste, kam ihr ein holzig süßer Vanillen-Zedernduft entgegen. In der Box lagen ein Probefläschchen und ein Prospekt über das neue Parfum Shine. Nette Idee. Der Saal füllte sich allmählich. Kate kniff die Augen zusammen, da sie ihre Brille vergessen ... Nein. Die Wahrheit war, sie war allergisch gegen Kontaktlinsen und hatte keine Lust auf das Gestell mit Gläsern gehabt. Kate fand, dass sie damit zu streng aussah. Wie eine unfreundliche Bibliothekarin, die ihren Blick senkte – das Brillengestell fast an der Nasenspitze –, weil Besucher schon wieder das Regal völlig durcheinanderbrachten und kein Buch mehr an der Stelle stand, an das es gehörte. Was sind das bloß für Leute, die an solch einem Event teilnehmen? Ist das ...? Kate stierte auf die Silhouette einer jungen Frau mit schokobraunem Haar, die seitlich neben Herrn Müller stand. Das ist doch nicht? Sie presste die Augen noch fester zusammen. Alena? Kates Herz raste vor Aufregung und Wut. Sie rieb sich die schweißgebadeten Hände am Kleid ab. Sie war immer noch sauer auf Alena. Nicht, wegen der blöden Meinungsverschiedenheit, was die Impfung anging, sondern, weil sich ihre Freundin bis heute noch nicht gemeldet hatte. So lange hatten sie noch nie Funkstille gehabt. Im selben Moment freute sich Kate aufs Wiedersehen mit Alena. Die werde ich mir vorknöpfen. Ha, mich nicht zu begrüßen, auch, wenn sie wahrscheinlich nicht weiß, dass ich hier bin. Am liebsten wäre Kate aufgesprungen, zu Alena marschiert und hätte sie ganz fest gedrückt. Danach hätte sie ihr eine liebevolle Standpauke gehalten. Was hat sie denn mit Herrn Müller am Hut? Ihr Blick verharrte auf der Brünetten. Angespannt rutschte sie auf dem Stuhl herum, als die junge Frau lachte, ihr Haar nach hinten schwang und damit ihr Gesicht freigab. Kate stockte der Atem, dann ebbte das Adrenalin ab. Enttäuscht griff sie nach der Karaffe mit Wasser und füllte ihr Glas. Es war nicht Alena. Wahrscheinlich irgend so ein Model. »Soll ich dir auch Wasser einschenken?«, fragte sie Gregor.

»Mhhh ...«, bejahte er kopfnickend und mampfend. Er stopfte sich mit Häppchen voll, die ein Kellner immer wieder beim Vorbeigehen anbot. »Die solltest du probieren. Ich weiß nicht, mit was die Baguettes beschmiert sind, aber es schmeckt köstlich.«

Kate griff beim nächsten Tablett zu. »Die schmecken wirklich gut.« Wie komme ich überhaupt darauf, dass Alena hier sein könnte? Nur, weil sie in der Münchner Gegend wohnt. Woher sollte sie denn Herrn Müller kennen? Was für ein Hirngespinst. Kate strich die Krümel vom Kleid, welche die Häppchen hinterlistig hinterlassen hatten. Soll ich einen Tag länger bleiben und Alena besuchen? Dieser Gedanke versetzte Kate einen Stich ins Herz. Sie will mich bestimmt nicht sehen, sonst hätte sie sich längst gemeldet. Klar, ich hätte sie auch anrufen können, aber es fühlt sich falsch an. Als wären die Wunden unseres ersten richtigen Streits noch nicht verheilt. Kates Herz wog schwer wie Blei. Es drückte ihre Stimmung. Im Kopf kehrte sie die Gedanken um Alena zusammen, stopfte sie zurück in die Freundschafts-Schublade und verriegelte sie mit einem

Schloss. Ihr Blick schweifte wieder durch den Raum. Die Brünette stand immer noch dicht bei Herrn Müller. Sie kam ihr bekannt vor. Wo habe ich sie schon mal gesehen?

»Die Kleine neben Herrn Müller, war sie nicht letztens auf dem Titelblatt der Elle?«, fragte Gregor, der ebenfalls die Leute zu beobachten schien.

»Ja, genau. Daher kommt sie mir so bekannt vor.« Kate sah ihren Chef fragend an, die Lippen zusammengepresst, die Augenbraue nach oben gezogen.

Gregor schüttelte verneinend die Hand. »Glaub bloß nicht, ich würde mir solche Zeitschriften holen. Meine Frau hatte letztens die Elle auf dem Couchtisch liegen lassen. Ab und zu bittet sie mich darum, ihr eines dieser Magazine zu kaufen.«

»Da hast du aber ein scharfes Auge, wenn du das Covermodel erkennst.«

»Wie gesagt, ich besorge diese Heftchen nur für meine Frau. Aber das seit Jahren. Da brennt sich das ein oder andere Gesicht bei mir ein«, versuchte Gregor, sich aus der Affäre zu ziehen.

Kate schmunzelte. »Okay.« Nun scannte sie wieder die Umgebung. Aha, wir haben also auch Models da. War ja klar. Die beiden Blondchen sind bestimmt auch von der Sorte Modepüppchen fürs Journal. Wie sie Herrn Müller anschmachten. Als würden sie ihn auf der Stelle vernaschen wollen. Bin ich froh, dass Marta nicht da ist. Sie hätte mich garantiert dazu überreden wollen, ein Bild von ihr zu schießen, mit einem dieser Models im Hintergrund. ›Das sind echte Prominente, Kate! Echte Stars! Sowas begegnet man nicht alle Tage.‹ Sowas …, als wären sie wertvolle Dinge und keine Menschen mit einem Job, der sie bekannter machte als die Bäckerin oder die Verkäuferin im Supermarkt.

»Hallo, ich bin Heiko.« Ein Typ mit langen Haaren streckte zuerst Kate und dann Gregor die Hand hin.

Kate und Gregor stellten sich ebenfalls vor.

»Wie es aussieht, bin ich heute Ihr Tischnachbar.« Heiko grinste und setzte sich an den Tisch. »Also, ich bin Fotograf. Werbefotograf, um genauer zu sein. Und was machen Sie?«

Er zupfte an seinem Hemdkragen und Sakko herum, als würde es ihn kratzen. Heiko schien kein üblicher Anzugträger zu sein, bemerkte Kate. Wie oft sich Menschen doch mit dem Beruf vorstellen, als wäre ihre Tätigkeit alles, was sie ausmacht.

»Dann sind wir wohl sowas wie Kreativkollegen. Wir arbeiten in einer Werbeagentur«, sagte Gregor.

Heiko nickte. »Arbeitskollegen?«

»Genau. Ich bin Grafikdesignerin und das ist mein Vorgesetzter.« Kate zeigte mit der Handfläche auf Gregor.

Ein üblicher Small Talk begann. Jeder sprach über seinen Job und kleidete dabei den eigenen Wert in Gold, als würde es in der Werbeindustrie den Bach

210

runtergehen, wenn man kündigte. Dabei suchte man nach gemeinsamen Themen, um den Abend nicht im Stummfilm-Flair auszuharren.

»Sind wir mal ehrlich, ohne uns gäbe es so ein Event nicht.« Heiko machte eine kreisende Bewegung mit der Hand. »Oder zumindest würde es kleiner ausfallen. Denn Leute wie Sie und ich machen das Produkt erst sichtbar.« Er zeigte auf Kate, Gregor und sich.

»Und doch sind wir vom Produkt abhängig. Wir sind nur die Maler, die eine Leinwand oder etwas Vergleichbares brauchen, um das Kunstwerk zu vollenden«, ergänzte Gregor.

Kate schluckte den Champagner hinunter und grinste Gregor an. »So eine bildhafte Ausdrucksweise bin ich von dir gar nicht gewohnt.«

Gregor zuckte mit der Schulter. »Das färbt von meiner Frau ab.«

»Ich lerne ganz neue Seiten an dir kennen«, sagte Kate in einem überspitzten Ton und grinste.

»Bilde dir ja nichts darauf ein. Das ist heute die Ausnahme. Vor allem im Büro sollte keiner davon erfahren. Du verstehst, was ich meine?«

Kate versiegelte symbolisch den Mund. Gregor nickte. »Letztlich entscheidet der Kunde, ob das Produkt floppt. Alles spielt wie ein Zahnrad zusammen, alles muss stimmen. Man gewinnt zusammen oder geht gemeinsam unter und landet in der Schlange beim Arbeitsamt. Wir sind alle nur ein winziger Teil des großen Ganzen«, ergänzte Kate in die Runde. Überrascht über die eigenen Worte verschluckte sie sich und klopfte sich auf die Brust.

»Wir sind alle austauschbar«, sagte Gregor.

»Wäre es nicht so, wäre der Fortschritt der Menschheit mit dem Tod großer Persönlichkeiten wie Einstein und Co. längst verloren gegangen. Jeder ist einzigartig und bringt sich mit seiner Individualität ein und bereichert das Leben.« Es sprudelte einfach so aus Kate heraus. Sie fragte sich, ob der Champagner ihre philosophische Ader freigelegt hatte.

»Sprechen wir noch vom Zusammenhang zwischen Werbung und Produkt oder geht es allgemein ums Leben?«, fragte Heiko.

»Wir hinterlassen alle Fußabdrücke, manche tiefer als andere. Ob bei der Werbung, dem Produkt oder dem Leben.« Kates Chef lächelte in die Runde.

»Stimmt, manche Werbungen oder Produkte bekommt man nie wieder aus dem Kopf«, meinte Heiko.

Kate schaute nach vorne. Auf der Bühne tuschelten einige Personen miteinander. Eine Dame hatte eine Art Fernbedienung in der Hand. Wahrscheinlich für die Präsentation. David Müller schüttelte irgendwelchen Anzugträgern und deren Begleitungen die Hände. Er lächelte immerzu. Ob das bloß aufgesetzt ist? Der Saal füllte sich. Bald begann die offizielle Begrüßung.

Eine Frau mit lockigen Haaren stolzierte auf

Kates Tisch zu. Sie hielt einen Notizblock in der Hand und schob ihre Brille nach oben. »Hallo, Sarah Klein«, stellte sich die Frau vor.

Einer nach dem anderen reichte ihr die Hand.

»Journalistin?« Heiko zeigte auf Sarah.

»Ja, woher …? Der Notizblock hat mich verraten.«

»Sind Sie heute beruflich hier?«, fragte Gregor.

»Jein. Ich werde einen Artikel über den heutigen Abend schreiben, was keine große Sache ist. Mit etwas Glück ergattere ich vielleicht auch noch das ein oder andere exklusive Interview. Es sind ja einige Promis hier. Aber ich werde den Abend auch zum Genießen nutzen.«

Sarah hing ihre Tasche über den Stuhl und setzte sich. Da kamen auch schon die Tischnachbarn Nummer vier und fünf, Dirk Schreiber, der sich als Werbeproduzent, und Jule Fischer, als Model, vorstellten.

»Ich nehme an, Sie sind zusammen?«, fragte Heiko die beiden Neuankömmlinge und zeigte dabei abwechselnd auf Dirk und Jule.

»Nein, wir sind nicht sowas wie ein Paar. Wenn Sie das meinen. Sind nur zufällig zur gleichen Zeit gekommen«, sagte Dirk und räusperte sich.

Jule strich sich eine Strähne aus dem Gesicht.

Kate scannte das Model ab. Das Blondchen mit der perfekten schmalen Nase hat bestimmt nix im Kopf. Hohl wie eine Gipskartonwand und dünn wie eine Bohnenstange. Zum Modeln reicht's, da muss man nicht viel in der Birne haben. Genau wie die anderen Modepüppchen, die an David Müller klebten. Wenn sie nicht gerade neben ihm standen, hafteten ihre Blicke an ihm. Kate machte eine Faust unter dem Tisch. Wieso rege ich mich über so dumme Gören auf? Vor dem innerlichen Spiegel verdrehte Kate die Augen. Sie schluckte die Wut über ihre Gedanken herunter.

»Dann ist das wohl der Kreativtisch«, sagte Gregor.

»Stimmt, wir haben alle einen künstlerischen Job«, meinte die Journalistin.

Die Lichter wurden gedämmt, der Saal verstummte. Begleitet von Musik kam Frank Müller, der Eigentümer von Müller-Luxe, auf die Bühne. Mit dem silbernen Haar und den gepflegten Bartstoppeln war er mit Abstand der heißeste Typ Ü60 hier, bemerkte Kate. Sein Lächeln unterstrich die Augenfalten, was ihn noch sympathischer machte. Bei dem Vater kein Wunder, dass David Müller wie die männliche Aphrodite aussieht. Zumindest in meiner Vorstellung, wenn es einen Schönheitsgott im antiken Griechenland gegeben hätte. Aphrodite repräsentierte, Schönheit, sinnliche Begierde, Sexualität und Fortpflanzung. Jap, das könnte alles auch gut zu David Müller passen. Die Stimme von Herrn Müller Senior katapultierte Kate aus ihrer Gedankenwelt in die Realität zurück.

»Herzlich willkommen. Vielen Dank, dass Sie unserer Einladung gefolgt sind und wir gemeinsam mit Ihnen unsere Produkteinführung feiern können.« Frank Müller machte eine Pause. »Um ehrlich zu sein, ist dies nicht der einzige Grund für den heutigen Anlass. Bevor ich die Bombe platzen lasse, übergebe ich das Mikro an meinen jüngsten Sohn Chris. Genießen Sie den Abend.«

Kate spitzte die Lippen und verzog die Augen zu Schlitzen. Wovon spricht er? Ein sportlicher junger Mann betrat die Bühne. Den hatte ich noch gar nicht auf dem Schirm. Herr Müller hat einen jüngeren Bruder?

»Falls Sie es noch nicht getan haben, bitte ich Sie, jetzt die Schachtel auf Ihrem Platz zu öffnen. Der Duft, der Ihnen entgegenkommt …«, sagte Chris Müller und startete einen Werbespot des neuen Parfums.

»Den habe ich gedreht«, flüsterte Dirk uns zu und klopfte sich auf die Brust.

Nach dem Video sagte Chris noch ein paar Worte, bevor er das Mikro wieder seinem Vater übergab. Wieso hat Chris das Parfum vorgestellt und nicht David Müller, der ja am Projekt beteiligt war? Wird David Müller denn gar nichts sagen?

»Vielen Dank, Chris. Bleib doch noch einen Moment neben mir und David, kommst du bitte auch?«

Was wird das jetzt? Eine Totenstille legte sich

über den Raum. Kate sah sich um. Alle schauten gebannt auf die Bühne.

Herr Müller Senior drückte mit Daumen und Zeigefinger gegen seine Augen. »Unser Familienunternehmen besteht schon seit über hundertfünfzig Jahren. Ich selbst bin seit vierzig Jahren im Tagesgeschäft tätig.« Frank Müller machte eine Pause und schloss für einen kurzen Moment die Lider.

David und sein jüngerer Bruder Chris nahmen ihn in den Arm. Was zur …? Wieso wird Herr Müller Senior so emotional? Kate drückte ihre Handfläche auf den Tisch, ihre Muskeln verspannten sich. Ihr Blick haftete an Frank Müller.

»Heute beginnt und endet eine Ära. Für mich wird es Zeit, in den Ruhestand zu gehen. Einst hatte ich meiner Frau versprochen, gemeinsam die Welt zu erkunden. Bevor es zu spät ist und wir wackelig auf den Beinen oder vergesslich werden, möchte ich nun Taten folgen lassen.« Frank Müller schaute eine blonde Dame im weißen Kleid an. Sie wischte sich eine Träne weg und schickte Herrn Müller Senior einen Luftkuss. Das muss seine Frau sein. Trotz der Falten im Gesicht, die sie wie eine Trophäe trug, wirkte sie junggeblieben.

Die Menge klatschte, Sarah zückte ihr Notizbuch und kritzelte etwas hinein.

»Vielen Dank. Doch das ist leider nicht der einzige Abschied für Müller-Luxe«, erhob Frank Müller die Stimme.

Kate ignorierte alles um sich herum, ihre Augen klebten an Müller Senior.

»Denn auch mein älterer Sohn, David Müller, hat andere Pläne. Er wird nicht länger Teil der Müller-Luxe-Familie sein.«

Ein Raunen ging durch den Saal. Als es wieder ruhig wurde, hörte Kate eine weibliche Stimme weinen. Wahrscheinlich irgend so ein Model, das von David Müller schwärmte. Kate schaute zu Jule, die war's nicht.

»Mein Rücktritt hat persönliche Gründe. Ich bitte Sie, meine Privatsphäre zu respektieren und mich nicht mit Fragen zu löchern«, sagte David Müller.

Kate fiel die Kinnlade herunter. Sie trank ein Schluck Wasser, um das Gehörte zu verdauen.

»Ich bin mir sicher, mein Bruder Chris ist genau der richtige für den Job. Er wird Müller-Luxe mit seinen Ideen in ein neues Zeitalter der Moderne führen.« David drückte seinen Bruder sanft an der Schulter.

»Vielen Dank, David. Ich werde mein Bestes geben, damit dem Unternehmen noch weitere erfolgreiche Jahre bevorstehen.«

Ein Applaus brach die Stille, ein paar wenige pfiffen dem Familientrio zu.

»Für Interviews stehen wir Ihnen gern nach der Verköstigung zur Verfügung. Genießen Sie das Essen und den Abend«, sagte Chris.

»Was für Neuigkeiten. Wieso David Müller wohl

das Handtuch schmeißt? Hatten Sie davon gewusst?«, fragte Heiko.

Spekulationen machten die Runde. Aus jeder Ecke schnappte Kate wildeste Vermutungen auf. »Der hat bestimmt eine Mitarbeiterin geschwängert. Und jetzt verzieht er sich, bevor der Ruf des Unternehmens geschädigt wird«, sagte eine weibliche Stimme irgendwo hinter Kate. »Er hat sich mit seinem Vater in die Haare bekommen. Deshalb ist er in letzter Zeit auch kaum im Büro gewesen. Der Arme, jetzt wird er um sein Erbe betrogen«, sagte jemand anderes. Und auch an Kates Tisch verstummten die Zungen nicht. »Bei den Millionen auf dem Konto braucht er ohnehin nicht arbeiten. Der genießt bestimmt das Leben.« Kate ignorierte das Geschwätz und holte sich einige Leckereien vom bunt gedeckten Buffet. Bei der riesigen Auswahl gab es für jeden etwas: Fisch, Fleisch und Vegetarisches. Die fremden Speisen dufteten nach aromatischen Gewürzen aus aller Welt, dass Kate der Speichel im Munde zusammenlief. Im Hintergrund spielte leise eine Jazz-Band. Das Klirren der Weingläser, des Bestecks und Getratsche erweckte den Saal. Zwischendurch lachte jemand laut auf.

Eine Stunde später wurde die Musik aufgedreht, jetzt spielte die Band Salsa Rhythmen. Sarah verschwand ab und zu mit ihrem Notizbuch, um den Leuten Infos aus der Nase zu ziehen. Je später der Abend wurde, desto häufiger saß Sarah am Platz.

Nach einigen Gläser Wein wurde die Stimmung an Kates Tisch lockerer. Mittlerweile duzten sich alle und die Gespräche änderten sich.

Jule, das Model, erzählte, dass sie nur nebenbei modelte, um sich das Jura-Studium zu finanzieren und ihre Familie zu unterstützen. »Mein Vater ist Elektriker und meine Mutter arbeitet im Edeka. Sie müssten jeden Penni zur Seite legen, um mir das Studium zu finanzieren, und selbst das würde wahrscheinlich nicht ausreichen, weil meine kleine Schwester ihnen auch noch auf der Tasche liegt. Sie geht noch zur Schule«, sagte Jule und umkreiste das Weinglas mit dem Zeigefinger.

Kate kratzte sich beschämt am Hals und schluckte ihre anfängliche Verachtung herunter. Verdammt, manchmal hasse ich es, dass meine Gedanken schneller sind, als mein Hirn sie verarbeiten kann. Wieso verurteile ich Menschen, bevor ich sie kenne? Die anderen Modepüppchen habe ich wohl auch zu schnell abgestempelt. Schon der Begriff: Modepüppchen, damit werte ich sie ab. Aarrh. Kate packte sich gedanklich an den Schultern und schüttelte sich. Am Tisch presste sie die Lippen zusammen und lächelte Jule an. Entschuldige.

»Wie steht ihr zum Gender-Thema? Mein Chef erwartet von mir, jeden Artikel gendergerecht abzutippen. Ich hasse es. Es kostet mich mehr Zeit und ich finde, es liest sich schrecklich. Stören euch die ganzen Sternchen und -innen?«

»Da bin ich ganz bei dir, Jule. Ich bekomm schon Augenkrebs, wenn ich -innen oder die ganzen Sternchen sehe. Ehrlich gesagt lese ich die Texte dann gar nicht erst, weil es mich tierisch aufregt. Ich meine, wo fängt man da an und wo hört man auf mit dem Genderwahnsinn? Die Sprache wird dadurch nur verhunzt.« Heiko ballte beim Reden die Faust und hämmerte damit in der Luft umher.

»Jetzt übertreiben Sie aber.« Dirk kehrte vom Du ins Sie zurück. »Es geht um die Gleichberechtigung der Geschlechter und heute werden Männer immer noch besser bezahlt als Frauen. In unserer männerdominierten Welt halten wir die Frauen klein. Selbst in der Sprache.« Dirk zog die Schultern zurück und bewegte den ganzen Oberkörper. Seine Gesichtsmuskeln wirkten angespannt, während er mit der Lippe zuckte. Er sah verärgert aus.

Eine Gänsehaut durchfuhr Kate. Die Stimmung am Tisch hatte sich schlagartig verändert. Kate stellte sich vor, wie zwei graue Wolken mit langen Armen und mürrischen Gesichtern über Heiko und Dirk schwebten und sich boxten. Sie unterdrückte ein Kichern und räusperte sich stattdessen.

»Als ob die Sprache da was ändert. Das hat mit der Gleichstellung nichts zu tun. Das ist nur wieder so ein Wahnsinn, den sich irgendwelche Leute einfallen ließen, wahrscheinlich aus Langeweile. Nehmen wir das Wort Erzieher, das bezieht sich auf eine Gruppe von Menschen. Damit ist nicht das männliche Geschlecht gemeint und schließt Frauen daher auf keinen Fall aus. So ein Blödsinn«, sagte Heiko aufgebracht.

»Sie sind wohl von der Art, das haben wir immer schon so gemacht und deshalb soll sich nichts ändern. Wenn die Sprache neutraler wird, werden die Menschen auch offener, was die Geschlechterrolle angeht«, entgegnete Dirk.

»Ich bin der Letzte, der Neues verteufelt! Wenn es sinnvoll ist, gern. Aber bei so einem Schwachsinn mach ich nicht mit. Da fühle ich mich beim Sprechen und Schreiben in ein Korsett gezwungen. Nee, nicht mit mir. Und die Fußgängerampeln wollen Sie auch ändern? Muss da jetzt eine Frau mit Kleidchen zu sehen sein? Ist das nicht den Männern gegenüber diskriminierend?«

Kates Blick huschte von Heiko zu Dirk, die Sprachtennis spielten. Über ihren Köpfen flogen die Wolkenfetzen. Das erinnerte Kate an den Streit mit Alena. Ob Corona, das Gender-Thema oder was auch immer. Das ist letztlich egal. Meinungsverschiedenheiten führen doch immer zum Streit. Vor allem, wenn einem das Thema am Herzen liegt. Die erwachsenen Zickereien wollte sich Kate ersparen. Wie gut, dass meine Blase nach dem x-ten Glas Wein drückt, nach drei habe ich aufgehört zu zählen. Dass ich mich darüber mal freue, wer hätte das gedacht? Kate zupfte ihr Kleid zurecht, klemmte sich ihre Clutch unter die Achsel und ging zur Toilette. Auf dem Weg dorthin schaute sie nochmal zu Heiko und Dirk, selbst von Weitem erkannte sie die energischen Gestikulationen und den Körpereinsatz der beiden. Da stieß sie mit einem braunhaarigen Riesen zusammen.

Alles ist in dir

Neben mir schimmerte die Isar in einem Apatit-blau, während ich Eye of the Tiger von Survivor hör-te und joggte. Ich blendete die Menschen um mich herum aus und konzentrierte mich auf den Asphalt vor mir. Die Bäume und den Fluss nahm ich verzerrt wahr, als wenn ich in einem rasenden Auto sitzen würde. Ich wollte meinen Kopf frei kriegen, frei von dem Haufen Fragen, die sich türmten, und vor allem frei von Kate. Einfach im Moment sein, genau das brauchte ich jetzt. Vielleicht, damit die Putzfee in meinem Kopf mal ordentlich durchsaugen, wischen, alle Schubladen aussortieren und ordnen konnte. Ich spürte, dass sich in meinem Hirn neue Gedanken und Strukturen bildeten, die nach einer Bleibe such-ten, nach einer leeren Schublade. Zumindest so lan-ge, bis sich wieder alles änderte und für den Wandel Platz geschafft werden musste. Als das Lied endete und ein neuer Beat begann, dachte ich an Kate. Wieso schaffe ich's nicht, mich bei dir zu melden? Was spricht dagegen? Die Angst, dass du mich längst abgeschrieben hast, hörte ich eine innere Stimme antworten. Wenn ich dich anrufe, wird es endgültig sein. Entweder wir finden wieder zueinander oder das war's für immer mit unserer Freundschaft. Ja, das ist es. Lieber bleib ich im Ungewissen, in der Hoff-nung. Ein schwerer Kloß bildete sich in meiner Kehle, ich spürte, wie Tränen meine Augen fluteten. Das Atmen fühlte sich plötzlich wie ein mühsamer Kampf gegen die erdrückende Schwere in meiner Brust an. Ich stoppte und fasste mich hechelnd an den Oberschenkeln, während mir Eminem Lose yourself ins Ohr rappte. Ein Zeichen? Vielleicht sollte ich mich fallen lassen, alle Zweifel beiseite werfen und die neue Alena zur Tat schreiten lassen? Oder ich sollte einfach aufhören, mir weitere Fragen zu stellen, sondern weiterjoggen, den Kopf freikriegen. Ja, das wollte ich doch. Ich dehnte mich an einer Bank, da vibrierte das Handy. Ein Blick auf's Display brachte mich zum Lächeln und erwärmte mein Herz.

David
Hey Süße, Lust auf Eis oder Minigolf?

Alena
Hi, klingt verführerisch. Eis essen scheint wohl unser Ding zu sein. Muss aber leider passen. Ich will heute unbedingt zu Herrn Meier. Vermisse den alten Philosophen schon. Dich natürlich auch, aber der Alte geht heute vor.

David
So weit ist es schon gekommen. Ich werde durch einen Greis ersetzt. Tzzz ... Der bekommt was von mir zu hören.

Ich lachte.

Alena
Sorry, ich muss dir gestehen, erfahrene

Philosophen haben es mir angetan. Und da ist
er einfach die bessere Wahl.

David
Einfach so, ersetzt. Grüß ihn von mir, er wird
sich freuen, dich zu sehen. Und heute Abend?

Mein Herz hüpfte auf und ab. Ich tippte »Ja ...«
und löschte es wieder.

Alena
Sorry, aber ich glaube, danach brauche ich
erstmal etwas Zeit für mich. Um mit meinen
neuen Verschaltungen im Hirn
klarzukommen. Schließlich werde ich mit dem
Philosophen aller Philosophen reden. Wie
sieht's am Wochenende aus?

David
Da sagst du was. Ist vermutlich eine gute Idee,
auch wenn es mich etwas traurig macht. Bis
Samstag muss ich warten, um dich zu sehen?
So lange? Das sind ja noch drei volle Tage

Alena
Ich weiß. Brauch einfach ein paar Tage
Me-Time. Sieh es positiv, das macht das
Wiedersehen nur umso schöner.

David
Ok. Dann bis Samstag. Ist telefonieren und
schreiben erlaubt?

Ich biss mir nachdenklich auf den Zeigefinger.
Halt ich es aus, ohne etwas von David zu hören?
Nein.

                                                    Alena
                                        Erlaubnis erteilt.

David
  Phu …, da bin ich froh.

                                                    Alena
                        Kannst du mir noch die Einkaufsliste von Herrn
                        Meier schicken? Das würd ich heute gern
                        übernehmen.

David
  Mach ich. Meld dich heut Abend, wenn du Lust
  hast. Aber mach dir keinen Druck. Wenn du
  lieber allein sein willst, schreib ich dir morgen.

                                                    Alena
                                        Ok. Bis dann.

David beendete unseren Austausch mit einem Kusssmiley und der Zutatenliste für Herrn Meiers Wocheneinkauf. Ich streckte meine Arme, drückte auf Play und joggte weiter.

Einige Stunden später schauten mich die weisen kaffeebraunen Augen an. Herr Meiers Wangen hingen wie bei einem Bernhardiner schlaff herunter, seine Hand zitterte hin und wieder völlig unkontrolliert. Er sah erschöpft aus.

»Schön, Sie wiederzusehen, Frau Engelmann.«

»Ja, ich freue mich auch. Ich wollte früher kommen, aber es kam immer was dazwischen.«

»So ist das Leben. Und das ist gut so. Sie sollen es genießen, was wollen Sie bei einem alten Greis wie mir Ihre Erdenzeit verschwenden.« Herr Meier lachte keuchend und klopfte sich auf die Brust.

Ich zuckte. Von Kopf bis zum Zeh stand ich stramm, bereit einzugreifen, wenn nötig, Herrn Meier auf den Rücken zu klopfen oder den Notarzt zu rufen. Da fiel mir ein, dass ich den Erste-Hilfe-Kurs auffrischen wollte. Verdammt Alena, setz doch einmal deinen Vorsatz um. Warum bin ich so? Weil es bequemer ist, den Alltag wie eine To-do-Liste abzuarbeiten und möglichst nichts zu verändern, kam die Antwort aus meiner inneren Wissensquelle, wo auch immer sie lag. Dabei hatte ich mich in letzter Zeit auf so viel Neues eingelassen. Herrn Meier, David und neue Gedanken. Neu tut mir gut, also werde ich mich heute noch um eine Anmeldung beim Erste-Hilfe-Kurs kümmern, versprach ich und klopfte mir imaginär auf die Schulter. Herr Meier beruhigte sich, ich musste doch keinen Krankenwagen rufen. Etwas entspannter lehnte ich mich zurück. »Ich bin gern bei Ihnen und es ist keine Zeitverschwendung. Im Gegenteil, ich lerne viel über das Leben.«

Herr Meier biss vom Marmorkuchen ab. »Der ist Ihnen sehr gut gelungen«, sagte er und hielt sein Stück hoch.

»Danke.« Zum Glück mag er ihn. Wenigstens hatte ich mich an diesen Entschluss gehalten und Herrn Meier einen selbst gemachten Kuchen mitgebracht. Ich probierte ihn ebenfalls, der schmeckte wirklich.

»Nun denn, worüber wollen wir heute sprechen?

Oh, und ich würde Ihnen gern das Du anbieten, wenn es Ihnen recht ist? Ich bin übrigens Paul.«

»Sehr gerne, Alena.« Mein Herz weitete sich, ich fühlte mich geehrt. Dann grübelte ich über Herrn Meiers Frage. Was beschäftigt mich? »Das Leben ist manchmal echt anstrengend. Wir stehen jeden Tag vor so vielen Optionen. Was ziehe ich an? Was mache ich heute, mit wem verbringe ich meine Zeit. Da gibt es Dinge, bei denen mir die Wahl leichtfällt. Ich mag zum Beispiel kein Zitroneneis und liebe Haselnuss. Aber bei großen Entscheidungen, weiß ich oft nicht, was das Beste wäre. Wie kann ich da die richtige Wahl treffen?« Ich dachte an Kate und mich. Was soll ich tun? Einen Cut machen oder auf Kate zugehen und schauen, was passiert? Und das mit David? Was ist das zwischen uns? Freundschaft-Plus oder mehr? Über unseren Beziehungsstand hatten wir bisher nicht gesprochen. Soll ich ihn ansprechen oder es weiterlaufen lassen und schauen, wo es hinführt?

»Höre auf dein Herz. Denn das Herz ist wie ein Kompass, der immer den Weg nach Hause findet. Wenn du vor einer Entscheidung stehst, frage dich, was sagt mir mein Herz? Du kannst auch eine Hand auf deine Brust legen, tief ein- und ausatmen, um eine Herzensverbindung aufzubauen, bevor du die Frage stellst.«

»Und woher weiß ich, dass mein Herz spricht und nicht mein Verstand alles abwägt und infrage stellt?« Will ich jetzt überhaupt eine Beziehung? Kei-

228

ne Ahnung … Allein die Entscheidung, sich selbstständig zu machen, hätte mich damals beinahe umgebracht. Stundenlang lag ich nachts wie ein Nervenbündel wach und bekam kein Auge zu. Immer wieder legte ich die Vor- und Nachteile in eine Waagschale.

»Fühle intuitiv, denn die Intuition ist die Sprache des Herzens. Wenn du eine Weite, Wärme oder freudige Gefühle wahrnimmst, kommt es aus deinem Herzen. Fühlt es sich eng an, zieht es dich herunter, dann ist es der Verstand.«

»Heißt das, Blitzgedanken oder -ideen sind Herzensbotschaften, die uns über die Intuition von unserer Seele vermittelt werden?« Wow, was für ein Gedankensprung. Aus welcher neuen Verschaltung in meinem Kopf kam das denn her? Oder kam es von meiner Seele? Ich runzelte die Stirn und kratzte mich am Hals.

»Genau. Unsere Seele führt uns. Wenn wir lernen, ihr zuzuhören und ihr zu folgen, wird das Leben leicht.«

»Und wieso täuscht uns der Verstand so oft?«

»Zum einen nehmen wir die Welt verzerrt wie aus einer individuellen Brille wahr. Du erinnerst dich? Darüber hatten wir schon mal gesprochen. Persönliche Erfahrungen, Überzeugungen und Emotionen formen unsere Wahrnehmung und Gedanken. Der Verstand verarbeitet Informationen auf der Grundlage dessen, was wir gelernt haben und wie wir die Welt interpretieren. Frühere Erfahrungen, die Erziehung, kulturelle Einflüsse, Glaubenssätze und unbewusste Vorurteile beeinflussen unsere Weltsicht.«

Logisch, mein Verstand konnte Herrn Meier ohne Verwirrung folgen. Dass das mal möglich ist … Lag bestimmt daran, dass ich es nicht zum ersten Mal hörte. Manchmal braucht es wohl mehrere Anläufe, bis das Hirn mitkommt.

»Dadurch bevorzugen wir unbewusst bestimmte Informationen und ignorieren andere oder interpretieren sie auf eine Weise, die unseren Überzeugungen und Vorstellungen entspricht«, führte Herr Meier weiter aus.

»Man sagt doch auch, dass bei ein- und demselben Buch jeder etwas anderes herausliest. Jeder zieht die Informationen für sich raus, die gerade wichtig für einen sind und dem aktuellen Bewusstseinsgrad entsprechen.« Ich erinnerte mich, dass ich mal ein Sachbuch gelesen hatte, mit dem ich nichts anfangen konnte. Jahre später wagte ich erneut den Versuch und plötzlich verstand ich den Inhalt und fand es richtig gut.

»Ganz genau. Wir lesen alles wie durch einen Filter und sind nur begrenzt aufnahmefähig. Das hast du schön mit dem Bewusstsein erklärt.«

Ich lächelte, biss ein Stück vom Kuchen ab und trank ein Schluck Zimtkaffee. Das braune Zeug schmeckte bei Herrn Meier einfach himmlisch, als würden wir mitten in einer Plantage den teuersten Kaffee der Welt trinken. Okay, ist vielleicht etwas weit hergeholt, aber die Pflanzen rundherum erweckten in mir ein Gefühl des Dschungels – nur ohne lästige Schlangen und Ungeziefer. Ich fegte imaginäre Insekten von meinen Oberschenkeln.

»Zum anderen lässt sich unser Verstand ebenso von externen Programmierungen manipulieren«, sagte Herr Meier und hielt den Zeigefinger an die Schläfe.

»Wie das?«

»Zum Beispiel durch Werbungen. Denn Werbungen zielen auf das Unterbewusstsein ab. So kann das Verhalten, die Einstellung oder Entscheidungen der Menschen gelenkt werden. Die Werbepsychologie nutzt Strategien, um bestimmte Emotionen, Bedürfnisse und Wünsche anzusprechen, was die Entscheidungsfindung beeinflussen kann. Das Wiederholen von konkreten Slogans, Bildern, Marken führt dazu, dass wir bestimmte Produkte oder Dienstleistungen bevorzugen, auch, wenn wir uns dessen nicht unbedingt bewusst sind. Kennst du die Iss-Popcorn-trink-Cola-Studie von James Vicary, die 1957 große Bekanntheit erlangte?«

Ich schüttelte den Kopf.

»Der Slogan ›Iss Popcorn, trink Cola‹ wurde unterschwellig alle fünf Sekunden für einen kurzen Moment in Kinofilme eingeblendet. Aufgrund der Kürze konnten die Botschaften von den Besuchern nicht bewusst wahrgenommen werden. Es sprach das Unterbewusstsein der Menschen an. James Vicary behauptete, dass daraufhin der Absatz von Cola um 18 % und von Popcorn um etwa 58 % angestiegen sei.«

»Wow, was könnte man dann noch alles unbewusst in die Köpfe der Menschen pflanzen?«

»Das fragte man sich damals auch. Deshalb verbot der US-amerikanische Bundesausschuss und der amerikanische Verband der Rundfunksender diese vermeintliche Werbemethode und andere Länder zogen nach.«

»Zum Glück.«

»Wie es in der Forschung so ist, gab es auch Zweifel an der Studie. Einige hielten es für einen Marketinggag. Ob da was dran war, wissen wir nicht. Neuere Untersuchungen zeigten, dass unterschwellige Werbungen vor allem dann wirkten, wenn sie zu den aktuellen Bedürfnissen der Menschen passten. Beispielsweise die Werbung eines Getränkes bei durstigen Personen.«

»Wäre aber möglich.«

»In der Tat.«

»Medien machen das auch, oder?«

»Ja. Werbungen und Medien können so auch Stereotypen und soziale Normen verstärken oder neue Wertvorstellungen und Trends setzen.«

»Schönheitstrends werden durch Werbungen vermittelt und bestimmte Produkte muss man haben, um glücklich zu sein oder erfolgreich«, fügte ich hinzu.

»Sehr gut. Sowohl Werbungen als auch Medien spielen gerne mit der Angst. Da braucht man sich nur Werbespots für Medikamente oder Impfungen anschauen. Seltene Krankheiten werden oftmals dramatisiert, um das Produkt zu verkaufen. Und in den Medien sind die Leute sehr geschult. Die wissen genau, wie sie was, wann sagen müssen, um bestimmte Emotionen bei den Zuschauern auszulösen. So können schnell Feindbilder geschaffen werden.«

»Mit dem Wort Querdenker oder Aluhutträger zum Beispiel wurden alle, die kritisch waren, über einen Kamm geschert.«

»Du denkst mit«, lächelte Herr Meier. »Das wird aber bei vielen Themen gemacht. So werden Meinungen in gut und böse eingeteilt.«

Kaum zu fassen, ich konnte Herrn Meier problemlos folgen. Hatte mein Verstand etwa einen neuen Upload bekommen? Wie sollte es sonst möglich sein?

»Viele Menschen lassen sich auf das Spiel ein. Sie glauben dann, dass diese vorgefertigte Ansicht ihrer eigenen entspricht, richtig?«

»Ja.«

»Warum machen wir das?«

»Weil wir dazugehören wollen. Zu den Guten, zu der Masse. Wir wollen ein Teil der Gesellschaft sein.«

»Dabei wissen wir gar nicht, ob wir auf der richtigen Seite stehen. Wie erkenne ich dann meine Wahrheit?«

»Indem du lernst, deinem Gefühl zu vertrauen.

Du musst bereit sein, alles, was du glaubst zu wissen, über Bord zu werfen, damit dein Geist frei wird und du in dich hineinfühlen kannst. Deine Wahrheit kannst du nicht wissen, du kannst sie nur fühlen.«

»Verstehe. Aber kann mich mein Gefühl nicht täuschen?«

»Nur, wenn du dich in Dysbalance befindest. Wenn dein Verstand sich einschaltet und versucht, das Kommando zu übernehmen. Deshalb ist es ratsam zu lernen, Dinge aus der Neutralität wahrzunehmen. In dieser Ebene lässt du dich nicht von Emotionen beeinflussen. Trotzdem wird die Wahrheit sich immer deinem aktuellen Bewusstseinsgrad anpassen.«

»Deshalb kann sich meine Wahrheit auch ändern.«

»Genau.«

Ich schaute auf Herrn Meiers Pflanze, die neben dem Bücherregal auf einem Blumenhocker stand. Die fliederfarbenen Blüten verströmten einen herrlichen Lavendelduft, der mich entspannte, als würden meine Zellen eine Thai-Massage bekommen. Die Worte des Philosophen flogen wie auf einem schwebenden Teppich durch meinen Kopf und hallten nach. »Gibt es noch weitere Faktoren, die extern unseren Verstand beeinflussen?«

»Natürlich. Die Kultur und Gesellschaft, das Bildungssystem, die Familie und Erziehung, jegliche Medien, auch Bücher, Musik, Filme oder Leute aus dem Umfeld: Freunde, Kollegen.«

»Wow, ganz schön viel Einfluss von außen.«

»Ja, aber du solltest wissen, dass Programmierungen nicht immer negativ sein müssen. Manche helfen uns, damit wir uns in der Gesellschaft zurechtfinden und soziale Bindungen aufbauen. Außerdem kann man sich ein Stück weit vor unbewusster Beeinflussung schützen, indem man sich bemüht, objektiver zu sein, sich selbst reflektiert, kritisch denkt, Situationen aus verschiedenen Perspektiven betrachtet und bewusste Entscheidungen trifft.«

»Klingt nach viel Arbeit.«

»Geht es nicht im Leben darum, all die Zwiebelschichten loszulassen, die uns eingrenzen, damit wir uns an unsere wahre Größe erinnern?«

»Keine Ahnung? Was hat das mit den Programmierungen zu tun?«

»Was wäre, wenn du alle Programmierungen loslässt, die nicht deiner Wahrheit entsprechen?«

Ich hob die Hände in die Luft und zog den Mundwinkel nach unten. Herr Meier lehnte sich zurück und sah mich an. »Was passiert dann?«, fragte ich, nachdem mich der faltige Mann sekundenlang angestarrt hatte, während ich auf eine Antwort wartete.

»Geh auf die Suche und finde es heraus. Manche Antworten wollen selbst gefunden werden.«

Ich dachte darüber nach. Keine Ahnung, was dann wäre, das lag außerhalb meiner Vorstellung.

Wahrscheinlich hat der Greis mal wieder recht und meine Wahrheit lässt sich nicht mit dem Verstand erklären, sondern nur, indem ich den ersten Schritt gehe und anfange, all die Programmierungen, die nicht mehr zu mir passen, loszulassen. »Haben Sie für sich bereits eine Antwort gefunden?«

»Wir waren beim Du.« Herr Meier lächelte und fuhr dann fort: »Ich bin noch auf dem Weg. Ob das in dieser Inkarnation noch was wird? Ich glaube nicht. Aber ich habe eine vage Ahnung.« Er beugte sich vor. »Erwarte jetzt nicht, dass ich's dir verrate. Schließlich sollst du deine eigenen Wahrheiten finden.«

Verlegen rieb ich mir über den Hals. Das Glänzen in seinen Augen erfüllte mich mit Ruhe, als wäre ich der Wind selbst, der bestimmt, wann der Ozean brausend die Wellen hochschlagen lässt und wann das Wasser friedlich dahinplätschert. »Kann es sein, dass durch die Programmierungen ein Großteil der Leute sich mit ihrem Verstand identifiziert? Doch dass das nur Limitierungen sind?«

»Du fängst an, dich auf die Suche zu begeben. Wie schön. In der Tat, ich sehe das auch so. Viele glauben, sie sind der Verstand, doch wir sind so viel mehr.«

»Und das erkennen wir, wenn wir anfangen, die Programmierungen loszulassen, oder?« Herr Meier lachte. Ich hoffte, dass er diesmal keine Atemprobleme bekam. Sein zartes Räuspern klang wie ein Orchester der Erleichterung für mich. Ich ließ mich in den Sessel fallen.

»Damit hast du meine Ahnung erraten.«

»Wirklich?« Ich lachte.

»Neben den Programmierungen gibt es noch einen weiteren Freund in unserem Hirn, der uns von unserem wahren Selbst trennt.«

»Das Ego?«, schoss es wie aus einer Pistole aus mir heraus. Nein, auch diesmal hatte ich keine Ahnung, wo das herkam.

»So ist es.«

»Das Ego bestimmt, wie wir uns selbst sehen. Wer wir glauben zu sein, oder?« Nun stellte ich die Fragen.

»Richtig.«

»Aber manchmal ist es uns im Weg, weil wir ja so viel mehr sind, als wir glauben. Glaubenssätze, unser Mind und all die Programmierungen können uns einschränken.« Ich schaute zu Herrn Meier, der nickte. Meine Ausführungen schienen gar nicht so verkehrt zu sein. Also ließ ich mich weiter auf meine Gedanken ein. Sie auszusprechen half mir, die Informationen hinter den Worten wirklich zu verstehen. »Vor allem, wenn wir Gewohnheiten ändern wollen, kämpft das Ego oft gegen uns. Woran liegt das?« Sackgasse, hier brauchte ich ein wenig Hilfe des Philosophen.

»Vielen Dank, das war eine Wohltat, dir beim Denken zuzuhören. Damit hast du dir den Titel Philosoph verdient.« Er hüstelte. »Entschuldigung, ich meine natürlich Philosophin.«

»Schon gut, Sie, … ich meine, du brauchst nicht gendern.«

Herr Meier nickte. »Nun zu deiner Frage. Das Ego versucht, einen zu schützen. Es hat Angst vor Unbekanntem, weil es nicht möchte, dass man verletzt wird. Deshalb kämpft es so hartnäckig für Altbekanntes. Doch es muss nicht unser Feind sein, wenn es darum geht, sich zu verändern. Es kann auch unser Freund sein, der uns hilft, während der Veränderung ein Gefühl der Stabilität und Kontinuität zu bewahren.«

»Es zeigt uns unsere Schwächen auf, und wenn wir es immer wieder schaffen, sie zu überwinden, wachsen wir nicht nur an unseren Herausforderungen, sondern das Ego gewöhnt sich daran, dass Veränderungen okay sind und auch Gutes bringen können. Richtig?«

»So ist es. Deshalb lohnt es sich, immer an sich zu arbeiten, selbst bis ins hohe Alter hinein.«

»Spannend. Früher dachte ich, man ist, wie man eben ist, und sich zu ändern hieße, sich zu verbiegen. Doch das stimmt nicht ganz. Wenn man sich für andere ändert, ja, dann verleugnet man sich. Aber wenn man alles loslässt, was nicht mehr zu einem passt, verändert man sich, um sich selbst zu erkennen. Die Person, die man wirklich ist.«

»Bravo.« Herr Meier klatschte.

Ich legte die Hand auf meine Brust und verbeugte mich. »Wollen Sie, eh …, ich meine, du noch ein Stück?« Meine Lippen hatten sich immer noch nicht ans Du gewöhnt.

»Ja, gern. Der ist dir wirklich gut gelungen. Ich kann mich gar nicht mehr daran erinnern, wann ich zuletzt selbst gemachten Kuchen gegessen habe, obwohl doch, Angelika …« Herr Meier runzelte die Stirn und rieb sich die Augen.

Seine Falten schienen sich noch tiefer in die Haut zu bohren, als seien sie nicht nur die Spuren der Zeit, sondern auch ein stummes Zeugnis seiner Traurigkeit. Körperlich sah er labiler aus, als hätte er abgenommen.

»Wie dem auch sei, vielen Dank«, sagte er mit einem aufgesetzten Lächeln.

Ich legte Herrn Meier den Kuchen auf den Teller. Er wollte wohl nicht über Angelika reden, das kam mir recht. Es hätte mich bloß traurig gemacht, also wechselte ich das Thema. »Wenn wir Menschen alle so verschieden sind, alle die Welt aus ihrem Filter wahrnehmen und wir dadurch Andersdenkende abstempeln, kategorisieren, wie können wir dann zueinanderfinden?« Kate schwirrte mir wieder wie ein Gespenst im Kopf umher. Kann ich das? Kann ich ihr und mir verzeihen? Schaffe ich es, sie so anzunehmen, wie sie ist? Bei David konnte ich es. Gilt das auch für Kate und andere? Wie? Wie soll das gehen?

»Alles ist in uns. Alles ist in dir.« Herr Meier zeigte auf mich.

Die Worte kamen mir bekannt vor. Das hat er doch schon mal erwähnt? Ich rückte mit meinem Ohr ein Stück näher, um die Weisheit wie ein Schwamm aufzusaugen, die aus Herrn Meier sprudelte als käme sie aus einer unendlichen Quelle.

»Was uns verbindet, ist die Liebe, weil wir Liebe sind. Es fängt bei dir an. Suche nicht im Außen nach dem, wonach du dich sehnst, für dich selbst oder für die Welt, dort wirst du es nicht finden. Denn du trägst es bereits in dir. Also suche im Inneren, was dein Herz begehrt. Wenn du dir Liebe wünschst, dann sei die Liebe. Wünschst du dir Frieden, dann sei der Frieden. Such es in dir. Wenn du dir wünschst, dass die Menschheitsfamilie wieder zueinanderfindet, so mache den Anfang. Geh in die Annahme, nimm dich selbst an, wie du bist, mit all deinen Facetten, den vermeintlich positiven und negativen. Wenn du das geschafft hast, wird es dir leichter fallen, auch andere anzunehmen, wie sie sind, und du wirst dich in ihnen wiedererkennen. Alles, was du dir wünschst, ist in dir. Du bist der Schatz, nach dem du suchst. Du bist der Erlöser. Hör auf, dich selbst zu schubladisieren und sei einfach.«

»Dann werde ich aufhören, andere zu kategorisieren«, beendete ich Herrn Meiers Ausführung.

»Ganz genau.«

Der Strudel in meinem Kopf lichtete sich. Plötzlich schien alles so klar, als hätten sich all die Wolken aufgelöst und den strahlend blauen Himmel zum Vorschein gebracht. Alles ist in mir. Und dennoch, eine letzte Frage brannte mir auf der Zunge. Ich musste es einfach wissen. »Darf ich Ihnen, dir, eine persönliche Frage stellen?« Werde ich das Du jemals leicht über die Lippen bekommen? Ich bohrte mir den Nagel in den Daumen und hielt die Luft an. Herr Meier gab mir mit einer Handbewegung zu verstehen, dass ich fortfahren sollte. Ich fasste meinen Mut zusammen und drückte den Nagel noch ein wenig tiefer ins Fleisch. Mann, tat das weh. »Bist du ge-impft?« Na endlich, mein erstes Du. Geht doch Ale-na. Ich war mir sicher, die Antwort zu kennen, mal sehen, ob ich richtig lag.

Herr Meier lächelte. »Ich dachte, du fragst nie.« Er beugte sich vor und sah mir tief in die Augen.

Eine väterliche Wärme umwob mich. Seltsam, ich fühlte mich in seiner Nähe geliebt wie eine Tochter von ihrem Vater.

»Ich bin geimpft.«

Was? Das kam unerwartet. So viel Weisheit von einem Geimpften? Wer hätte das gedacht?

»Überrascht es dich?«

»Ja. Es schmeißt mal wieder alles in meinem Kopf durcheinander. Aber das ist gut so.«

Wir lachten. Am Ausgang umarmten wir uns das erste Mal.

Gladiatorenkampf

»Oh, Frau Sommer. Alles okay? Tut mir leid, ich war abgelenkt.« David Müller wedelte mit seinem Handy in der Luft herum und steckte es in die Hosentasche.

»Ja, alles gut, danke. Hab ich Sie … oder Sie mich …? Ist ja auch egal. Tolle Produktvorstellung und was für News.« Kate klopfte sich den unangenehmen Zusammenstoß ab.

»Ja, alles steht im Zeichen der Veränderung. Ich denke, der Umschwung wird Müller-Luxe guttun. Entschuldigen Sie, dass ich Ihnen während der Zusammenarbeit verschwiegen habe, dass ich das Unternehmen verlassen werde.«

»Das war auf jeden Fall ein Schock. Aber Sie sind weder mir noch sonst einem Kollegen Rechenschaft schuldig. Wir hatten uns ja überwiegend über E-Mails ausgetauscht.«

»Trotzdem hätte ich's aus Anstand machen sollen. Nur wollte ich nicht, dass die Presse davon Wind bekommt.«

»Das verstehe ich.« Kate lächelte und kniff die Beine zusammen. Die Blase drückte.

Herr Müller musterte sie und strich sich nachdenklich über die Lippe.

Was will er mir damit sagen? Hitze stieg Kate in den Kopf, sie fuhr sich über die Lippen. Hab ich was zwischen den Zähnen? Oder habe ich Krümel auf dem Mund?

»Sie wollen sicher wissen, was es mit meiner Kündigung auf sich hat, nicht wahr? Wenn ich es Ihnen verrate, werden Sie es für sich behalten?«

Kates Puls schlug schneller. Alles um sie herum, die Menschen, die Musik und das Gemurmel, traten in den Hintergrund.

»Ich käme nicht auf die Idee, Ihr Geheimnis weiterzuerzählen.«

»Na schön. Ich vertraue Ihnen.« Er sah sie eindringlich an.

Kate nickte.

»Wissen Sie, man sollte seinen Träumen folgen, anstatt den Weg zu gehen, den andere für einen geplant haben. Ich wollte nie in das Familienunternehmen einsteigen. Dafür bin ich zu sehr Träumer. Ich habe Philosophie studiert. Wussten Sie das?«

Kate schüttelte den Kopf und hing gebannt an seinen Lippen.

Herr Müller erzählte ihr von seinem Traum, ein philosophisches Café zu eröffnen.

»In Ihnen steckt also ein Philosoph, der Großes vorhat. Wer hätte das gedacht?« Die Spekulationen der Gäste kamen ihr in den Sinn. Sie grinste. »Wenn Sie wüssten, was hier für Theorien aufgestellt wurden.«

»Die Leute brauchen immer was zum Tratschen. Sollen die denken, was sie wollen.« Herr Müller lächelte schief.

»Wieso ich? Ich meine, wieso haben Sie es mir erzählt?« Kate presste die Augen zusammen.

»Wir haben eine Zeit lang gemeinsam an unserem Projekt gearbeitet. Ich finde, ich bin es Ihnen schuldig.«

»Haben Sie denn schon ein passendes Objekt für Ihr Philosophencafé?«

»O ja. Es ist perfekt, ist noch ein wenig dunkel, aber das wird schon. Momentan erinnert es an eine Zigarren-Lounge. Den Flair würde ich gern beibehalten, es soll ja schließlich gemütlich sein und da passt eine Bar aus Massivholz und bequemen Ledersesseln dazu. Das alte Zeug muss raus, es hat die besten Zeiten schon hinter sich. Mein Bruder hat mich auf das Objekt gebracht. Wir sind nicht immer einer Meinung, aber wenn es drauf ankommt, sind wir füreinander da. Wie beste Freunde.«

Kate dachte an Alena und unterdrückte das Bedürfnis, sich ans Herz zu fassen.

Herr Müller schaute Kate an, als würde er ihrer Seele eine Mitteilung schicken. »Echte Freunde an der Seite zu haben ist so wichtig. Man braucht nicht viele. Manchmal reicht eine Person. Finden Sie nicht auch?«

Kate blinzelte, um die hochkommenden Tränen zu unterdrücken. Bleib professionell. »Schon, nur manchmal geht selbst die beste Freundschaft zu Bruch.« Gut gekontert, Kate. Ehrlich und nicht zu viel verraten. Sie stellte sich vor, wie eine Menge auf der Tribüne ihr zujubelte, als hätte sie eine Goldmedaille gewonnen.

»Stimmt. Nur leider ist das nicht immer berechtigt. Freunde sind Familie. Wie oft habe ich mich mit meinem Bruder gestritten und doch haben wir einander nie aufgegeben. So ist das mit der Familie und auch den Freunden. Ich meine, wozu wegen einer Banalität einen wichtigen Menschen aus seinem Leben streichen, der sich mit einem über die Erfolge freut, als wären es seine eigenen, und in schweren Zeiten an der Seite ist, wenn alle anderen einem den Rücken zukehren oder einen verständnislos anschauen.«

Wegen einer Banalität? Er spricht, als ob er mehr weiß. Seltsam. Das kann nicht sein. Kates Kehle schnürte sich zu. Sie drückte die Alena-Schublade, die sich in ihren Gedanken aufschob, mit einem Knall zu. Nicht jetzt. »Ich kann mir vorstellen, dass Sie von vielen Fake-Freunden umgeben sind.« Sehr gut den Ball zurückgeschmettert. Kate klopfte sich imaginär auf die Schulter.

»Sicher, als Mann mit Geld, und ich würde behaupten, dass ich auch ganz akzeptabel aussehe«, Herr Müller grinste. »Da gibt's viele Neider und Leute, die nur den eigenen Vorteil im Sinn haben. So Menschen verschwinden von der Bildfläche, sobald man in Schwierigkeiten steckt. Egal, wie berühmt oder reich jemand ist, jeder sollte sich fragen, ob eine

Meinungsverschiedenheit den Bruch einer Freundschaft rechtfertigt. Oder ob man nicht lieber über seinen Schatten springt und auf den anderen zugeht.« Herr Müller winkte jemandem zu und schaute dann wieder Kate an.

Okay, wie wahrscheinlich ist es, dass er Alena kennt? Sehr unwahrscheinlich. Was soll dann das ganze Gerede über Freundschaft? Kate krallte sich an ihrer Clutch fest. Am liebsten hätte sie ihm die Tasche ins Gesicht gehauen und gesagt: ›Sie haben doch keine Ahnung! So einfach ist das nicht.‹ Stattdessen zwang sie sich ein Lächeln auf.

»In den letzten Jahren ist mir klargeworden, was wirklich im Leben zählt. Deshalb auch der berufliche Cut. Ich hoffe, ich habe Ihnen jetzt nicht den Abend versaut.«

»Es tut manchmal gut, Gespräche auf persönlicher Ebene zu führen. Selbst wenn wir eigentlich bloß geschäftlich miteinander zu tun haben. Ich meine hatten.« Kates Hand lockerte sich. Sie überkreuzte die Beine und presste die Oberschenkel zusammen, die volle Blase meldete sich. Es wird dringend.

»Wer weiß, vielleicht läuft man sich irgendwann mal über den Weg.« Er rückte die Krawatte zurecht. »Ich habe Sie lang genug aufgehalten, muss mich wieder unter die Leute mischen.« Herr Müller drehte sich um und zeigte auf das WC-Schild an der Wand. »Sie wollten bestimmt …, ich hoffe, ich habe Sie nicht zu lange aufgehalten. Tut mir leid.«

»Schon gut. Jetzt sollte ich aber los.« Kate hob die Hand zur Verabschiedung und folgte dem WC-Pfeil zur Damentoilette. Keine Schlange, phu ...! Länger hätte ich es nicht ausgehalten.

Als Kate wieder an den Tisch trat, sahen Heiko und Dirk nicht mehr aus wie zwei Gladiatoren im Ring, die sich rauften, bis einer als Sieger aus der Arena hervorging. Sie klopften sich freundschaftlich auf die Schulter und strahlten über beide Ohren. Dirk hatte den Platz mit Jule getauscht, sodass die beiden Männer nebeneinandersaßen. Kate drehte sich zu ihrem Chef und warf fragend die Hände nach oben.

»Die beiden haben eine gemeinsame Leidenschaft gefunden. Jetzt schmieden sie Pläne«, sagte Gregor.

»Kate, wussten Sie, dass Dirk E-Gitarre spielt?«, fragte Heiko.

»Ich hatte keine Ahnung, wirklich?«

»Ja, das ist meine Leidenschaft. Ich wollte immer in einer Rockband spielen. Früher spielte ich in einer Jugendband. Die hat sich leider schon lange aufgelöst. Job und Familienleben kamen bei den meisten dazwischen. Heiko ist nicht nur Fotograf, sondern auch Sänger in einer kleinen Band. Glauben Sie's? Denen ist doch tatsächlich der Gitarrist abgesprungen.«

»Ach was? Das muss wohl Schicksal sein, dass Sie sich getroffen haben.«

»Ja, das denke ich auch«, sagte Dirk und lächelte.

»Da ist man kurz mal weg und die dunklen Streitwolken verziehen sich, sodass die Sonne wieder zum Vorschein kommt.«

»Kommt aufs Thema an«, warf Heiko ein und schob sich einen Oliven-Käse-Spieß in den Mund.

»Es wird immer etwas geben, bei dem die Meinungen auseinandergehen und man nicht auf den grünen Nenner kommt. Die Kunst ist, etwas zu finden, das einen verbindet. Bei uns ist es die Liebe zur Musik«, sagte Dirk.

»Zur Rockmusik«, fügte Heiko hinzu.

Kate erinnerte sich an den Streit mit Alena. Atmen fiel ihr schwer, als drückte ein schwerer Stein auf den Brustkorb. Gemeinsame Interessen bringen einen zusammen. So kann man es auch sehen.

Lavendelgeflüster

Herr Meier dackelte von Zimmerpflanze zu Zimmerpflanze, vom Lavendel zur Friedenslilie, Orchidee, Efeu, Grünlilie und Philodendron. Sorgsam strich er über die Blüten und Blätter, als würde er Angelika liebkosen, und versorgte sie mit Wasser. »Meine Schönen, gut soll es euch gehen. Ihr seid der Spiegel ihrer Seele und damit auch meiner.« Beim Lavendelbusch blieb er etwas länger stehen. Herr Meier schloss die Augen und nahm einen tiefen Atemzug. Der balsamisch, krautige, süße Lavendelduft stieg ihm in die Nase und weckte Erinnerungen.

»Wohin mit all dem Lavendel?«, hatte Herr Meier gefragt, während er einen Strauch nach dem anderen in den Garten trug.

»Da drüben«, sagte Angelika und stocherte mit einer kleinen Gartenschaufel in der Erde herum.

»Liebste, meinst du nicht, dass es etwas viel Lavendel ist? Der ganze Garten ist voll.«

»Nein. In dieser Ecke riecht man ihn kaum. Ich möchte in den Garten gehen und ganz gleich, wo ich stehe, diesen lieblich-würzigen Duft aufsaugen. Er erdet, beruhigt und entspannt mich. Der Lavendel zieht mich magisch an, als wäre er ein Teil meiner Seele. Komm her.«

Herr Meier trat mit der Pflanze in der Hand näher.

»Schließe deine Augen, mein Liebster, und atme tief ein und aus. Was fühlst du?«

Herr Meier tat, worum seine Liebste ihn gebeten hatte. »Ich fühle mich befreit. Das Summen der Bienen lässt mein Herz tänzeln.«

Angelika lachte. »Siehst du. Lass mich die noch einpflanzen, dann tänzle ich mit dir in unserer lila Oase der Leichtigkeit.«

Herr Meier gab ihr einen Kuss auf die Stirn. »Ich liebe dich.«

»Dito«, antwortete Angelika, wie sie es immer tat.

»Die hier werden wir in einen Topf setzen und ins Studierzimmer stellen, damit ein Teil von dir immer bei mir ist. Was meinst du?«

Angelika kullerte eine Träne über die Wange. Sie stand auf und umarmte ihren Mann. »Das würde mich sehr freuen«, hatte sie ihm damals zugehaucht.

Nun berührten Herr Meiers Fingerkuppen die feinen Blüten. »Liebste, du fehlst mir. In jedem violetten Blümchen, in jedem Blatt sehe ich dich. Ich weiß, du bist hier, das spüre ich, dennoch sehne ich mich nach dir.«

Der Lavendel schwang hin und her, als wenn ein Luftzug durch den Raum strömte. Dabei waren alle Fenster verschlossen.

»Liebste, was würde ich dafür geben, dich und dein Lächeln noch einmal zu sehen, dich noch einmal zu berühren und dein Haar zu streicheln.« Herr Meier schloss die Augen.

Ein Hauch von Wehmut durchzog sein Herz, als ein seidiger Windhauch an ihm vorbeizog.

»Seitdem du gegangen bist, hatte ich mich immer wieder gefragt, wieso ich noch hier bin und du dort. Ich hätte einfach alles dafür gegeben, mit dir auf die Reise ins ewige All-Eins-Sein zurückzukehren. Jetzt verstehe ich's. Ich sollte Frau Engelmann den Weg weisen und sie und David zusammenbringen, nicht wahr? Was sie aus der Begegnung machen, liegt bei ihnen. Ich sollte dafür sorgen, dass sie aufeinandertreffen.«

Ein Windzug wirbelte Herrn Meiers Haare durcheinander und brachte den Lavendel zum Nicken.

»Danke, meine Liebste.« Herr Meier keuchte und klopfte sich auf die Brust. Sein Herz schmerzte wie tausend Bienenstiche. Erschöpft rieb er sich die Augen und nahm einen tiefen Atemzug. Ein warmer Kokon umhüllte ihn.

»Ja, es ist so weit. Ich bin bereit, bis bald.« Herr Meier roch am Lavendel, schob ihn näher an den Sessel, setzte sich bequem hin und schlief ein.

Dumme Ziege und tomatenrot

»Was hältst du davon, Marta? Steht mir das?« Kate hielt ein blaues Sommerkleid aus Viskose vor den Körper. Ein buntes Blumenmeer übersäte den Stoff.

»Das musst du anprobieren. Es unterstreicht deine blauen Augen. Damit machst du dem Meer Konkurrenz«, scherzte Marta. »Wohin fliegt ihr denn?«

»Griechenland. Ist mein erstes Mal. Wir hatten es schon so lange vor und irgendwas kam immer dazwischen. Mit Kindern ist's nicht so einfach. Die sind ständig krank.« Nach einem kritischen Blick in den Spiegel, fragte sie: »Und die Länge?«

»Ist super. Nicht zu kurz, um jedes Mal beim Hinsetzen aufpassen zu müssen, und nicht zu lang, dass es den Boden kehrt.«

Kate lachte. »Aber ist es nicht zu warm?«

»Am Abend kühlt es schnell ab in Griechenland. Da brauchst du eh noch ein Jäckchen. Für tagsüber finden wir bestimmt was Kürzeres, das über die Knie geht. Wenn du dich dann beim Hinsetzen blöd anstellst, blitzt dein Bikinihöschen durch. Hat auch was.«

Kate drückte ihre Hand gegen den Bauch und lachte. »H... Hör auf mit diesen Späßen, sonst tut mir gleich noch der Kiefer weh.«

Kate legte das Kleid in den trolly-ähnlichen Einkaufskorb und stöberte weiter. »Du fährst dieses Jahr nicht weg?«

»Ich besuche meine Mutter. Das reicht. Ich habe dieses Jahr keine Lust auf den Stress mit dem Flug. Letztes Jahr stand ich mit meiner Schwester drei Stunden lang in der Schlange, bis wir unsere Koffer aufgeben konnten. Aber ich will dir keine Angst machen, bei euch wird es sicher schneller gehen.«

»Das hoffe ich. Hotel Mama tut's auch. Da wirst du bestimmt lecker bekocht.«

»O ja. Ich freu mich schon drauf. Falls mir Mutti zu anstrengend wird, verzieh ich mich ins Schwimmbad oder zum See.« Marta hielt Kate ein pinkorangenes Top hin. »Steht mir sowas?«

»Probiere es aus. Etwas Farbe tut dir gut. Ich finde es schön, wenn du dich was Neues traust. Seh dich ja sonst nur im Businesslook.«

»Du sagst es. Ich hab grad Lust auf was Verrücktes, das ich außerhalb des Office tragen kann.«

»Verrückt find ich gut.« Kate rollte den Einkaufswagen zu Marta und schmiss das bunte Top zu den anderen Stofffetzen. »Sag mal, wie war's eigentlich im Musical? Aladdin, richtig?«

»Großartig. Die ganzen Farben, das Bühnenbild, der Gesang, … und die Tänze, sowas hast du noch nicht gesehen. So synchron und …« Marta blieb zwischen zwei behängten Kleiderstangen stehen und erzählte mit leuchtenden Augen.

»Entschuldigen Sie, darf ich mal durch? Sie versperren den Gang. Andere Leute kommen hierher, um zu shoppen. Wenn Sie plaudern wollen, gehen Sie doch in ein Café, da stehen Sie anderen wenigstens nicht im Weg«, beschwerte sich eine füllige Dame in spitzem Ton und mit verschmiertem Augen-Make-up. Ein starker Parfumgestank ging von ihr aus.

Es kitzelte in Kates Nase, sie nieste. Weniger ist mehr! Da fallen ja alle Fliegen tot um. Einen Vorteil muss es ja haben.

Marta lief rot an und machte der Frau Platz.

»Danke«, gab die Frau giftig zurück.

Kate schüttelte den Kopf. »Unfreundliche Menschen gibt's wie Sand am Meer«, sagte sie extra laut, dass die Frau es mitbekam. Dumme Ziege.

Mit einem »Pff« wandte die Frau sich ab und wühlte in den Kleidungsstücken herum.

»Mach dir nichts draus. Manche Leute sind einfach so.« Kate legte fürsorglich ihre Hand auf Martas Schulter und streckte in Gedanken der dummen Ziege die Zunge heraus.

»Hast recht. Vielleicht hatte sie ja auch einen scheiß Tag oder hat selbst Probleme mit sich.«

»Und da ist sie wieder, die alte Marta, die ich liebe. Du findest doch immer einen Lichtblick.«

»Humor und positives Denken. Das ist das Einzige, was mir hilft, in dieser Welt klarzukommen.« Marta legte die Stirn in Falten und nickte.

Kate lächelte und dachte darüber nach, ob sie die Frau zu voreilig abgestempelt hatte. Schubladendenken scheint zur Routine geworden zu sein. Sie schob das Fach auf, in das sie die dumme Ziege eingeordnet hatte, strich die Beleidigung und legte die Frau auf den Stapel der Leute, die einem irgendwann über den Weg laufen. Dann fokussierte sie sich wieder auf die Gegenwart. »Hier, die Shorts passt zu deinem neuen flippigen Oberteil.« Kate hielt das Stück Stoff hoch und schmiss es in den Einkaufskorb.

»Wer sagt denn, dass ich das bunte Top nehme?«

»Ich! Wenn's dir steht, wovon ich ausgehe, bestehe ich darauf. Das passt einfach zu deinem Innern. Du bist flippig und bunt, das darfst du zeigen.«

Marta stöhnte und verdrehte die Augen. »Wie lief eigentlich das Event von Müller-Luxe? Ich hatte gelesen, da waren einige Stars da. Haste Bilder geschossen?«

Kate grinste. »Ich wusste, dass du danach fragst. Du hättest die Leute belästigt, für ein Foto mit ihnen. Ich bin leider nicht dazu gekommen, heimlich welche für dich zu schießen. Die Perspektive wäre blöd gewesen oder ich hätte zoomen müssen. Dann hättest du mit mir geschimpft, dass man nix sieht und es jeder sein könnte. Also hab ich's sein lassen.«

»Schade. Ich hätte die sowas von angesprochen. Die Chance hätte ich mir nicht entgehen lassen. Egal, wie lief's denn ab? Herr Müller ist weg vom Fenster? Und sein Vater auch?«

»Weißt du es von Gregor oder von der Presse?«

»Presse. Als Gregor es mir erzählte, wusste ich

schon längst Bescheid.«

Kate schüttelte den Kopf. »So klar.«

Mit den Achseln zuckend meinte Marta: »Was denn?«

Dann erzählte Kate vom Event und ihren Tischnachbarn. »Verrückt oder, die beiden gingen sich beim Gender-Thema fast an die Gurgel und fanden wieder zueinander durch die Musik.«

Marta drückte das Kinn nach unten und schaute Kate an.

»Sieh mich nicht so an. Ich weiß, was du mir sagen willst. Bist schon wie mein Mann, der kommuniziert auch mit Körpersprache oder Brummgeräuschen wie ein Bär. Alena und ich …, es war zu heftig.«

»Was ist dir die Freundschaft wert?«

Kates Brustkorb und Schultern sackten ein wie ein misslungener Kuchenboden. »Alles, aber das ist nicht so leicht.« Ihr Herz zog sich schmerzhaft zusammen. Sie schob das Gefühl beiseite. »Apropos Freundschaft, rate mal, wer mir da eine Standpauke gehalten hat?«

»Einer der Tischnachbarn? Vielleicht das Model?«

»Nein. Herr Müller.«

»Was? Schieß los! Ich will alles wissen.«

Kate berichtete Marta von dem Zusammenstoß mit Herrn Müller und ihrer Unterhaltung. »Wie peinlich, dass ich ausgerechnet gegen ihn gelaufen bin. Und ich frag mich, wieso er auf das Thema Freundschaft kam. Das war echt seltsam.«

»Das ist ein Zeichen Kate.«

»Für dich ist alles ein Zeichen.«

»Das Leben besteht nun mal aus Zeichen.«

Kate verdrehte die Augen und stöhnte. »Vielleicht, vielleicht aber auch nicht und es war bloß ein Zufall. Na schön, ich habe genug geschaut. Umkleide?«

»Umkleide!«

Kate zwängte sich ins blaue Kleid.

»Zieh die Shorts dazu an«, rief sie Marta zu, die sich eine Kabine weiter umzog.

»Mach ich.«

Kate drehte sich vor dem Spiegel, um ihre Rückseite zu betrachten. Gar nicht schlecht, Mutti. Zeitgleich mit Marta trat sie aus dem Umkleideraum. »Du siehst toll aus! Die Farben stehen dir. Und dein Hintern, meine Güte, in den Shorts sieht der richtig prall aus. Zum Anbeißen.« Kate zwinkerte Marta zu und formte ein bewunderndes Oh mit dem Mund.

Marta grinste. »Dein Kleid sitzt auch wie angegossen. Ein Blickfang. Holla die Waldfee. Dein Mann wird sabbern. Dreh dich mal.«

Kate kam Martas Bitte nach.

»Es flattert so schön.«

»Find ich auch.«

Die beiden sahen sich an und zeigten aufeinander. »Gekauft«, sagten sie im Chor, lachten und verschwanden wieder hinter dem Vorhang.

Kate stülpte sich eine Tunika um.

»Was ist eigentlich mit dem Kinderbuch von deiner Yoga-Bekannten? Hat sie dir schon was geschickt?«, fragte Marta über die Umkleidekabine hinweg.

»Ach, stimmt ja. Das hatte ich dir noch gar nicht erzählt. Ja, und ich fand es ziemlich gut. Sie nennt es immer Erwachsenen-Kindergeschichte. Wie passend. Da steckt so viel Weisheit auch für Erwachsende drin.«

»Und, hast du sie gefragt?«

»Du meinst wegen der Illustrationen?«

»Ja. Nun mach es nicht so spannend.«

»Ich hab es angeboten und hab den Job.«

»Ehrlich? Wie toll. Ich freu mich so für dich. Dein erstes Kinderbuch.«

»Mach mal halblang. Ich zeichne nur die Bilder. Aber ja, ich freu mich auch total. Hab jetzt schon so viele Ideen. Ich werd's im Urlaub zeichnen.«

Marta klatschte. »Das muss ich mir dann unbedingt kaufen.«

***

Kate stellte die Gepäckstücke der Kinder neben dem großen Rollkoffer an der Haustür ab. Manuel trug die Kinder ins Bett. Sie waren während der Fahrt vom Flughafen nach Hause eingeschlafen.

»Lass uns ins Bett gehen, die Koffer packen wir morgen aus«, sagte Manuel und küsste Kate auf die

Stirn.

»Ja, geh schonmal vor, ich check nur noch meine Mails und mach mich dann bettfertig.«

»Kann das nicht bis morgen warten?«

»Nein, ich will wissen, was Susanna von meinen Illustrationen hält. Ich bekomm sonst kein Auge zu.«

»Na schön, aber dann schwingst du deinen braungebrannten Körper ins Bett.«

»Du meinst eher rot.« Kate lachte.

»Mein Krebs.« Manuel schlug Kate liebevoll auf den Po.

»Die Stelle ist zumindest noch käsig weiß.«

Manuel grinste und verschwand im Badezimmer.

Kate schlich sich ins Büro, knipste den Lichtschalter an und fuhr den Laptop hoch. Mit den Fingerspitzen tastete sie vorsichtig ihr Gesicht ab. »Aua.« Die Haut brannte wie Lava. »Einmal nicht eingecremt und Griechenland verpasst mir direkt ein Brandmal.« Sie hielt die Luft an und öffnete das E-Mail-Postfach. Es kribbelte in ihrem Bauch, als sie Susannas Namen las. Grinsend klickte sie aufs Postfach und faltete dabei die Hände. Bitte, lass es positiv sein. Mit hämmerndem Brustschlag öffnete sie die Mail.

Betreff: Erwachsenen-Kindergeschichte

Hallo Kate,
schöne Grüße aus Deutschland. Ich hoffe, du cremst deine helle Haut immer ein, damit Griechenland dich in

einem gebräunten Urlaubsteint ausspuckt und nicht wie eine rote Tomate. Wenn du zurück bist, musst du mir unbedingt erzählen, wie es war.

Zu deinen Illustrationen, die sind der Hammer. Einfach perfekt! Vielen Dank. Übrigens, ich hab tolle Neuigkeiten. Meine Geschichte hat einen Verlag gefunden. Juhuu! Ich hab ihnen deine Illustrationen geschickt und sie sind genauso begeistert wie ich. Als ich die Nachricht bekam, konnte ich's gar nicht glauben und schrie laut auf, dass mein Nachbar geklopft hat und gefragt hat, ob alles ok ist. Wenn du also einverstanden bist, würde der Verlag deine Illustrationen verwenden und dich vergüten. Was sagst du?

Liebe Grüße
Susanna

Was ich sage? Jaaa! Kate riss die Arme hoch und grinste wie ein Kind, das ein Eis bekam. Innerlich tanzte alles in ihr. Sie wippte zur Partymusik, die sich in ihrem Kopf abspielte, und stellte sich vor, wie Männchen das Tanzbein schwangen, auf einem bunten Boden, der von einer Discokugel beleuchtet wurde. Sobald sie sich beruhigt hatte, schrieb sie Susanna zurück, dass sie einverstanden sei, sich sehr darüber freute und Griechenland sie leider tomatenrot ausgespuckt hatte.

Verrückt gewordene Hippies

Ich setzte den schwarzen Hut auf und packte Taschentücher in die Handtasche. Draußen schien die Sonne und doch nahm ich alles vernebelt wahr. Davids Nachricht steckte mir wie ein Knoten im Hals fest. Ich fühlte mich eine Tonne schwerer. Wieso muss Traurigkeit so viel wiegen? Gerade jetzt, wo ich endlich den Erste-Hilfe-Kurs aufgefrischt hatte. Jemand Vertrautes, das brauchte ich in dem Moment. Kate, deine Umarmung könnte keine Wunder bewirken, aber sie würde den Schmerz lindern und mir Halt geben. Du bist nicht da und wirst es vermutlich nie wieder sein. Loslassen, wie ich es hasste. Und dann gleich zwei Personen, die einen festen Platz in meinem Herzen einnahmen. Kate und ... Ich wollte nicht daran denken. Der Knoten in meiner Kehle schnürte sich fester, ich ging in die Küche und nahm einen Schluck Wasser, da klingelte es. Erschrocken zuckte ich zusammen. Widerwillig schleppte ich mich zur Haustür und erinnerte mich an die kreischende Harpyie. Meine Klingel klang auch viel zu schrill. Vielleicht sollte ich mir einen Türklopfer besorgen. Der würde niemals so schön aussehen wie der Löwenkopf von ... Der Knubbel in meinem Hals meldete sich gemeinsam mit einem messerscharfen Stich im Herzen. Ich schniefte und spürte, wie meine Augen feucht wurden.

Als ich die Tür öffnete, stand David mit einem Brief in der Hand und einem bunten Hawaiihemd vor mir. Viel zu bunt für diesen Anlass, wie ich fand. Die schrillen Farben blendeten mich. Ich kniff die Augen zusammen und schirmte mein Gesicht ab. »Ganz schön farbenfroh«, sagte ich matt.

»Wie es in der Einladung steht.«

Er sagte es, als wäre es das Normalste der Welt. Dabei war das alles so schräg, so unpassend. Die Flut der Traurigkeit überwältigte mich, ich presste die Lippen zusammen und spürte, wie sich winzige Wasserperlen in meinem Auge sammelten.

David sah mich an und umarmte mich. So standen wir einen Moment lang aneinandergeklammert da und gaben einander Halt. »Wie geht's dir?«, fragte er mich und strich mir über die Wange.

»Nicht besonders. Er fehlt mir. Wie kommst du damit klar?«

»Geht so. Es gibt Tage, da freue ich mich für ihn, dass er wieder mit seiner Frau vereint ist, und an anderen Tagen macht sich mein Ego breit und ich würde alles dafür geben, um noch einmal mit ihm zu reden.«

Ich drehte mich um und schaute auf die Uhr im Flur. »Du bist zu früh.«

»Ja, aber ich hab noch was für dich. Und du weißt schon, dass du dich umziehen musst. Du hast doch die Einladung gelesen? Schwarz ist ein No-Go.« David musterte mich.

Ich rollte mit den Augen. »Man trägt nun mal schwarz zur Beerdigung. Und sag dieses Wort nicht, als würden wir zu einer Party fahren.«

»Einladung?«

»Ja.« Ich verzog das Gesicht, als hätte ich etwas Saures gegessen.

»Das kommt nicht von mir. Du wirst es verstehen, wenn ich dir das hier zeige.« David fuchtelte mit einem Brief herum. »Lässt du mich rein?«

Ich schüttelte mich und erwachte aus meiner Trance. »Klar. Entschuldige, komm rein.«

David folgte mir ins Wohnzimmer und wir setzten uns aufs Sofa. »Hier«, sagte er und reichte mir einen Umschlag, auf dem ›Für David‹ stand.

Ich sah ihn mit offenem Mund an. »Der ist für dich.«

»Ja, ich weiß. Aber ich finde, du solltest ihn lesen.«

»Ist er von …?« Meine Hand zitterte, als ich das Kuvert an mich nahm.

David nickte.

Behutsam schob ich die Zettel heraus, faltete sie auf und las.

Lieber David,

wenn du diesen Brief in Händen hältst, bin ich bereits fort. Ich kehre zurück ins All-Eins-Sein. Meine Seele geht nach Hause, während mein

Körper wieder eins mit Mutter Erde wird. Der Kreislauf des ewigen Lebens. Wie du weißt, sind wir hier nur auf einer Durchreise mit einem Teil – vermutlich ist es sogar bloß ein winziger Aspekt – unserer Seele. So zumindest meine Theorie. Wisse, dass für mich der Übergang, diese Transformation, ein freudiges Ereignis ist. Auch, weil ich endlich wieder Angelika wiedersehe, in welcher Form auch immer. Meine Exkarnation ist also ein Grund zum Feiern. Und daher bitte ich dich, meine Beerdigung so auszurichten. Schicke Einladungskarten, wie zu einer Geburtstagsfeier, bunt soll es sein, laut, voller Leben. Es soll getanzt, gelacht und gesungen werden. Ich bevorzuge eine farbenfrohe Kleidung meiner Gäste statt Schwarz. Schließlich möchte ich Spaß haben, wenn ich von oben auf euch herunterblicke. Für euch Hinterbliebene ist der Abschied auf Zeit oft schmerzhaft, deshalb gehören Momente der Trauer dazu und dürfen ausgelebt werden, auch auf der Feier. Doch sie sollen nicht wie eine dunkle Wolke über dem Tag schweben und die Stimmung dauerhaft trüben. Im Vordergrund soll die Freude über meinen Übergang stehen. Ich werde von oben mit euch feiern. Außerdem möchte ich dich darum bitten, dafür zu sorgen, dass mein Körper verbrannt und im Waldfriedhof unter dem Eichenbaum bestattet wird, an dem bereits Angelikas Asche beigesetzt wurde. Frau Engelmann kennt die Stelle, sie wird dir sicher helfen, den Baum zu finden. Da Lavendel für mich und Angelika eine große Bedeutung hat und auf dem Waldfriedhof leider nicht gepflanzt werden darf, würde ich mich freuen, wenn du als Erinnerung einen Lavendelbusch in dein Philosophencafé stellst. Meine Bücher vermache ich dir für dein Café. Frau Engelmann soll all meine Zimmerpflanzen bekommen, die werden sie sicher an Angelika erinnern, die immer gern gegärtnert hat. Ich denke, Frau Engelmann wird sich liebevoll um Angelikas Schätze kümmern. Das Haus soll an eine Familie mit reinem Herzen verschenkt werden. Ich weiß, dass du die richtige Wahl treffen wirst. Meine Ersparnisse spende ich an eine Organisation, die sich darum kümmert, dass die Ozeane vom Müll gereinigt werden. Genaueres steht in meinem Testament. Der Notar, der dir diesen Brief zukommen ließ, weiß über alles Bescheid. Und sei für Frau Engelmann da, so gut es geht. Sie hat schon mit dem Verlust einer Freundin zu kämpfen und wird sicher einen Freund brauchen, der ihr zur Seite steht. Richte ihr aus, dass sie einen großen Platz in meinem Herzen eingenommen hat und ich mir immer eine Tochter wie sie gewünscht habe. Was mir und Angelika leider verwehrt blieb. Trotzdem bereue ich nichts und schaue voller Glückseligkeit auf mein Leben zurück. Vor allem bin ich dankbar, dass ich einen Freund wie dich an meiner Seite hatte und die Seele von Frau Engelmann kennenlernen durfte. Sie hat, genau wie du, ein gutes Herz. Seid nicht traurig, dass ich fort bin, sondern feiert das Leben und seid dankbar für unsere Begegnung.

Für immer in Liebe Verbunden.
Paul Meier.

Mir kullerte Wasser aus den Augen, ich legte die losen Blätter beiseite und fiel David um den Hals. »D… D… Danke«, stotterte ich.

»Schon gut«, sagte er und fuhr mir über den Rücken.

Ich wischte die Tränen weg. »Es tut immer noch weh, aber irgendwie freue ich mich jetzt für ihn.«

»So geht's mir auch.« Er hielt meine Hände. »Du weißt schon, dass du dich jetzt umziehen musst, bevor wir fahren.«

Ich lächelte. »Ja. Warte hier, ich zieh mir was

Buntes an.«

Ein Kleiderwechsel, eine Make-up-Auffrischung und eine kurze Fahrt später liefen wir auf eine Lichtung im Wald zu. Die Sonne bahnte sich einen Weg durch das Dickicht der Bäume und strahlte genau auf den mächtigen Eichenbaum, an dem bereits Angelika Meier begraben wurde. Aus allen Richtungen strömten farbenfroh gekleidete Leute zur Beisetzung. Eine brünette und eine blonde junge Frau drückten mir mit einem breiten Lächeln einen Haarkranz aus Lavendel in die Hand. Ich bedankte mich und drehte mich zu David. »Deine Idee?«

»Jap. Gefällt's dir?«

Ich nickte. »Der da oben wird sich sicher freuen. Wer waren die beiden Frauen?«

»Mitarbeiterinnen von Müller-Luxe. Ich hatte sie um einen letzten Gefallen gebeten.«

»Und sie sagten zu.« Wie könnten sie es dir auch abschlagen? Wahrscheinlich erhoffen sie sich, dir näherzukommen. Ahhh, hör auf, schon wieder so viel in diese Situation reinzuinterpretieren. Herr Meier hätte geistig mit dem Kopf geschüttelt. Bestimmt wollten sie einfach nett sein. Ist doch Wurst, Alena! Ich biss die Zähne zusammen, als würde ich dadurch auf den Pauseknopf meines Kopfkinos schalten.

»Natürlich gegen Bezahlung.«

Aha, da haben wir den Grund.

»Darf ich?«, fragte David und zeigte auf den Haarschmuck.

»Ja.« Ich sah nach unten und er setzte mir die Blumen auf den Kopf.

»Du siehst wunderschön aus.«

»Und jetzt rieche ich auch noch lecker«, scherzte ich.

David lächelte. »Das tust du immer. Wollen wir?«

Ich nahm einen tiefen Atemzug und hakte mich bei ihm ein. »Ich bin soweit.«

Wir näherten uns dem Eichenbaum. Daneben stand sie schon, die Urne aus Rosenholz. Ein Lebensbaum war in der Mitte eingeschnitzt und darunter zwei Lavendelblüten, die für Angelika und Paul Meier standen. Es fühlte sich seltsam an, wieder hier zu sein. Mich überrollte dasselbe bedrückende Gefühl wie damals. Seit ihrer Beisetzung vor einigen Jahren hatte ich diesen Ort nicht mehr besucht.

Ich erinnerte mich an die Beerdigung. Weiß, wie die Reinheit ihrer Seele, war das Motto gewesen. Wie helle Leuchtwesen strömten die Trauergäste zum Eichenbaum und jemand spielte auf einem Sonodrum. Ich hatte keine Ahnung, dass es so ein rundes Schlaginstrument gab. Zum ersten Mal lauschte ich den meditativen Klängen, die mein Herz beruhigten und beim Trommeln durch die Schwingung des Materials erzeugt wurden. Der Lavendel stand überall. Die Trauerfeier verlief ganz anders ab, als die heutige von Herrn Meier. Sie war sanft und beruhigend gewesen.

Auch jetzt lag Lavendelduft in der Luft, die Pflanze stand in Krügen rundherum. Wow, selbst daran hatte David gedacht. Ich schaute zu ihm auf und kniff ihm liebevoll in den Oberarm. Dieser Ort, dieser Moment einfach magisch und seltsamerweise fühlte ich Herrn Meiers Anwesenheit, als wäre er hier. Eine warme Umarmung umhüllte mich, ich legte die Hand aufs Herz und dankte Herrn Meier im Geiste. Dann sah ich mich um und entdeckte neben etlichen unbekannten Gesichtern ein paar Bekannte vom Theater. Ich winkte Heike zu. David schüttelte Hände und begrüßte die Gäste. »Ich sag den Theatermädels mal Hallo.«

Er wandte sich mir zu. »Kommst du klar?«

Ich nickte. Süß, wie er sich um mich sorgte, weil er wusste, wie schwer mir der Abschied fiel.

David küsste mich auf den Kopf. »Wir sehen uns an der Urne.«

Ich schaute zu dem Unikat aus Holz, in dem Herrn Meiers Asche ruhte. Der Seemannsknoten in meinem Hals machte sich wieder bemerkbar, in mir entstand eine Leere, als wären meine Emotionen verpufft. Vielleicht fliehen sie in ein anderes Universum, spann ich. Ich zwang mir ein Lächeln auf und ging zu Heike. »Hey«, sagte ich trocken und umarmte sie.

»Hey, wie geht's dir? Hab dich lange nicht gesehen.«

»Nach Angelikas Tod …« Mir stockte der Atem. Ich schluckte, doch der Knoten wollte sich nicht lösen. »Hab dem Theater den Rücken zugekehrt.«

»Es ist anders, ohne sie. Sie fehlt. Komisch, wieder hier zu sein. Die ganze Veranstaltung ist verrückt. Wir sehen aus wie eine wilde Hippiebande und nicht wie Trauergäste.« Heike schüttelte den Kopf und lachte.

Ich sah mich um. Zu meiner Überraschung hatte sich jeder an das bunte Partymotto gehalten. Was wohl ein Passant denken würde, wenn er zufällig vorbeikäme? Ich grinste. Irgendwie passte das zu Herrn Meier, so unkonventionell. Er war keine 0815, da kann so eine Beerdigung auch mal eine Party sein. »Woher kanntest du Herrn Meier?«, fragte ich. Paul brachte ich immer noch nicht über die Lippen.

»Vom Gartenclub. Er vertrat hin und wieder Angelika. Wir verstanden uns gut und wurden Freunde. Freitags dinierten wir abwechselnd bei mir oder bei Angelika und Paul. Nachdem Angelika gegangen war, kümmerte ich mich um den Garten.«

»Um den Lavendel?«

»Genau. Paul war körperlich leider nicht mehr in der Lage dazu.« Heike schaute in die Ferne.

Die Strippen in meinem Hals zogen an und plötzlich überrollte mich eine Eiseskälte. Ich kniff die Augen zu und Tränen flossen mir über die Lippe. Es schmeckte salzig. Heike drückte mich.

»Ist okay.« Sie strich mir über den Rücken.

»Es ist nur …«, stotterte ich. »Allein der Gedanke, ihn nie wiederzusehen, nie wieder zu hören …« Ich schnappte nach Luft.

»Ich weiß, es tut weh.«

Ich wünschte, Kate wäre hier, um mich zu halten. Neben ihr fühlte ich mich immer sicher und geborgen. Genau das brauchte ich jetzt. Einen sicheren Hafen.

»Tränen sind gesund, sie machen dich frei. Wenn du sie unterdrückst, werden sie dich krank machen.«

Ich tupfte mit dem Finger um meine Augen herum. »Bin ich verschmiert?«

Heike schmunzelte. »Etwas. Ich helf dir«, sagte sie und rieb mir über die Haut. »Jetzt bist du wieder ein Blickfang für die Männer.«

Ich lachte. »Du schaffst es selbst in dieser Lage, meine Laune zu heben.«

Heike schaute mir tief in die Augen. »Darum geht es. Das wollte Paul doch, als er sich das bunte Treiben ausdachte.«

Ich erinnerte mich an den Brief, den ich vorhin gelesen hatte. Momente der Trauer gehörten dazu, sollten aber nicht die Freude über Herrn Meiers Übergang trüben. Plötzlich traf mich ein Geistesblitz. Trauer und Freude vereint, als wären es Brüder, die einander brauchten wie die Natur den Regen. Der Gedanke verpasste mir eine Gänsehaut. Ich rieb mir über den Arm.

Emma und Luise von der Theatergruppe kamen auf uns zu, als ein heller Gong ertönte, der sich zog wie Kaugummi. Ich schaute nach vorne zur Urne. David stand daneben und ein langhaariger Kerl mit einer Mala-Kette um den Hals, von oben bis unten in Leinen gekleidet, legte den Schlägel der goldenen Klangschale beiseite.

»Hi«, sagten Emma und Luise und umarmten mich und Heike.

David begrüßte nun offiziell die Trauergäste oder Hippies, wie ich es ausdrücken würde, und fragte in die Runde, wer eine Erinnerung an Herrn Meier teilen möchte. Ein älterer Mann mit einem Bierfass-Bauch meldete sich und stand auf. Dass er bei dem Vorbau nicht umkippt. Eine Packung Taschentücher klatschte mir ins Gesicht. »Aua.« Ich rieb mir über die Wange. Ups, ich schubladisierte wieder. Ob mir das Universum oder Herr Meier damit ein Zeichen schickte, damit ich mir dessen bewusst wurde?

»Entschuldigung, ich wollte die der Dame in dem rotpinken Kleid zuwerfen, da sind Sie dazwischen gekommen«, sagte eine Frau und zeigte auf eine weinende Rothaarige.

»Schon gut.« Das habe ich verdient, beendete ich den Satz im Geiste und widmete mich wieder dem stehenden Herrn.

»Paul war ein einzigartiger Freund. Ich erinnere mich, wie er Hals über Kopf in einen Teich im Park sprang, um jemanden aus dem Wasser zu retten. Er zog sein Shirt aus und paddelte auf den herausschauenden Fuß zu. Richtig verausgabt hat er sich, während ich besorgt auf und ab ging wie ein Löwe im Käfig, völlig überfordert. Mein Puls lag bestimmt bei hundertzehn. Aber Paul hatte, ohne zu zögern, reagiert. Sobald er bei der vermeintlichen Person ankam, zog er sie über Wasser. Da kugelten wir uns, bis uns die Bäuche wehtaten, denn der Ertrunkene war eine Schaufensterpuppe. Ich werde sein Lachen nie vergessen.«

Ein Gelächter ging durch die Menge. Selbst ich lachte mit. »Tolle Erinnerung. Danke, dass Sie uns daran teilhaben ließen. Möchte noch jemand ein paar Worte sagen?«, fragte David, nachdem auch er sich beruhigt hatte.

Eine Dame stand auf. »Paul, du hast wahrlich mit deiner Präsenz große Fußabdrücke auf dieser Erde hinterlassen. Danke, dass ich dich einen Teil deines Weges begleiten durfte.«

Weitere Trauergäste widmeten Herrn Meier letzte Worte. Einige teilten fröhliche Erinnerungen und andere fanden herzergreifende Abschiedsworte. Lachen und Weinen hielt sich die Waage. Als sich keiner mehr meldete, traute ich mich.

»Alena, komm doch vor«, sagte David.

Ich stellte mich neben David, schaute ihn an und berührte die Urne. Mir wurde heiß und kalt im Wechsel. Ich schnappte nach Luft, als ob mir jemand die Kehle zudrückte. Kate, wo bist du? Da spürte ich einen leichten Druck auf meinem Rücken und beruhigte mich.

»Tief ein- und ausatmen, Alena. Du schaffst das. Lass einfach dein Herz sprechen«, flüsterte mir eine bekannte Stimme ins Ohr, dass sich meine Armhärchen sträubten.

Das kann nicht sein. Bilde ich mir das ein? Ich drehte mich um, Freudentränen strömten mir übers Gesicht und ich drückte Kate ganz fest. »Was machst du hier?«

»Später. Du wolltest dem alten Herrn ein paar Worte widmen.« Kate wischte meine Tränen beiseite und hielt meine Hand. »Atmen, Alena.«

Ich nahm einen tiefen Atemzug und knüllte den Zettel in meiner Kleidtasche zusammen. Nein, es fühlte sich falsch an, die vorgefertigte Rede vorzulesen. Es musste spontan sein. Wie Kate sagte: ›Lass dein Herz sprechen.‹ Ich schaute zu meiner besten Freundin und drückte ihre Hand etwas kräftiger.

»Ich hatte Sie nicht lange gekannt, doch lange genug, dass Sie einen Platz in meinem Herzen einnahmen.« Das Du gab ich auf, Paul wird wohl immer Herr Meier für mich bleiben. Ich setzte meine Abschiedsrede fort: »Sie waren für mich wie ein zweiter Papa, der mich wachrüttelte und mir die Welt erklärte. Dank Ihnen habe ich aufgehört, nur mit dem Verstand zu denken, und angefangen, mit dem Herzen zu fühlen.« Ich legte die Hand auf meine Brust und schaute zur Urne. Danke, für alles, sagte ich im Geiste und umarmte Kate.

»Vielen Dank, Alena. Möchte noch jemand was sagen?«, fragte David in die Runde.

Alle blieben sitzen, ein paar schüttelten den

278

Kopf.

»Gut, dann ist es an mir, die letzten Worte zu sprechen, bevor wir Paul Meiers Asche der Erde überlassen.« David hielt sich die Faust vor den Mund und räusperte sich. Er griff in die Hosentasche und fischte einen Zettel heraus, den er auffaltete. »Mein alter Lehrer, mein alter Freund, so viele Jahre hast du mich das Leben gelehrt und doch hab ich es nicht verstanden. Ich tappte in dieselben Fallen, obwohl ich dank dir wusste, wie es besser geht. Trotzdem warst du stets an meiner Seite, wenn ich scheiterte und falsche Entscheidungen traf. Ohne belehrend zu sein, hast du mir wieder und wieder deinen Arm gereicht und mir auf die Beine geholfen. Die Anzahl der Fehlschläge kann ich gar nicht zählen. Du wusstest, dass ich da durchmusste, bis ich daraus gelernt habe. Danke, mein Freund.

Für mich warst du stets ein Vorbild und bist es immer noch. Du hast so viel erlebt, hast so viele Herausforderungen gemeistert und bist für mich ein Meister des Lebens geworden, auch wenn du, wie du sagtest, noch lange nicht all deine eigenen Baustellen fertiggestellt hast. Mich und so viele andere hast du gelehrt, wie man seine Baustellen erkennt und angeht. Du hast dein Wissen selbstlos mit anderen geteilt. Vor allem aber hast du mich zu lieben gelehrt. Denn die Liebe ist das wichtigste Verbindungsstück der Seelen, wie du sagtest. Danke, mein weiser Lehrer und Meister. Ich werde dich, deine Worte immer

in Erinnerung behalten und sie wie einen Schatz hüten. Dich und deinen Rat werde ich sehr vermissen.
Danke, für deine Liebe, die du uns allen schenktest.
Deine Seele kehrt nun endlich nach Hause und doch
bleibt ein Teil von ihr hier, in so vielen Herzen der
Menschen, die du berührt hast. Es ist nun Zeit, Abschied zu nehmen. Ich lasse dich in Liebe gehen und
freue mich auf unser Wiedersehen. Bis dahin, lebe
wohl mein Freund, Lehrer und Meister.« Er schaute
nach oben und lächelte.

»Bist du soweit?«, fragte David mir zugewandt.

Ich warf Kate einen Blick zu und quetschte ihr
nochmals die Hand, bevor ich David zunickte und
wir zur Urne liefen.

David legte den vorgelesenen Zettel in das Loch
am Baum, öffnete die Urne und hielt sie mir hin.
Gemeinsam umklammerten wir das Gefäß. Unsere
Blicke trafen sich, seine Augen sahen glasig aus. Ich
atmete tief ein und wir kippten die Asche gemeinsam
in die Vertiefung. Danach schütteten wir sie zu. Aus
dem Krug pflückte ich zwei Lavendel-Stängel heraus
und legte sie auf die zugegrabene Erde. Für Angelika
und Herrn Meier.

Jemand zupfte die Saiten einer Gitarre, während
ein junger Kerl mit blonden Haaren Happy von
Pharrell Williams ins Mirko sang. Die ersten Gäste
tanzten um den Baum herum, an dem Angelika und
nun auch Herr Meier begraben lagen. Kate zerrte
mich mit. Emma und Luise drehten sich ebenfalls

ausgelassen um die eigene Achse. Leute klatschten in die Hände, warfen die Arme in die Höhe, pfiffen und lachten. Spätestens jetzt sahen wir aus wie verrückt gewordene Hippies, die eine Trauerfeier in ein Open-Air-Konzert verwandelten.

Mein Körper bewegte sich wie von selbst rhythmisch zum Takt, die Bewegung befreite mich, als würde ich den Verlust loslassen und mich mit Herrn Meier über den Übergang freuen. Wie er es sich gewünscht hatte. Nach einer Weile hechelte ich. Vollgeschwitzt fühlte ich mich glücklich. Die anderen Gäste schienen auch erschöpft vom Abzappeln zu sein. Gitarrist und Sänger verstummten und der Geiger spielte eine ruhige Melodie.

David schnappte sich das Mikro. »Liebe Gäste, ich möchte sie daran erinnern, dass die Zeremonie jetzt vorbei ist, aber die Party für Pauls Heimkehr erst beginnt. Neben der Tanzfläche und der Liveband ist auch für Verpflegung gesorgt. Die Adresse finden Sie auf der Einladungskarte. Ich hoffe, wir sehen uns dort und danke, dass Sie hier waren.«

David kümmerte sich darum, dass nichts liegen blieb. Er wies ein paar Leute an, die Krüge mit dem Lavendel mitzunehmen. Zahlreich verließen die Hippies den magischen Ort der Trauer und Freude. Hier und da quatschten noch ein paar einzelne Gäste miteinander. Ich sagte David Bescheid, dass ich mit Kate noch kurz in das Café um die Ecke ging.

Auf dem Weg dorthin presste ich Kate fest an

mich. »Du hier? Wie?« Mir fehlten die Worte. Ich zog die Augenbrauen zusammen.

Kate zuckte die Achseln. »Erzähl ich dir später. Wie geht's dir?«

»Besser. Es ist immer noch alles unreal. Aber diese verrückte Zeremonie und dass du hier bist, hilft mir. Danke.«

Kate legte den Arm um meine Hüfte und kniff liebevoll zu. »Du weißt doch, ich habe das Alena-braucht-mich-Radar«, scherzte sie.

Ich schmunzelte und wir betraten das Café. Der Dielenboden, die Beleuchtung und die braunweißen Säulen versprühten einen Vintage-Charme, in dem ich mich sofort wohlfühlte. Wir bestellten einen Kaffee.

»Unser Streit ...«, begann ich, als Kate abwinkte und mich unterbrach. »Vergiss es. Hat es nie gegeben. Unterschiedliche Standpunkte sollten nicht der Grund sein, weshalb unsere Freundschaft zerbricht. Damals konnte ich dich nicht verstehen. Wahrscheinlich habe ich dir nicht mal wirklich zugehört. Mittlerweile denke ich, jeder hat so seine Gründe, sich für oder gegen die Impfung zu entscheiden. Dich von meiner Meinung überzeugen zu wollen, war total dämlich. Tut mir leid.«

Ich drückte ihre Hand. »Es tut mir auch leid, mir ging es ganz genauso. Anstatt dir zuzuhören, wollte ich dich von meiner Meinung überzeugen.«

Der Kellner stellte die Kaffeetassen auf den

Tisch und ging. Ich kramte in meiner Tasche herum, auf der Suche nach Zimt.

»Lass«, sagte Kate und kippte uns bereits ein wenig Zimt in die Tassen.

Ich lächelte. »Danke.«

»Dafür nicht.« Kate trank einen Schluck. »Können wir den Streit vergessen und so weitermachen wie vorher?«

»Schon geschehen.« Symbolisch zog ich die Erinnerung an unseren Konflikt aus meinem Kopf.

»Leer auch die Schubladen in deinem Kopf aus«, sagte Kate. Die Vorstellung über die Schiebefächer in unseren Köpfen hatten wir während unserer WG-Zeit zusammen gesponnen. Seitdem schwirrten diese Bilder in mir herum.

Ich salutierte. »Jawohl. Du aber auch.« Grinsend sah ich Kate zu, wie sie ebenfalls ihre Hand an die Stirn hob. Wir dachten einfach gleich. »Hast du immer noch Fächer für jede Person und Situation?«, fragte ich.

»Klar. Was denkst du denn? Meine Hirnmitarbeiter müssen doch was zu tun haben und Ordnung schaffen.«

Wir lachten.

»Ich bin froh, dich wiederzuhaben.«

»Ich auch«, sagte Kate und wir drückten einander die Hände.

»Na, das ist ja ein schönes Bild.« David kam auf uns zu. »Ihr habt euch ausgesprochen, wie ich sehe.«

»Ja. Oh …, das ist David und das ist …«

Kate hob die Hand und unterbrach mich abermals.

Die beiden tauschten Blicke aus und grinsten. Was soll das? Ich bohrte die Fingernägel in die Hand. Hatten sie sich mal gedatet? Hoffentlich nicht.

»Wir kennen uns«, sagte Kate.

David nickte.

»Was? Woher?« Mich übermannten Hitzewallungen, meine Muskeln bebten. Ich stellte mir vor, wie jemand in meinem Kopf den Panikknopf auslöste, die David- und Kate-Schubladen aufriss und die Akten miteinander vermischte. Ich hielt den Atem an. Hallo? Ich brauche einen Inhalator, sonst fall ich um.

Kate grinste. »Von der Arbeit. Ich hatte dir doch vom Projekt und Müller-Luxe erzählt.«

»Ahhh, jetzt wird mir einiges klar.« Ich schnappte nach Luft, meine Muskeln entspannten sich. Aua, meine Handfläche tat von der Selbstfolterung weh. Ich schüttelte die Hände.

Der Kellner trat an unseren Tisch. »Möchten Sie auch was bestellen?«, fragte er David zugewandt.

David blickte zu mir und Kate. »Wenn die Damen noch bleiben wollen …«

»Zahlen wir?«, fragte ich Kate und nickte dabei.

»Ja.« Kate holte ihren Geldbeutel raus. »Ich lad dich ein.«

»Das ist doch nicht nötig, aber danke.«

Nachdem Kate bezahlt hatte, machten wir uns

auf den Weg zum Parkplatz. David nahm meine Hand.

»Und ihr seid zusammen?« Kate zeigte auf mich und David.

»Ehm na ja.« Ich rieb mir den Hals. »Wir sind …«, stammelte ich. »Na ja, nicht wirklich, nein.« Ich fixierte Kate an und sendete ihr gedanklich die Botschaft zu: ›Verdammt Kate, keine Ahnung, was das mit uns ist.‹

David löste die Hand von meiner, strich mir eine Strähne aus dem Gesicht und schaute mir tief in die Augen. »Wenn du mich fragst …, machen wir's offiziell.«

Alles stand still, ich hatte das Gefühl, dass selbst mein Herz stehenblieb. »Du meinst …« Mein Hirn lief auf Leerlauf, es schaffte es nicht, Wörter aneinanderzureihen und vollständige Sätze zu bilden.

»Genau. Wenn du einverstanden bist, sind wir hiermit ein Paar.«

Meine Knie zitterten und ich berührte David am Unterarm. »Dann ist es offiziell.«

David zog mich an sich und küsste mich.

Kate klatschte. »Na, damit wäre das ja geklärt. Wir sollten los.« Kate ging voraus und schenkte mir beim Vorbeigehen einen Blick, der eindeutig sagte: ›Du musst mir alles bis ins kleinste Detail erzählen!‹ »Kommt ihr Turteltauben?«

David und ich schauten zu Kate und wieder zu uns. Ich legte meine Hand auf seine Brust und kuschelte mich ein. Seine Arme umschlangen mich wie ein warmer Luftzug. Ich fühlte mich sicher und geborgen. Einen kurzen Moment standen wir ineinander verhakt da, bis wir uns wieder lösten.

»Wir kommen!«, rief ich Kate nach. Mir schwirrten Herr Meier und Davids Traum im Kopf herum. »Was hältst du von Philosophencafé?«

»Du meinst, als Name für mein Projekt?«

»Genau. Manchmal liegt die Genialität in der Einfachheit.«

David rieb sich das Kinn. »Wieso nicht. Wir haben uns zu sehr darüber den Kopf zerbrochen. Dabei liegt es auf der Hand. Perfekt, du bist ein Schatz, mein Schatz.« Er strich mir über den Kopf und gab mir einen Kuss.

Wir gingen, die Hände ineinander verschränkt, weiter. Kate hatten wir fast eingeholt. Sie musste extra langsam gelaufen sein.

»Hast du eigentlich rausgefunden, ob Paul geimpft war?«, fragte David.

»Ja, ist er. Hat er mir verraten.«

»Hat er das? Mir hat er gesagt, er sei ungeimpft.«

»Wirklich?« Die Kinnlade fiel mir herunter.

»Ja. Der Fuchs. Er muss gewusst haben, dass ich deinetwegen nachfrage und ich's dir erzählen werde. Tja, jetzt werden wir's wohl nie erfahren.«

Ich lachte. »Der hat Humor.«

»Da seid ihr ja endlich«, sagte Kate, als wir sie eingeholt hatten.

Ich grinste Kate zu.

David blieb stehen. »Oh, bevor ich's vergesse ...«
Er zog einen Zettel aus der Hosentasche und überreichte ihn mir.

»Flugtickets? Nach Mauritius?« Ungläubig schaute ich abwechselnd auf die Tickets und auf David.

»Ein unpassender Augenblick, oder? Nach einer
Beerdigung.«

»Ich weiß, aber wann krieg ich euch beide mal
zusammengetrommelt?«

»Uns beide? Wie, die sind für uns?« Jetzt zeigte
Kate auf sich und mich.

David nickte grinsend.

Mein Herz erwärmte sich und meine Augen wurden feucht. Ich umarmte David. »Mein Traumziel«,
hauchte ich.

»Ich weiß«, sagte David.

»Und du willst nicht mit mir dorthin?«

»Ich glaube, ihr beide habt einen Frauenurlaub
nötiger.«

»Danke«, sagte ich und gab David einen Kuss.

»Vielen Dank, aber ich denke, ihr solltet fliegen.
Ich weiß noch nicht mal, ob ich da freibekomme«,
sagte Kate.

David schüttelte den Kopf. »Mach dir keine Gedanken, das ist schon geklärt. Ich hab so meine Beziehungen.«

»Wirklich? Und Gregor hat das genehmigt?«

David nickte.

»Was sagst du, Kate? Mauritius? Nur wir zwei?«

»Das wird der beste Urlaub aller Zeiten.«

Kate und ich kreischten vor Freude und umarmten uns.

»Vielen Dank«, sagte Kate.

»Schon gut. Jetzt lasst uns zur Übergangsparty gehen.«

***

Einige Wochen später schob ich die rankende Zimmerpflanze etwas näher an den azurblauen Sessel aus Samt und legte eine braune Decke darauf, bevor ich ein paar Schritte zurücktrat. Links daneben blühte der Lavendel auf dem goldenen Blumenständer. Es sah einladend aus. Ich grinste über beide Ohren und stellte mir vor, wie hier Lesungen oder Philosophenabende abgehalten werden. Die Stühle und Tische würden wir in dem Fall ein wenig drumherum bauen. Während man sich der Magie der Worte hingab und sich miteinander austauschte, brachte der Kellner ein Stück Kuchen und einen Kaffee. Das Café duftete herrlich nach Kaffeebohnen und Lavendel, genau wie bei Herrn Meier.

»Hast du die Erinnerungsecke an den alten Philosophen fertig?«, rief mir David zu und wischte den Tresen.

»Komm her und schau's dir an.«

David gesellte sich neben mich und legte seinen Arm um meine Schulter. »Es ist wunderschön geworden. Meine Lieblingsecke.« Er küsste mich auf den Kopf.

»Ja, nicht wahr? Als wäre er hier.«

»Dann bräuchtest du aber noch einen Sessel, um ihm gegenüber zu sitzen.«

»Stimmt. Wie früher.« Mein Blick wanderte durch das Café. Das gigantische Bücherregal aus Kirschholz und die vielen Pflanzen überall luden zum Verweilen ein. Es ist ein Ort der Ruhe und des Nachdenkens geworden. »Hier steckt so viel von ihm.«

»Ein Teil von ihm ist in diesem Café, das kann ich spüren. Es war eine tolle Idee von dir, nicht nur seine Bücher hierher zu holen, sondern auch seinen Dschungel und den Sessel.«

Wir drückten uns.

»Finde ich auch. Die Pflanzen füllen den Raum optimal aus.« Mich durchflutete eine Welle der Dankbarkeit. Dieser Ort fühlte sich für mich wie ein wärmendes Nest an, genau wie David. Ich gab ihm einen Kuss.

Überraschende Nachricht, eine Woche vor dem Hippieaufmarsch

Kate saß am Schreibtisch und arbeitete am Design eines Flyers für ergonomische Fußsohlen. Langweiliger geht's kaum. Sie gähnte und linste zu Marta hinüber, die vertieft auf den Bildschirm starrte. Meine Augen brauchen Abwechslung. Kate öffnete ihr E-Mail-Postfach, da stolperte sie über den Namen: David Müller. Stutzig verzog sie die Oberlippe. Was zum …? Ihr Blick wanderte zur Betreffzeile: Freundschaftsband. Kate schluckte. Was will der jetzt wieder? Will er mit mir befreundet sein? Kates Magen rumorte. Sie klickte auf die Mail und las.

Hallo Kate,
ich hoffe, dass Du ist ok. Es geht um was Persönliches, dich dabei zu siezen, finde ich daher unpassend. Wahrscheinlich kommt die Nachricht überraschend für dich. Aber ich kann nicht anders. Es geht um Alena und eure Freundschaft. Du fragst dich bestimmt, woher ich Alena kenne und von eurem Clinch erfahren habe. Tja, das Schicksal weiß eben, wie man die Fäden in der Hand hält und dafür sorgt, dass sich die Wege der Seelen zur rechten Zeit und am rechten Ort kreuzen.

Als ich meinen ehemaligen Philosophieprofessor Paul Meier besucht habe, lief mir Alena praktisch in die Arme. Sie kaufte donnerstags für ihn Lebensmittel ein und der alte Herr inspirierte sie mit philosophischen Fragen und Weisheiten. Glaub mir, ein Gespräch mit ihm reicht, um die eigene Denkweise und Sicht aufs Leben völlig durcheinanderzubringen. Ich konnte damals nicht zur Beerdigung von Frau Meier gehen, da ich geschäftlich im Ausland war. Das muss eine tolle Feier gewesen sein. Wieso ich so von einer Beerdigung spreche? Das wirst du verstehen, wenn du den Anhang öffnest.

Jedenfalls date ich Alena schon seit einiger Zeit. Euer Kontaktabbruch macht ihr schwer zu schaffen. Ich hatte keine Ahnung, dass ihre Kate und die Kate, mit der ich geschäftlich zu tun habe, ein- und dieselbe Person sind, bis ich das Foto von euch auf Alenas Sideboard sah. Da wurde mir alles klar. Deshalb sprach ich am Firmenevent so viel über Freundschaft. Ich hatte gehofft, dass du dich vielleicht bei ihr melden würdest. Ihr scheint beide sehr stur zu sein.

Kate, sie braucht dich jetzt, mehr denn je. Ich würde mich nicht einmischen, wenn es nicht wichtig wäre. Aber Herr Meier ist letzten Freitag verstorben. Er hat ihr sehr viel bedeutet. So, wie Alena von dir gesprochen hat, hättest du ihn gemocht. Alena braucht jetzt eine Freundin, die sie schon seit Jahren kennt und mit der sie durch dick und dünn gegangen ist. Ich tue mein Bestes, aber ich bin nicht du. Mich kennt sie seit einigen Wochen, dich seit Jahren. Falls dir noch etwas an eurer Freundschaft und an Alena liegt, bitte ich dich, zur Beerdigung zu kommen. Alle Informationen findest du im Anhang. Ich weiß, eine Einladung in dieser Form ist seltsam, aber der Alte hat sich das gewünscht, genauso wie den ungewöhnlichen Ablauf.

Ich hoffe, wir sehen uns dort.

Liebe Grüße, David Müller

292

Kate griff sich ans Herz, das schmerzhaft in ihrer Brust gegen das Zwerchfell drückte wie ein zu enger Schuh. Mit der Hand wischte sie die Tränen weg, die ihr über die Wange kullerten. Alena. Scheiß auf den Stolz. Scheiß auf Meinungsverschiedenheit. Ich bin da für dich. Natürlich komm ich. Kate scrollte runter und las den Titel des Anhangs: Übergangsparty.

Nachwort

Lieber Leser,

mit einem bittersüßen Gefühl schreibe ich diese Zeilen als Abschluss unseres gemeinsamen Abenteuers. Die Seiten, die du gerade gelesen hast, sind mehr als nur Worte auf Papier. Sie sind die Brücke, die uns verbunden hat – Autor und Leser –, um gemeinsam in die Tiefen der eigenen Gedanken einzutauchen.

Das Schreiben dieses Romans hat mich herausgefordert, nicht nur wegen des umstrittenen Themas, sondern auch, weil ich bemüht war, eine authentische und faire Berücksichtigung beider Perspektiven – die der Geimpften und Ungeimpften – darzustellen. Ich hoffe, es ist mir gelungen und die Geschichte, die ich erzählt habe, hat dich berührt und vielleicht sogar zum Lachen, Weinen oder Nachdenken gebracht. Denn genau das ist die Magie des Geschichtenerzählens – die Fähigkeit, Emotionen und Ideen miteinander zu teilen und so neue Verbindungen zu knüpfen.

Auf den Seiten dieses Buches hast du vielleicht Parallelen zu deinem eigenen Leben gefunden, Charaktere, die dir vertraut erschienen, oder Situationen, die dich zum Nachdenken angeregt haben. Vielleicht hast du dich gefragt, wie du anstelle von Alena oder Kate gehandelt hättest, oder du hast neue Perspektiven gewonnen, die dein Denken beeinflusst haben.

Wenn dieser Roman dich berührt, wenn er dich in irgendeiner Weise inspiriert oder unterhalten hat, möchte ich dich herzlich dazu einladen, deine Gedanken zu teilen. Rezensionen sind nicht nur für Autoren wie mich von unschätzbarem Wert, sondern sie dienen auch anderen Lesern als Wegweiser in der endlosen Welt der Literatur. Deine ehrliche Meinung kann jemand anderem helfen, genau das Buch zu finden, das seine Seele berührt oder ihn in ferne Welten entführt.

Ich würde mich sehr darüber freuen, wenn du einen Augenblick Zeit findest und eine Rezension auf Plattformen wie Amazon, LovelyBooks, Thalia.de, Instagram, Facebook oder anderen Buch-Communitys hinterlässt. Teile mit anderen Lesern, was du an diesem Buch geschätzt hast und wie es dich bewegt hat. Lasst uns gemeinsam den Funken des Geschichtenerzählens weitertragen und unsere Gedanken miteinander teilen. Gerne kannst du mir auch persönlich schreiben über meine Website: www.karolinabenke.de, Instagram oder Facebook: autorin.karolina.benke. Dein Leseeindruck und deine Gedanken zu meinem Buch würden mich sehr interessieren. Wenn du auch zukünftig keine Veröffentlichungen von mir verpassen und vor allen anderen Neuigkeiten und exklusive Einblicke hinter die Kulissen und Buchhäppchen erhalten möchtest, lade ich dich dazu ein, meinen Newsletter Seelengeflüster mit dem beigefügten QR-Code zu abonnieren. Mit deiner Anmeldung bekommst du eine gratis Kurzgeschichte zum Thema Loslassen sowie deine Geschenke aus „Philosophencafé": Das Video über den dänischen Werbespot, der das Schubladendenken aufzeigt, die Bewusstseinsebene-Pyramide von Dr. David R. Hawkins und eine Weisheitsgeschichte, die während des Schreibens an „Philosophencafé" entstanden ist. Letzteres war auch die Grundidee der „Erwachsenen-Kindergeschichte". Du hast den Newsletter schon abonniert und möchtest trotzdem deine Geschenke aus „Philosophencafé" bekommen? Dann schreibe mir einfach eine Nachricht per Mail und ich schicke dir den Link zu.

Mir hat der Werbespot damals die Augen geöffnet, weshalb ich jeden Tag bemüht bin, Menschen nicht mehr zu kategorisieren. Auch wenn es noch ein weiter Weg ist, bis ich das völlig integriert habe. Vielleicht wird er auch dich inspirieren. Die Bewusstseinsebenen motivieren mich immer wieder, in hohen Schwingungen zu verweilen. Vielleicht helfen sie auch dir bei der Reflexion und ermutigen dich, tagtäglich deine Schwingung oben zu halten. Die entstandene Weisheitsgeschichte habe ich später umgeschrieben, sodass es ein Kinderbuch wurde für Kinder ab 3 Jahren. Das Kinderbuch erscheint voraussichtlich 2025.

Von Herzen danke ich dir für deine Zeit, deine Neugierde und deine Unterstützung. Mögen deine zukünftigen Leseabenteuer erfüllend sein und dich zur Selbstreflexion bewegen. Und wer weiß, vielleicht treffen unsere Gedanken und Geschichten sich wieder auf den Seiten eines anderen Buches?

Ich freue mich über deine Nachricht.

Zu den Geschenken aus Philosophencafé:

Hier findest du mich

Website:
www.karolinabenke.de

E-Mail:
kontakt@karolinabenke.de

Instagram:
https://www.instagram.com/autorin.karolina.benke/

Facebook:
https://www.facebook.com/autorin.karolina.benke

Hetairos
Freundschaft geht, Liebe bleibt

›Versuch, dich zu erinnern, an das, was wirklich zählt. An
die Leidenschaft, an deine Träume‹

Alex sollte glücklich sein. Sie hat einen liebenden Ehemann und ist beruflich erfolgreich, trotzdem ist sie unzufrieden mit ihrem Leben. Beim Durchstöbern alter Fotos stößt sie auf ein Bild, das Erinnerungen an tiefgründige Gespräche, verblasste Träume und eine zerbrochene Freundschaft weckt. Sehnsucht und eine innere Leere treiben sie an, aus dem sicheren Leben auszubrechen und auf die Suche nach sich selbst zu gehen.

Ein philosophischer Roman über den Weg
zum eigenen Glück.

Leserstimmen:

*~ Das ist ein so wunderbares Buch. Ich fühle mich so ange-
sprochen und es spricht mir aus der Seele ~*

*~ Das Buch ist schön geschrieben und trifft mit seinen Aussa-
gen genau meine Seele ~*

*~ Das Buch liest sich wirklich leicht und hat eine Tiefe Messa-
ge, nämlich wie wir uns entscheiden für uns selbst ~*

Über die Autorin

 Karolina Benke, geboren 1992 in Schweinfurt, studierte Wirtschaftsingenieurwesen. Heute lebt sie mit ihrem Mann, ihrer Tochter und ihren beiden Katzen in Baden-Württemberg, in der Nähe des Odenwaldes. Spiritualität und Philosophie spielen in ihrem Leben eine große Rolle. Dies spiegelt sich in ihren Geschichten wider. Sie schreibt vorwiegend Romane und Kurzgeschichten für Erwachsene, die zum Nachdenken inspirieren. In ihren Geschichten geht es um Liebe, Freundschaft, die Suche nach dem Sinn des Lebens und die Gesellschaft.

Im November 2021 erschien ihre erste Veröffentlichung in der Anthologie „100 Bilder 200 Geschichten. Alles eine Frage der Perspektive", die herzkranken Kindern zugutekommt. Ihren Debütroman „Hetairos – Freundschaft geht, Liebe bleibt" brachte sie am 22.08.2022 heraus.

.

Mehr über die Autorin:
Homepage: www.karolinabenke.de
Instagram: @Autorin.Karolina.B